La Tedesca - Die Deutsche

Über das Buch:

Chiara Ravenna, Rotweinliebhaberin, Verfechterin des „dolce far niente", des süßen Nichtstuns, Genießerin der italienischen Küche, kommt nach Deutschland! In ihrem Roman erzählt sie von ihren Jahren fern der Heimat. Der ursprünglich nur auf ein bis zwei Monate angelegte Aufenthalt entpuppt sich für sie zunächst als Albtraum und einige aufregende Geschehnisse verhindern ihre baldige Rückkehr nach Italien.

Chiara, aufgewachsen auf einem Weingut in der Emilia Romagna, hat durch ihre deutsche Mutter die Sprache gelernt. Das kommt ihr in ihrem Beruf als Architektin zugute. Sie restauriert alte Landhäuser in Italien, die meist von Deutschen gekauft werden.

Für ein Arbeitsprojekt wird sie von ihrer Familie nach Deutschland geschickt. Ausgestattet mit einem Wortschatz, der fast komplett auf dem Stand der sechziger Jahre ist, völlig unerfahren, was Dinge wie Schnee und Kälte anbelangt, Rotwein und leichte italienische Küche liebend und gewohnt, recht entspannt auch mal ihr Büro einfach an den Strand zu verlegen, kollidiert ihr südländisches Temperament und ihre Auffassung von Organisation schnell mit ihrem neuen Umfeld.

Aber Chiara wäre nicht Chiara, würde sie nicht bald damit beginnen, ihre ganz eigenen Strategien gegen das Heimweh und die anfängliche Traurigkeit zu entwickeln. Und so fängt sie an, sich umzusehen, im Land ihrer Mutter, entdeckt plötzlich auch ihre eigene deutsche Seite an sich und kämpft sich mit einer guten Portion Humor durch alle Widrigkeiten. Ein betrügerischer Geschäftsführer, ein alter Mann, von dem sie nicht weiß, ob er mit der geheimnisvollen Vergangenheit ihrer Mutter zu tun hat, neue Freunde und fremde Bräuche. Zudem landet sie ausgerechnet in der Stadt, aus der ihre große Liebe, Dieter, den in Italien alle nur „il Tedesco", den Deutschen, nennen, stammt.

Verschnaufpausen bieten die kurzen Urlaube zuhause in Italien, in denen Chiara versucht, in wenigen Tagen all das nachzuholen, was ihr in Deutschland so fehlt. So läßt sie auch diesmal den Leser wieder teilhaben an ihrer Heimat, lauen Sommerabenden, Tagen am Meer, einem Drink auf der Piazza und ihren schon legendären Restaurantbesuchen.

Spannend bleibt es bis zum Schluß, denn Chiara verfolgt wie immer ihre ganz eigenen Pläne und ist auch bereit, sich gegen die Wünsche ihrer Familie zu behaupten.

„Sizilianisches Blut trifft seine deutschen Wurzeln". Oft heiter, zuweilen lustig, charmant, nachdenklich und spannend. Die Geschichte bietet alle Facetten, denn wenn Chiara eines besonders gut kann, dann auch einfach mal über sich selbst zu lachen und die Welt mit einem guten Glas Rotwein wieder gerade zu rücken.

La Tedesca - Die Deutsche

von

Chiara Ravenna

La Tedesca - Die Deutsche
von Chiara Ravenna

1. Auflage 2015
Coverfoto: © Evgeniya Porechenskaya / shutterstock.com & Alderan Schubert
Gestaltung: Alexander Kopainski (Kopainski Artwork)

Herausgeber: CKAL, Grünwalder Weg 13a, D-82008 Unterhaching

Druck: createspace, Printed in Germany

Chiara Ravenna im Internet:
Twitter: @iLadyi
Blog: ladyitaly.com
E-Mail: chiara-ravenna@libero.it
google+: google.com/+ChiaraRavenna
FB: facebook.com/Chiara.Ravenna.Italien

Für Alessandra

Prolog

Stefano saß lächelnd neben mir im Sand. Seine schwarzen Locken glänzten im goldenen Licht der untergehenden Sonne. Es war noch so warm, ich spürte überall auf meinem Körper die kleinen Schweißperlen, die, kitzelnd wie winzige Spinnenbeine, an mir herunterliefen. Ich wollte nach seiner Hand greifen, aber die Hitze machte jede Bewegung zur Qual. Das Meer! Ich musste einfach ins Meer, mich abkühlen. Ich kam kaum hoch, irgendwie verhedderte ich mich in den Handtüchern und Stefano grinste mich schief an. Endlich konnte ich meine Beine bewegen, ich rannte zum Ufer und stürzte mich gierig ins das Wasser. Es sollte seicht sein, aber das war es nicht. Ich ging sofort unter, ganz tief, und als ich mich umdrehte, sah ich Stefano am Ufer stehen. Die Sonne strahlte ihn von hinten an und umrandete ihn golden. Und er lachte, je tiefer ich versank, umso mehr lachte er, und ich schrie und versuchte, kein Wasser zu schlucken, und warf mich wie verrückt hin und her, und als ich gerade sicher war zu ertrinken, wachte ich keuchend auf.

Die meisten Nächte liefen so ab, seit ich in Deutschland war. Ich drehte mein Handgelenk, um die Beleuchtung meiner Uhr zu aktivieren. Es war vier Uhr dreißig. Ich war völlig durchgeschwitzt. Die Luft im Zimmer war unerträglich. Es war Anfang November, ich heizte, weil es nachts so kalt war hier, aber ich hatte nicht damit gerechnet, wie effektiv so eine deutsche Heizung arbeitet. Die Luft kochte förmlich. Vor Tagesanbruch traute ich mich nicht mehr einzuschlafen, und so ging ich in die Küche, bereitete mir mechanisch einen caffè zu und setzte mich damit an den großen Landhaustisch.

Seit mich meine Familie nach Deutschland geschickt hatte, um ein Projekt für unsere Firma zu betreuen, verbrachte ich die meisten Nächte auf diese Art. Ich starrte dann stundenlang aus den großen Panoramafenstern in die schwarze Nacht, in der es hier nichts zu sehen gab. Keine Positionslichter, weit draußen auf dem Meer, die mir zuhause immer das Gefühl geben, nicht alleine zu sein. Keine Brandung, die mich mit ihrem Gesang trösten konnte, hier war einfach nur schwarze, zähe Finsternis.

Und wie jede Nacht, wenn ich mit diesen Gedanken die Zeit totschlug, nahm ich mir vor, meinen Auftrag hier so schnell wie möglich zu erfüllen, um endlich wieder nach Hause zu dürfen, zurück nach Italien. „Es sind doch höchstens ein oder zwei Monate", hatte mein Vater mir versichert. Und Paolo hatte gemeint, ich sei sicher vor dem Winter wieder zurück.

Diese Nächte liegen nun schon über drei Jahre zurück. Und ich schreibe den zweiten Teil meiner Geschichte hier in Deutschland. Aus den zwei Monaten wurde nichts. Oder besser, es wurden Jahre daraus. Es ist viel passiert in dieser Zeit. Aber, lesen Sie selbst ...

Kapitel 1

1.

Ich wache auf, weil ich Stimmen höre und blinzle benommen. Ich muss lächeln, ich mag es, wenn schon Leben im Haus ist, wenn ich gleich nach unten gehe, in unsere große Küche und den ersten caffè, wie jeden Morgen an die Arbeitsplatte der Küche gelehnt, genieße. Aber das Lächeln erstirbt in meinem Gesicht, als mir einfällt, dass ich gar nicht zuhause auf unserm Hof bin, sondern alleine in Deutschland. Die Stellung auf der Couch, in der ich beim Fernsehen irgendwann eingeschlafen sein muss, war unbequem und ich versuche, mich vorsichtig zu dehnen. Draußen ist alles grau, die kahlen Äste der Bäume erinnern mich wie jeden Morgen an eine surreale Landschaft, die ich aus meinen Albträumen kenne. Ich kicke den Fernseher im Vorbeigehen mit dem Fuß aus und schlurfe lustlos in die Küche, um caffè zu kochen. Daheim mache ich das auf dem Gasherd, es ist ein Ritual, das ich jeden Tag zelebriere. Wenn man den Gashahn aufdreht, das leise Zischen, dann die Flamme entzündet. Hier habe ich nur einen Elektroherd. Es dauert ewig, bis er die Caffettiera auf Temperatur bringt und dabei verkocht dann schon immer das ganze Aroma. Zuhause ist der November ein ruhiger, sonniger Monat, man kann noch draußen essen, am Meer entlanglaufen und die paar Laubbäume, die es bei uns gibt, haben noch ihre Blätter. Hier ist es schon eisig, das Thermometer zeigt gerade einmal drei Grad. Ich gehe trotzdem mit meinem caffè auf die Terrasse, aber nach wenigen Minuten tun mir die Hände weh von der kalten Luft.

Ich weiß nicht genau, wie viele Wohnungen noch im Haus sind, aber es ist immer völlig still. Scheinbar gehen hier alle furchtbar früh zur Arbeit und kommen erst spät wieder nach Hause. Ich bin kaum jemandem begegnet in den letzten Wochen, außer wenn ich Pakete ausgeliefert habe. Die Zusteller haben schnell gemerkt, dass ich immer da bin, und scheinbar hat das einer dem anderen weitererzählt, denn keiner macht sich erst noch die Mühe, beim eigentlichen Empfänger zu klingeln, alles wird immer sofort bei mir abgegeben. Und noch etwas fasziniert mich schon fast. Jeder Zusteller scheint genau zu wissen, wann ich entweder dusche, auf der Toilette bin, oder zumindest gerade den Mund voll habe, denn nur dann schrillt die Türglocke.

Meine Arbeitstage sind lang und zäh. Mein Auftrag klang eigentlich ganz einfach. In Italien restauriere ich alte Ruinen, schöne, große Landhäuser, die oft Jahrzehnte unbewohnt waren. Viele Italiener hatten in den letzten Jahren ihre Liebe zu solchen Häusern entdeckt, als Fluchtpunkt, um am Wochenende oder im Sommer aus den Städten zu entkommen und die Tage auf dem Land in der Nähe des Meeres zu genießen. Aber noch mehr Käufer für diese Häuser kamen aus Deutschland. Scheinbar liebten Deutsche es, in Italien zu sein und für viele war ein Haus am Meer ein großer Traum. Vor einigen Jahren hatte Paolo, ein Immobilienmakler aus unserer Gegend, meinen Vater überredet, einige unserer Häuser, die vergessen und verfallen auf unserem Land standen, verkaufen zu dürfen. Mein Vater hatte sich erst gesträubt, er konnte sich nicht vorstellen, dass jemand für diese „Steinhaufen“, wie er sie nannte,

überhaupt etwas bezahlen würde. Aber da lag er falsch. Wir bekamen schwindelerregende Summen für diese Häuser und so gründeten mein Vater und Paolo kurz darauf eine Firma, um noch weitere dieser Ruinen zu vermarkten. Und ich, das Nesthäkchen der Familie, lernte den Beruf der Geometra, einer Mischung aus Architektin und Bautechnikerin. Ich hatte die Zulassung, diese alten Häuser umzuplanen und die Restaurierungen zu kalkulieren und durchzuführen. Meine Mutter, die sehr früh nach Italien ausgewandert war, hatte nur mir, als einzigem ihrer vier Kinder, Deutsch beigebracht. Und so fand ich mich in Italien plötzlich in der wunderbaren Situation, dass ich deutsche Kunden beim Kauf und vor allem bei der Restaurierung dieser Häuser begleiten konnte.
Nur eines hatte sich als schwierig herausgestellt. Die meisten deutschen Käufer kamen nicht zu uns, wenn sie ein Haus suchten, sie gingen verständlicherweise lieber in Deutschland zu einer Agentur. Und genau das war Paolos Idee gewesen. Ich sollte hier in Deutschland eine Immobilienfirma finden, die bereits in unserer Gegend tätig war, und ihnen unsere Häuser zum Vertrieb anbieten.

Ich fand die Idee absolut dämlich. Erstens hatte ich nicht die geringste Lust gehabt, Italien zu verlassen und ich war auch nicht der Typ, Firmen abzuklappern, um ihnen unsere Häuser anzubieten. Ich kam mir komisch dabei vor, wusste nie recht, was ich sagen sollte, und merkte schnell, dass die meisten Firmen selbst genug Häuser im Angebot hatten. Was fast allen fehlte, waren Käufer.

So saß ich Tag für Tag im Arbeitszimmer der Wohnung, durchforstete das Internet nach Firmen und rief dann brav meine Listen durch. Die meisten Gespräche liefen etwa so ab.
„Guten Tag, Chiara Ravenna, ich wollte etwas fragen ...“
„Worum geht es?“
„Ich habe Häuser zu verkaufen, in Italien, Ravenna mein Name.“
„Sie wollen ein Haus in Ravenna kaufen?“
„Nein, ich habe mehrere Häuser. Zu verkaufen.“
„Wir kaufen keine Häuser, wir verkaufen ...“
„Ja, aber Sie könnten meine Häuser auch verkaufen.“
„Und wo sind Ihre Häuser?“
„In Ricci, Verzaglia, Rigossa“, rasselte ich dann ein paar Orte herunter, alle im näheren Hinterland von Ravenna.
„Wir verkaufen nur Häuser in Italien, tut mir leid.“

Nach solchen Telefonaten brauchte ich dann meist eine Stunde, bis ich mich aufraffen konnte, den Nächsten anzurufen.

2.

Ich hatte nach meiner Ankunft in München den Kühlschrank gefüllt, aber ich hatte kaum Appetit und daher waren darin nur irgendwelche abgepackten Lebensmittel, die ich normal nicht leiden kann. Am dritten Tag nach meiner Ankunft war ich so ausgehungert gewesen, dass ich abends losgegangen war, um ein Restaurant zu finden. Ein neues Lokal zu entdecken zählt zuhause zu einer meiner Lieblingsbeschäftigungen, aber hier war mir alles fremd und ich schlich ziellos durch das Viertel, in dem meine Wohnung lag. Anders als bei uns auf dem Land gab es hier jede nur erdenkliche Richtung an Speisen. Ich entdeckte mehrere griechische Tavernen, asiatische Lokale, Inder und was weiß ich nicht alles. Nur mit der Bezeichnung „Wirtshaus“ konnte ich nichts anfangen, ich hatte keine Vorstellung, aus welchem Land dort Speisen angeboten wurden. In Rom, Mailand und Turin, wo ich eine Weile gelebt hatte, war ich immer quer durch alle Kontinente essen gegangen. Aber hier fühlte ich mich so verunsichert, dass ich das erste italienische Lokal, das ich fand, betrat.

Das Lokal schien nicht so gut zu laufen, es waren nur wenige Tische besetzt und die Gäste hatten alle nur Kaffeetassen vor sich. Dabei war es doch erst kurz nach zweiundzwanzig Uhr, normale Abendessenszeit also.
Nachdem sich niemand um mich kümmerte, setzte ich mich an einen Tisch und schaute mich etwas um. Vor mir lag eine Speisekarte, die ich nur kurz überflog, ich interessiere mich nie für Speisekarten, die sind eigentlich nur für den schnellen Überblick, wie die Preise so liegen. Ein Kellner riss mich mit der Frage, was es sein dürfe, aus meinen Gedanken und ich antwortete ihm, was es denn gäbe. Er starrte mich kurz völlig verständnislos an, scheinbar überlegte er, ob ich bekloppt sei, oder vielleicht nicht lesen könne, zumindest sah sein Gesichtsausdruck so aus.
„Die Küche schließt gleich, wenn Sie also noch etwas essen wollen ...“
Klar wollte ich etwas essen, aber langsam kam mir der Laden komisch vor. Eine Küche, die um kurz vor halb elf „gleich schließt“? Ich nahm die Karte wieder zur Hand, während er ungeduldig an meinem Tisch

stehen blieb, und überflog die Angebote. Fisch, ich hatte Lust auf Fisch.
„Ist die Seezunge gut?“
„Natürlich, hier ist alles gut“, grinste er mich schief an.
„Aha. Wie wird sie denn zubereitet?“
„Nun, äh, so wie es da steht.“
„Können Sie mir noch zwei, drei andere Fische dazu grillen?“
„Da muss ich nachfragen.“
Er wollte gehen, aber ich rief ihn zurück.
„Ich hätte gerne ein paar Nudeln als Vorspeise. Kann ich die Spaghetti mit Venusmuscheln nur in Weißweinsud haben? Ich mag es nicht mit Tomate.“
Er starrte mich völlig irritiert an, nahm mir die Karte aus der Hand und verschwand in Richtung Küche.
Seltsam. In Italien haben wir dieses oft von mir zitierte Sprichwort, das besagt, dass man sich abends nach einem langen Tag in die Obhut eines verständnisvollen Wirts fallen läßt. Hier fühlte ich mich zwar fallen, aber nicht verständnisvoll aufgefangen.

In Italien wäre ich jetzt nach draußen eine Zigarette rauchen gegangen, aber es war so kalt, dass ich mir das verkniff und geduldig wartete. Mein Kellner kam nicht wieder. Stattdessen erschien ein dicker, gemütlich aussehender Mann an meinem Tisch.
„Sie hatten eine Frage zum Essen?“, lächelte er mich an.
Sein Akzent war so unüberhörbar sizilianisch, dass mir fast die Tränen vor Freude kamen.
„Si“, lächelte ich zurück und sprach zum ersten Mal, seit ich hier war, mit einem Menschen meine Muttersprache.

Es dauerte keine zwei Minuten, dann saß er bei mir am Tisch. Ich erzählte ihm, woher ich kam, dass ich noch nie in Deutschland gewesen sei, und er erzählte mir von all den Jahren, die er schon da war. Von seinen ersten Tagen in der Fremde, wie er sich vom Kellner hochgearbeitet hatte, bis er sein eigenes Restaurant eröffnen konnte.
Der Kellner hatte inzwischen schon alle Gäste im Lokal abkassiert und ich hatte gelernt, dass man hier nicht um zweiundzwanzig Uhr oder später zu Abend isst, sondern die ersten Gäste bereits ab sieben Uhr ihre Tische reservieren.
Und dann nahm mich Giovanni mit in die Küche zu seiner Frau und den beiden Töchtern. Der klassische italienische Familienbetrieb. Und wie ich es von zuhause kannte, wenn ich bei meinem Onkel im Lokal bin und auch oft in der Küche esse, luden sie mich ein, hier bei ihnen zu bleiben und Giovanni kochte uns ein Festmahl. Wir redeten, lachten und tranken Rotwein, den sein Bruder auf Sizilien gemacht hatte. Und als ich irgendwann gegen zwei Uhr morgens in mein Bett fiel, erlebte ich die erste Nacht, in der ich keine Albträume hatte.

3.

Manche Telefonate mit den Immobilienagenturen liefen zuerst auch vermeintlich gut. Das waren meist die kleineren Firmen, die nur von einer Person geführt wurden. Meine Stimme ist ziemlich tief und als ich neu in Deutschland war, hatte ich noch einen ziemlichen italienischen Akzent. Auch wenn mir alle sagten, das wäre nicht so, aber ich merkte das genau. Ich hatte viel zu wenig Übung, Deutsch zu sprechen. Ich lese viel, schreibe auch viel auf Deutsch, aber ich habe nicht ständig Gelegenheit gehabt, es auch zu sprechen. Nun, zumindest schien meine Stimme auszureichen, um bei einigen Agenturen die Phantasie etwas anzuheizen. Während ich also, meist in Jogginghosen und mit drei Paar Wollsocken, wie üblich ungeschminkt und mit wirren Wuschelhaaren, am Schreibtisch saß, sahen einige meiner Gesprächspartner wohl die italienische Diva vor ihrem inneren Auge, die sich lasziv in Designerkostüm, Dior-Sonnenbrille und makellosem Make-up nach einer Zusammenarbeit erkundigte. Und so bekam ich am Anfang oft zu hören, man solle das doch alles lieber persönlich besprechen, gerne im Büro, noch viel lieber aber gleich beim Business Lunch beim Edel-Italiener in der City.

Und so hatte ich mein erstes Meeting in der Innenstadt in einem gerade „total angesagten" Lokal. Ich fuhr viel zu spät los, um auch nur annähernd pünktlich zu sein. Zumindest dachte ich das. Ich kannte große Städte und ich wusste, was es bedeutet, in ihnen Auto zu fahren. In den Städten verlieren wir Italiener die uns angeborene Gelassenheit, wenn wir in oder auf etwas sitzen, das einen Motor hat. Kann man auf dem Land völlig entspannt machen, was man will, herrscht auf den Straßen der Städte Krieg. Staus, gefährliche Manöver, Motorroller, die sich durch die kleinste Lücke zwängen, rote Ampeln, die gnadenlos ignoriert werden, Zebrastreifen, die den sicheren Tod für jeden Fußgänger bedeuten, wenn er sich einbildet, irgendjemand würde auch nur einen Hauch vom Gaspedal gehen wegen ihm. Große SUV's und Limousinen beanspruchen ihren Platz mit der Gewissheit, dass zwei Tonnen Stahl alles aus dem Weg schieben, was immer auch sich entgegenstellen wollte. Kleine Autos dagegen fühlen sich wie Guerillakämpfer, die, aus dem Nichts kommend, in jede noch so kleine Lücke vorstoßen und sich wie die Motorini überall vordrängen. Ich war mit meinem Monster von Jeep nach Deutschland gekommen und dementsprechend war mir klar, dass ich damit in der verstopften Stadt kaum vorwärtskommen würde. Aber, weit gefehlt. Ich brauchte keine zehn Minuten, um die Innenstadt zu erreichen. Alles lief hier ruhig und geordnet ab. Kaum einer hupte, niemand gestikulierte, es wurden keine obszönen Gesten mit den Händen gemacht. Das Navi lotste mich in eine Seitenstraße und ich konnte einfach parken, ganz ohne zu suchen, ohne völlig sinnfreie Zonen zu durchfahren, wie bei uns, in denen meist nicht einmal die Polizei durchblickt, wer, wann, wo und wie lange parken darf. Selbst der Parkscheinautomat war leicht verständlich - und er funktionierte sogar.

Mein erstes Meeting und ich war pünktlich! Mein Handy lotste mich die letzten Meter zum Lokal. Der „Vorraum" war ein kleiner Innenhof mit einer Zeltüberdachung, Stehtischen und Heizpilzen. Ich war beeindruckt. Bei uns ist es meistens warm. Wenn es nicht warm ist, gehen wir eben rein. Hier heizen sie einfach draußen. Unglaublich. Mein neuer Geschäftspartner war auch schon da, denn kaum begann ich mich umzusehen, stürmte ein Mann um die fünfzig auf mich zu und begrüßte mich mit den Worten „Sie müssen Frau Chiara sein?"
„Äh, ja, Ravenna."
„Ach, Sie sind aus Ravenna?"
„Öh, nein, ich, äh, heiße Ravenna."
Er glotzte kurz irritiert. „Nun ja, wie auch immer, ich bin Horst." Er hielt mir die Hand hin.

Horst war sehr nett. Vermutlich dachte er, mir sei kühl, legte er mir doch immer wieder fürsorglich die Hand aufs Knie, wohl um es zu wärmen. Und Horst erzählte mir auch sehr genau, wie das läuft mit den Immobilien. Er erklärte mir, dass meine Region, die Emilia Romagna, ja hier eher keinen interessieren würde, weil da sei ja „dieses Rimini" in der Nähe, und er würde ja nur an den oberitalienischen Seen Luxusvillen anbieten, weil „alles andere lohnt ja nicht". Ich fragte ihn vorsichtig, wie er denn die Marken einschätzen würde. Nun erwarte ich wirklich von keinem Menschen, der nicht in Italien geboren ist, dass er mit den Marken etwas anfangen kann. Die Region ist auch zu verwirrend, was ihren Namen anbelangt. Die Marken heißen im italienischen Le Marche, das „ch" wird wie das deutsche „k" ausgesprochen. Viele halten es für eine französische Provinz, weil sie denken, es würde „Lee Marschee" gesprochen. Aber ein Profi wie Horst, der, wie er mir sagte, seit zwanzig Jahren „Immos in Italien" macht, der sollte das eigentlich schon wissen. Tat er aber nicht. Horst stutzte kurz auf meine Frage hin, und meinte dann: „Naja, Markensachen gehen immer gut, haben Sie denn da Kontakte" (Augenzwinkern dazu).

Ich wollte nur noch weg, aber Horst war schon beim dritten Prosecco und meinte, es sei Zeit, auf einen richtig guten Wein umzusteigen. Ich hatte kurz auf die Karte geschielt. Was die hier als edlen italienischen Prosecco verkauften, war hoffnungslos überteuerte Plörre, von der ich nur aus Höflichkeit zweimal genippt hatte. Wenn die Weine ähnlich waren, na dann Prost, Horst ...
Ein Kellner brachte uns die Speisekarten, und da ich ja jetzt gelernt hatte, dass man hier keine blöden

Fragen stellt, sondern einfach das nimmt, was in der Karte steht, begann ich, mir die Gerichte anzuschauen. Es war der reinste Horror. Mondpreise für Phantasiegerichte, die nach viel klangen, aber letztlich nichts waren, was ich essen wollte. Horst schwadronierte fröhlich weiter über die guten Weine. Gerade erzählte er mir von einem Weingut, das er besucht hatte, erklärte mir nebenbei, woran ich einen guten Wein erkennen würde und spannte dann den Bogen zu seinen Erfahrungen mit tollen Restaurants am Lago Maggiore. Mir reichte es. Und als Horst mit den Worten: „Ich schaffe mal kurz Platz für den Wein", auf der Toilette verschwand, schob ich einen Geldschein unter mein Glas und ließ mich vom Gewühl der Menschenströme in der Fußgängerzone verschlucken.

Solche Meetings hatte ich ein paar Mal, sie liefen fast alle gleich ab und frustrierten mich immer mehr. Und so begann ich, jeden Tag viele Firmen aus dem Internet zu suchen, aber ich rief immer weniger an und so wurde die Zeit jeden Tag immer mehr zu einer zähen, klebrigen Masse, die mich zunehmend lähmte.

4.

Ich kannte wenig von dem Haus, in dem ich wohnte. Meist war ich zuhause, und wenn ich nach draußen musste, fuhr ich mit dem Lift direkt von der Wohnung nach unten in die Tiefgarage. Das Kellergeschoss selbst hatte ich noch nie betreten. Bis ich eines Abends nach dem Einkaufen nach Hause kam und eine Türe offen stehen sah, die in einen langen Gang führte. Ich wartete auf den Lift, als ich

plötzlich wütendes Geschrei vernahm. Dann einen lauten Schlag, Fluchen, nochmals einen Schlag. Ich ging vorsichtig auf die Türe zu. Die Stimme wurde lauter. Ich konnte die Sprache nicht erkennen. Es klang fremdländisch, dann wieder ein paar italienische Brocken, dann eher wieder Spanisch. Ich betrat den Gang. Das war also hier ein Kellerflur. Edle Halogenspots, ein schöner, mit Terrakotta gefliester Boden. Ich folgte den Geräuschen und stand plötzlich vor einer offenen Türe. Eine Frau war im Raum, etwas älter als ich, sie trat abwechselnd auf eine Waschmaschine ein, fluchte, trat wieder zu. Das Bild war so bizarr, ich platzte plötzlich los vor Lachen. Erschrocken starrte sie mich an, musterte mich, und dann brach auch sie in Lachen aus. Und wir standen beide da und gackerten wie verrückt, bis uns die Tränen runterliefen.
Als wir uns etwas beruhigt hatten, sagte sie: „Das Scheißding geht nicht."
Ich war begeistert, sie war wie ich. Genau das hätte ich auch gesagt, und ich hätte auch genauso auf eine Maschine eingetreten, die nicht so wollte wie ich.
„Salve, ich bin Chiara", lächelte ich.
„Hi, ich bin Mathilda."
Sie hatte einen starken Akzent, und jetzt war mir auch klar, welche Sprache sie gesprochen hatte. Portugiesisch. Mathilda war aus Brasilien, mit deutschem Vater.

Wir strahlten uns eine Weile an.
„Ist sie kaputt?"
„Ja, vermutlich."
Ihr Akzent war so reizend, ich hätte ihr stundenlang zuhören können.

„Sag mal“, fragte ich sie spontan, „weißt du, wo mein Keller sein könnte?“
„Du wohnst oben im Penthouse?“
„Ja.“
„Das müsste der ganz hinten am Ende des Ganges sein.“
„Kannst du mir das zeigen, ich war noch nie hier unten?“
„Klar, komm mit. Mit Waschen wird heute eh nichts mehr.“
Sie warf einen letzten vernichtenden Blick auf das Gerät, löschte das Licht und führte mich durch den endlos langen Gang zu einer Türe.
„Hier, das müsste er sein.“
Ich wäre nie darauf gekommen, dass das ein Keller sein könnte. Die Türe sah aus wie die zu einer Wohnung.
„Probier deinen Schlüssel, es müsste der gleiche sein wie oben.“
Tatsächlich passte er und ich stieß die Türe auf. Es war tatsächlich kein Keller, sondern eher eine Art Apartment. Riesig, mit einer kleinen Küchenzeile und einer Türe, die in ein Bad führte. Wohnen konnte man hier allerdings nicht. Eine Ecke war zu einem Fitnessstudio umfunktioniert, mit einem Laufband, einem Stepper, einem Fahrrad und unzähligen Hanteln. Und der Rest des Raums war vom Boden bis zur Decke vollgestopft mit Wein. Ich hatte gewusst, dass mein Bruder in Deutschland ein Lager hatte, von dem aus er Wein weiterverkaufte, aber ich hatte nicht gedacht, dass dieses Lager hier war, in diesem Haus.
„Oh mein Gott!“, entfuhr es Mathilda, die hinter mir in den Raum getreten war. „Wie viele Flaschen mögen das sein?“

Ich ging andächtig an den Regalen entlang. Die meisten Weine waren unsere eigenen, die wir auf unserem Hof produzierten, aber es waren auch genug andere dabei, viele Raritäten, aus allen möglichen Ländern. Ich blieb immer wieder stehen und streichelte zärtlich über die eine oder andere Flasche. Ich liebe Wein, schon seit ich ein kleines Mädchen war stand fest, dass ich irgendwann einmal unseren Hof übernehmen würde, um unseren Wein in die nächste Generation zu führen.
Mathilda fiel mir wieder ein. Sie hatte so ein Grinsen im Gesicht, und so fragte ich sie spontan: „Was möchtest du, einen Spanier, einen Franzosen, einen Portugiesen ...?“
„Franzosen, ich mag Franzosen“, strahlte sie mich an.
Ich suchte uns zwei besonders gute Flaschen aus. Klar, die Weine gehörten meinem Bruder, er wollte sie weiterverkaufen, aber nun, irgendwie fand ich, dass ich es mir verdient hatte, zuzugreifen.
Der Abend mit Mathilda wurde wundervoll. Wir saßen auf dem Boden in meinem Wohnzimmer, tranken die zwei Flaschen Rotwein, hatten die Musik laut und redeten, bis der Morgen anbrach.

5.

Da ich immer um sechs Uhr aufwache, egal wie spät ich ins Bett gehe, lohnte es sich nicht mehr, sich noch einmal hinzulegen. Wieder einmal saß ich am großen Holztisch im Wohnzimmer und starrte aus dem Fenster. Der Espresso duftete herrlich in meiner Nase und ich dachte über die letzten Tage nach. Irgendwie war es schon komisch. Ich hatte mich mit Giovanni angefreundet, dem das Lokal bei mir in der Nähe gehörte, und jetzt mit Mathilda. Zu Deutschen hatte

ich noch keinen Kontakt gefunden, wenn ich die oberflächlichen Telefonate mal beiseite ließ. Ich fand einfach keinen richtigen Zugang zu diesem Land. Und das, obwohl ich ja, zumindest genetisch, zur Hälfte eine Deutsche war. Aber wenn ich so nachdachte, außer meiner Mutter und Dieter, mit dem ich zusammen gewesen war, hatte ich nie deutsche Freunde gehabt. Der proseccotrinkende Horst schob sich vor mein inneres Auge, während draußen auf den kahlen Ästen die ersten Eichhörnchen munter wurden und Fangen spielten. Wie immer, wenn ich versuchte nachzudenken, galoppierten meine Gedanken in alle Richtungen und ich wurde ganz kribbelig.
Ich musste etwas ändern. Ich fühlte mich wie in einer Zeitschleife gefangen. So, als ob der Rest meines Lebens daraus bestehen würde, eingesperrt in dieser Wohnung zu sitzen und ab und zu irgendwelche Firmen anzurufen, die mich furchtbar nervten. Aber was? Was sollte ich tun? Und die Antwort war so einfach. Zurück nach Hause gehen! Mein altes Leben wieder leben. Versuchen, meine Beziehung zu Stefano zu kitten, der ausgerastet war, als ich nach Deutschland ging, weil es ihm nicht passte, dass ich hier alleine in einem fremden Land saß. Der dachte, ich mache hier „Dolce Vita“ und gehe nur auf Partys. Bilder vom letzten Sommer kamen mir in den Sinn, ich sah das blaue Meer, den Strand, sah mich lachend am Ufer entlanglaufen. Alessandra, die fröhlich winkte. Alessandra. Sie fehlte mir am meisten. Sie war tapfer gewesen, als ich abgereist war. Auch sie hatte geglaubt, ich sei bald zurück. Ich merkte, wie die ersten Tränen in mir hochstiegen und versuchte, sie wegzuschlucken. Aber, es war schon zu spät, ich konnte sie nicht mehr aufhalten. Und so saß ich ewig

an diesem Scheißtisch und heulte mir die Seele aus dem Leib.

6.

Als ich mich wieder gefangen hatte, stand meine Entscheidung fest. Ich würde das hier abbrechen und nach Hause fahren. Völlig egal, was meine Familie davon halten würde. Ich verwarf den Gedanken, um acht Uhr schon ein Glas Rotwein zu trinken und machte mir stattdessen einen weiteren caffè. Ich musste mir noch ein paar Argumente überlegen, was ich sagen würde, wenn ich meinen Vater anrief.

Gegen neun Uhr klingelte das Telefon. Es war das Bürotelefon, ich hatte vergessen, das Band anzuschalten. Ich ließ es klingeln, wollte nicht rangehen. Und noch heute könnte ich mir selbst in den Hintern treten, dass ich es nicht ignoriert habe. Ich könnte seit drei Jahren schon wieder in Italien sein, hätte das alles längst hinter mir gelassen. Aber als das Telefon damals einfach nicht aufhörte, konnte ich irgendwann nicht widerstehen und hob ab.

Kapitel 2

1.

Es war ein sonniger Tag im Dezember. Der Himmel war stahlblau, mit leicht milchig weißem Schleier. Das Thermometer hatte bei der Abfahrt ein Grad plus gezeigt. Das war allerdings die Temperatur in der Tiefgarage gewesen. Jetzt, wo ich aus der Stadt hinausfuhr, zeigte es minus neun Grad an. Ich hatte gar nicht gewusst, dass mein Auto Temperaturen im Minusbereich kannte. Bisher hatte die Anzeige immer nur neue Rekorde im Plusbereich gebrochen. Ich schauderte. Geschichten fielen mir ein, die ich als Kind gelesen hatte, von Jack London, aus der Antarktis. Eine war mir besonders haften geblieben. Er erzählte darin von einem besonders kalten Tag, an dem die Temperaturen so niedrig waren, dass, als er ausspuckte, sein Speichel noch in der Luft knisternd gefror. Ich nahm mir vor, das nachher, wenn ich angekommen wäre, einmal auszuprobieren. Sicher reichten diese Temperaturen hier im Outback von München bereits dazu aus.

Es war jetzt einige Tage her, als mein Telefon morgens geklingelt hatte und ich nach langem Zögern doch noch rangegangen war. Am anderen Ende der Leitung hatte sich eine Julia irgendwas gemeldet. Ihr Nachname war zu kompliziert, ich hatte ihn nicht aussprechen können und ihn daher auch sofort wieder vergessen.

„Hallo, spreche ich mit Frau Ravenna?“, hatte sie sich gemeldet.

„Ja?“
„Grüß Gott. Wir haben vor einer Weile mal telefoniert.“
Jetzt hatte ich sie zuordnen können. Sie war eine der Ersten, mit der ich nach meiner Ankunft gesprochen hatte. Ganz sympathische Stimme. Sie hatte mir damals gesagt, der Inhaber der Firma sei verreist, für länger. Und irgendwie waren wir ins Gespräch gekommen und hatten endlos lange telefoniert. Sie liebte Italien und wir sprachen über verschiedene Orte, die uns beiden viel bedeuteten, und ich erzählte ihr, wozu ich nach Deutschland gekommen war. Am Ende des Gesprächs hatte sie mir zugesagt, sich wieder zu melden, wenn ihr Chef zurück war. „Er findet das garantiert hochinteressant“, hatte sie gemeint.
Nun hatte sie mit ihm gesprochen und er wollte mich kennenlernen. Allerdings nicht im Büro, sondern irgendwo außerhalb. Julia hatte mein Zögern wohl bemerkt und sich beeilt, mir zu sagen, dass sie auch dabei sein würde.

Und so folgte ich an diesem kalten Tag den Anweisungen des Navis und fuhr immer weiter aus der Stadt heraus. Leider führte die Autobahn, auf der ich mich dazu befand, nicht nach Italien, die angeschriebenen Orte sagten mir nichts und wäre das Gerät ausgefallen, ich hätte keine Ahnung gehabt, wo ich eigentlich war.
Der Ort, an dem wir verabredet waren, hieß Starnberg. Aber statt eines Bergs fand ich dort einen See. Ich war noch nicht am Ziel, aber als ich das Wasser sah, zog es mich so magisch an, dass ich anhalten und aussteigen musste. Das Ufer war betoniert, aber der See glitzerte so wundervoll in der

Sonne. Ich war so lange nicht zuhause gewesen, dass selbst dieses bisschen Wasser mir das Gefühl von Heimat gab. Der See war groß, man konnte nicht bis ans Ende schauen und am Horizont sah ich die felsige Alpenkette. Dahinter lag Italien, meine Heimat. Und ich funkelte die Berge böse an, denn sie waren es, die die warme Luft aus dem Süden abhielten. Eigentlich hatte ich ja diesen Spucketest machen wollen, ob sie in der Luft gefriert. Aber alles hier war so sauber, so ordentlich, dass ich mich nicht traute. Vielleicht gab es hier ein Gesetz, wie in Malaysia, das Ausspucken unter Strafe stellte.

Ich fuhr die letzten Minuten zum Treffpunkt. Die Adresse muss falsch sein, dachte ich erst, denn es sah aus wie ein Krankenhaus. Aber es war wohl eine Kurklinik. Und als ich Julia auf dem Handy anrief, ob ich denn richtig sei, sah ich sie schon winkend auf dem Parkplatz stehen.

2.

Julia war ungefähr in meinem Alter und begrüßte mich so herzlich, als würden wir uns schon mindestens ein Leben lang kennen. Sie hatte strohblonde Haare, die frech unter einer dicken Wollmütze hervorlugten. Dazu trug sie einen Mantel, der aussah, als könnte man damit sogar eine ganze Nacht bei dieser Kälte überleben. Ihre Füße steckten in dicken Stiefeln, wie ich sie von Bildern kannte, auf denen Menschen irgendwelche Gegenden erforschten, in denen es nichts als Eis gab. Sie hatte einen wohl bestimmt vier Meter langen Schal mehrmals um sich geschlungen und sich bis zur Nasenspitze darin vergraben. Und ihre Handschuhe!

Fasziniert betrachtete ich diese Monsterteile, die es bestimmt unmöglich machten, damit noch irgendetwas zu greifen. Ich dagegen war nicht so gut ausgerüstet. Meine Stiefel waren die klassischen Lederstiefel, die wir Italienerinnen dann tragen, wenn es bei uns Winter ist. Also immer, wenn das Thermometer unter zwanzig Grad plus fällt. Meine Jeans ließ die Kälte quasi ungehindert an meine Haut. Meine Jacke war bestimmt hübsch, aber nicht wirklich gefüttert. Und meine Handschuhe waren so richtig gefühlsecht, perfekt, um damit einen Safe zu knacken, aber sie wärmten kein bisschen. Als ich Julia so ansah, der das Wetter überhaupt nichts auszumachen schien, beschloss ich, mir unbedingt ein paar warme Sachen zu kaufen. In der Wohnung hatte ich kein Problem mit dem Wetter, die Heizung lief wirklich gut. Und als ich irgendwann entdeckte, wo der Hausmeister den Schlüssel für den Technikraum aufbewahrte, hatte ich mir die Anlage näher angesehen und dann die Temperaturkurven und die Laufzeiten der Wärmepumpen nach meiner Vorstellung umprogrammiert. Julia sagte irgendetwas, wohl schon zum zweiten Mal, und ich merkte, dass meine Gedanken schon wieder völlig abschweiften. Also nickte ich lächelnd und sie setzte sich in Bewegung. Vermutlich hatte sie gefragt, ob wir reingehen wollen.

3.

Wir liefen durch endlose Gänge. Man hatte nicht den Eindruck, in einer Kurklinik zu sein, die Ausstattung war eher die eines Luxus-Hotels. Ich hatte auch alles Mögliche erwartet, aber Julias Chef empfing uns in seinem Zimmer, das eher eine Suite war. Herr

Dobler, wie er sich vorstellte, war ein großer drahtiger Mann. Seine Gesichtszüge wirkten fast ein wenig aristokratisch. Er trug einen Hausmantel aus dunkler Seide und nachdem mir sein Händedruck fast die Finger zerquetscht hatte, bot er uns einen Platz am großen Tisch an. Er lächelte entspannt, aber ich merkte genau, dass er mich in Wirklichkeit neugierig taxierte. Schließlich brach er das Schweigen.

„Sie sind auf der Suche nach Vertriebspartnern, Frau Ravenna, für Ihre Häuser?"

„Ja, ... wir haben ein paar wirklich schöne Häuser, und wir wollen sie hier in Deutschland anbieten."

„So einfach ist das aber nicht. Die Deutschen sind nur an sehr speziellen Häusern interessiert. Nicht zu groß, nicht zu weit vom Meer. Haben Sie da überhaupt Erfahrung?"

Ja, die hatte ich. Ich erzählte ihm von meiner Ausbildung zur Geometra, von einzelnen Häusern, die ich schon restauriert hatte für Käufer, und von meinem größten Projekt, dem Borgo, das ich zusammen mit Dieter realisiert hatte. Und damit hatte ich ihn! Als ich das Borgo beschrieb, schnellte er nach vorne.

„Das war Ihr Projekt!", mehr ein Ausruf als eine Frage.

„Ja, ich habe die komplette Planung dafür gemacht und auch die Bauleitung."

„Wir reden von dem Borgo, oben, über den Hügeln von Poggio San Marcello?", vergewisserte er sich.

„Ja!" Das „Ja" rutschte mir fast etwas zu heftig heraus. Traute er mir so etwas denn nicht zu?

Er lehnte sich wieder zurück.

„Ich wollte das Projekt damals auch machen, ich war ganz dicht dran, aber dann wurde ich ...“, seine Stimme brach plötzlich ab und seine Augen wurden etwas dunkler.
Ich verstand, was er meinte. Fast hatte ich vergessen, dass wir hier nicht in einem Hotel oder einer Wohnung waren, sondern in einer Klinik.
Er trank ein-, zweimal von seinem Glas, seine Augen hellten sich wieder auf und seine Haltung wurde wieder gerade.
„Erzählen Sie mir doch ein wenig von sich“, bat er.
Und so fing ich einfach an, auf ihn einzureden, berichtete von unserem Weingut in der Emilia Romagna, wie es gekommen war, dass wir anfingen, Immobilien zu verkaufen. Als ich ihm die Geschichte erzählte, wie ich eines Morgens Zeugin des Gesprächs zwischen meinem Vater und seinem jetzigen Geschäftspartner Paolo geworden war, in dem Paolo verzweifelt versucht hatte, meinen Vater davon zu überzeugen, wie viel Geld die alten Ruinen auf unserem Land Wert seien, wenn man sie an ausländische Kunden verkaufen würde, schlug er sich vor Vergnügen sogar auf die Schenkel und lachte zum ersten Mal, seit wir dieses Gespräch führten.
„Ihren Vater würde ich gerne mal kennen lernen“, meinte er fast grinsend, „er muss ein bemerkenswerter Mann sein.“
Ich nickte leicht abwesend. Die ganzen Geschichten zu erzählen hatte mir plötzlich wieder bewusst gemacht, wie sehr mir das alles fehlte. Die vertrauten Menschen, die Gegend, mein Land, meine Heimat.
Er hatte angesetzt zu sprechen, aber wohl gemerkt, dass ich kurz abgelenkt war. Er trank wieder aus seinem Glas, schaute mich lange sehr intensiv an und ich spürte, wie es in ihm arbeitete.

„Ich muss Ihnen ein Geständnis machen, Frau Ravenna.“ Wieder griff er zum Glas, das inzwischen leer war, schaute es kurz irritiert an und stellte es dann achtlos wieder hin.
Julia sprang auf, wohl um es zu füllen, aber er machte eine kurze Bewegung mit der Hand, und sie ließ sich wieder zurück auf ihren Stuhl sinken.
„Ich muss Ihnen ein Geständnis machen“, wiederholte er nochmals seinen Satz, „ich war nicht ganz ehrlich, warum ich dieses Treffen mit Ihnen wollte.“
Ich schaute ihn verständnislos an.
„Sehen Sie, wir sind eine recht große Firma, ich verkaufe seit fast zwanzig Jahren Häuser in Italien an deutsche Kunden. Aber, ich suche keine Häuser, ich suche etwas anderes.“
Ich hatte keine Ahnung, was er meinte. Ich war mir auch nicht ganz sicher, wie so oft, ob ich alles richtig verstanden hatte. Manchmal weiß ich nicht, ob mein Deutsch zu schlecht ist, wenn ich den Sinn von etwas nicht verstehe, oder ob es tatsächlich nicht zu verstehen ist. Ich kann es schlicht nicht einschätzen.
„Was suchen Sie denn?“, fragte ich zögerlich.
„Ich bin jetzt seit fast zwei Jahren nicht mehr in der Lage, meine Firma zu führen. Und wie es aussieht, werde ich es auch eine lange Zeit noch nicht können. Was ich suche, ist ein
Käufer.“ Er beugte sich nach vorne, sah mir fest in die Augen. „Ich suche jemanden, der meine Firma kauft. Das ganze Paket. Mit unserem Kundenstamm, den Mitarbeitern, dem Büro.“ Er ließ sich zurücksinken, atmete jetzt schwer. Es fiel ihm nicht leicht, das auszusprechen.

4.

Ich war wieder auf der Rückfahrt nach meinem Treffen mit Julias Chef und meine Gedanken überschlugen sich. Der Vorschlag dieses Herrn Dobler war wahnwitzig. Seine ganze Firma zu übernehmen! Andererseits natürlich auch sehr verlockend. Sie hatten alles, was wir suchten. Ein Büro, Mitarbeiter mit Erfahrung im Verkauf von Häusern in Italien, einen Kundenstamm, ein paar Häuser hatten sie auch unter Vertrag, die sie anboten, und dazu kämen dann noch unsere. Wir wären über Nacht einer der größten Anbieter. Und, da dachte ich natürlich etwas egoistisch, seine Firma wurde, seit er krank geworden war, von einem Geschäftsführer geleitet. Und das wiederum bedeutete, dass ich hier nicht mehr gebraucht würde. Ich könnte sofort zurück nach Hause und wie früher die Kunden bei uns betreuen, die aus Deutschland anreisten, um sich die Häuser vor Ort anzusehen. Ich sah es genau vor mir, der kommende Sommer, wenn ich wieder in meinem Haus am Strand leben würde, meine morgendlichen Spaziergänge zum alten Leuchtturm, lange Tage am Meer, gelegentlich das eine oder andere Haus vermessen, ein paar Pläne zeichnen und ansonsten wieder den gemütlichen und vertrauten Ablauf genießen, den das Leben im Süden mit sich bringt.

Kaum zurück in der Wohnung rief ich sofort zuhause an, um Papa von meinem Treffen zu erzählen. Eigentlich hatte ich gedacht, er würde mich auslachen, aber er fand die Idee gar nicht so abwegig. Wir diskutierten ein wenig hin und her, alles ganz

friedlich. Und dann kam der erste Rückschlag, den ich dafür einstecken musste, doch noch an das endlos klingelnde Telefon gegangen zu sein, als Julia vor ein paar Tagen angerufen hatte. Denn Papa sagte plötzlich ganz entschlossen zu mir: „Okay, Chiara, wir schauen uns das an. Wir kommen alle Weihnachten zu dir nach München. Arrangiere ein Treffen. Ich muss jetzt los, bis bald, gib Bescheid."
Ich starrte fassungslos auf den Hörer. Sie wollten alle herkommen? Nach München? In den Winter? Es zog mir fast den Boden weg. Ich hatte mich so gefreut, Weihnachten nach Hause zu fahren, wegzukommen, ans Meer. Und jetzt das. Ich verfluchte plötzlich Julias Anruf, das Treffen, diese Firma. Aber ich ahnte ja noch gar nicht, was mich dieser eine Anruf noch alles kosten würde, und dass ein ausgefallener Weihnachtsurlaub noch das geringste Problem daran war.

Kapitel 3

1.

Nachdem ich mich damit abgefunden hatte, dass meine gesamte Familie Weihnachten zu mir kommen würde, war es an der Zeit, meine Strategie gegen den deutschen Winter neu zu überdenken. Jedes Mal wenn ich aus dem Haus musste, erfror ich fast. Ich hatte bereits die erste Erkältung deswegen hinter mir und was ich so gelesen hatte, kamen die richtig kalten Tage erst noch. Ich brauchte Kleidung, richtig gute, warme Kleidung. Und so zog ich los, um mich damit einzudecken.

Ich lief den halben Tag durch die Stadt und fand nichts, was mir gefiel. Ich hatte mir nie Gedanken machen müssen, was man anzieht, wenn es minus zehn Grad hat und man dabei auch noch gut aussehen soll. Natürlich, auch bei uns kann es ab und zu knapp null Grad haben. Sogar Schnee fällt gelegentlich. Aber dann bleibt man eben mal für einen halben Tag zuhause. Die Schulen bleiben geschlossen, Sehenswürdigkeiten werden gesperrt und wer tatsächlich so bekloppt ist, das Auto zu bewegen, macht mitten auf der Straße den Warnblinker an, zieht Schneeketten auf und kriecht dann im Schritttempo weiter durch die Gegend.

Schließlich landete ich in einem dieser Outlets, die sportliche Outdoor-Mode im Urban-City-Look für junge, dynamische Menschen anbieten. Als immer gern genommenes Werbeopfer betrat ich vertrauensvoll die Ausstellungsräume und war für den ersten Verkäufer, dem ich in die Arme lief, ein gefundenes Fressen. Ich kaufte alles! Ich wollte keine halben

Sachen machen. Ich fing mit Thermounterwäsche an, machte mit Socken - garantiert antarktistauglich, da doppelt luftgepolstert - weiter, ich kaufte Fleecejacken in dünn - „wenn Sie mal nur kurz zum Briefkasten müssen“ - in dick und in ganz dick. Dazu Funktionsjacken, die mir versprachen, jeden Blitzeissturm im Keim zu ersticken und obendrein für ein besonders natürliches Klima zu sorgen, da der Stoff sogar atmungsaktiver wäre als meine eigene Haut. Das muss man sich mal vorstellen! Dazu kamen diverse Thermohosen - „falls Sie mal eine Bergtour machen“, Handschuhe, diverse Mützen, ein paar Pullover, Schals und ein paar Schuhe, die mir ermöglichen würden, mehrere Stunden auf einem gefrorenen See an einer Stelle zu stehen, ohne auch nur ein Grad abzukühlen. Ich hatte zwar wirklich nicht vor, auf einem gefrorenen See zu stehen, schon gar nicht ein paar Stunden lang, aber nun, was für einen gefrorenen See gut war, war für die Stadt umso besser.

Als ich die ganzen Klamotten zu meinem Wagen auf den Parkplatz schleppte, merkte ich bereits jetzt, wie gut diese Sachen waren. Ich kam dabei nämlich so ins Schwitzen, dass mir schon richtig heiß war, noch bevor ich überhaupt nur ein Teil davon angezogen hatte.

2.

Ein paar Tage später schlich ich lustlos durch die Wohnung und beschloss, das Abendessen bei Giovanni in seinem Restaurant einzunehmen. Es war noch kälter geworden und als ich an das Terrassenfenster trat, um einen Blick auf das

Thermometer zu werfen, sah ich, dass es schneite. Wobei ich im ersten Moment dachte, da schüttelt jemand ein Daunenkissen aus. Ich hatte noch nie so riesige Schneeflocken gesehen. Sie schwebten wie kleine Federn vom Himmel, tanzten durch die Luft, wurden wieder nach oben getragen. Es sah ganz bezaubernd aus. Ich blickte fasziniert aus dem Fenster und strahlte dieses Schauspiel fröhlich an. Das also war der richtige Schnee. Es sah toll aus, die ganze Terrasse war schon bedeckt damit und die Bäume hatten alle kleine weiße Mützen auf. Prima, da konnte ich ja gleich mal meine neue Winterkleidung testen.
Ich fing mit der langen Thermounterwäsche an, zog darüber die gefütterte Hose, konnte mich dann nicht für eine dünne oder dicke Fleecejacke entscheiden und zog vorsichtshalber beide an. Bei den Socken war ich auch nicht sicher, also zog ich drei Paar übereinander, was aber dazu führte, dass ich damit kaum mehr in die Schuhe kam. Aber egal. Ich dachte an den zugefrorenen See und den verschneiten Asphalt draußen, der sicher genauso kalt sein würde, und biss die Zähne zusammen. Als ich die winddichte, aber total atmungsaktive Jacke über die beiden Fleecejacken zog, wurde mir schon mollig warm. Als ich mir dann noch den Schal rumwickelte, wie ich es bei Julia gesehen hatte, und eine meiner neuen Mützen aufsetzte, wurde mir sogar sehr mollig warm und ich merkte, wie mir die ersten Schweißtropfen den Rücken entlang liefen. Ich griff mir die Handschuhe, die noch monströser waren als Julias, und merkte dann, dass ich so dick angezogen war, dass ich kaum mehr die Treppe in das untere Stockwerk gehen konnte. Dort sah ich in den Spiegel und erschrak. Ich sah aus wie ein Monster, total

aufgebläht, konnte mich kaum bewegen und schwitzte inzwischen wie in einer heißen Sommernacht bei vierzig Grad im Schlafzimmer bei mir unter dem Dach. Egal, ich musste nur nach draußen. Ich öffnete die Türe, die hier direkt ins Freie führte und bekam als Erstes vom Sturm eine volle Ladung Schnee frontal ins Gesicht geblasen. Mir blieb die Luft weg, die plötzliche Kälte auf der Haut im Gesicht nahm mir den Atem. Ich hatte eine Stinkwut, knallte die Türe hinter mir zu, stakste ein paar Schritte mit meinen unzähligen Kleidungsschichten, fragte mich gerade, warum ich so verdammt schwitzte, wo meine Jacke doch „atmungsaktiver als meine eigene Haut" war und rutschte am ersten Schneehaufen aus und fiel der Länge nach hin. Da lag ich dann, auf dem Rücken, wie ein fetter Maikäfer, strampelte mit den Beinen, weil ich mich mit der dicken Kleidung kaum drehen konnte und krabbelte auf allen Vieren zurück zur Wohnungstüre. Der Sturm jagte mir höhnisch noch eine Ladung Schnee von hinten in den Nacken, denn mein kunstvoll gewickelter Schal hatte sich inzwischen auch verabschiedet und das fühlte sich auf der verschwitzen Haut noch dreimal so kalt an. So stand ich dann in der Diele, und der Schnee, der vorher so schön sanft vom Himmel geschwebt war, schmolz jetzt langsam an meinen Stiefeln und von meiner Jacke und saute den ganzen Boden ein. Ich hätte heulen können! Und jetzt musste ich auch noch aufs Klo. Die Unmengen an caffè und Wasser forderten ihren Tribut und ich versuchte zu ignorieren, was ich erst alles würde ausziehen müssen ...

3.

Die Tage vor Weihnachten waren trist gewesen. Der Schnee, den ich seit meinem Spaziergang gar nicht mehr so romantisch fand, war liegen geblieben. Das war etwas, was ich nicht kannte. Bei uns schmilzt Schnee normalerweise noch am selben Tag wieder weg. Alles war plötzlich mühsam, überall war es rutschig auf den Wegen, mein Auto konnte ich nicht mehr benutzen, weil ich keine Winterreifen hatte und ich fror trotz meiner neuen Ausrüstung ganz erbärmlich. Ich konnte nicht verstehen, wie die Leute das hier aushielten. Ich war ganz sicher, dass das eine einmalige Ausnahme war, aber alle wirkten ganz normal und gar nicht aufgeregt. Bei uns wäre in so einer Situation der Notstand ausgerufen worden.

So sehr ich mich auch freute, meine Familie wiederzusehen, die Vorstellung, Weihnachten hier, in dieser unwirtlichen Kälte zu verbringen, stimmte mich alles andere als froh. Immer mehr Häuser erstrahlten in festlicher Weihnachtsbeleuchtung, und sie war wirklich festlich, nicht wie ich es kannte. Bei uns ist alles bunt, blinkt, ist kitschig, hier war die vorherrschende Farbe ein dezentes Weiß.

Einen Tag vor Weihnachten kam die Familie. Die Wohnung füllte sich mit meinen Eltern, meinen drei Brüdern und ihren Frauen, und natürlich Alessandra. Alessandra hatte ich am meisten von allen vermisst. Ich konnte nicht aufhören zu weinen, als ich sie endlich wieder in die Arme schließen konnte.

Ich hatte einen Großeinkauf gemacht, aber den hätte ich mir sparen können. Denn natürlich hatte meine Familie alles Mögliche eingepackt, was immer unser Bauernhof daheim zu bieten hatte. Und so standen wir dann alle in der Küche, diskutierten jeden Zubereitungsschritt unseres Weihnachtsmenüs bis aufs Blut. Wir machten Nudeln, legten den Braten ein, buken Kuchen, Torten, richteten Vorspeisen, Desserts, tranken Unmengen an Wein dazu und machten einen Lärm dabei, dass einem die Ohren klingelten. Dazu lief, wie in Italien üblich, der Fernseher, unbeachtet, aber auf voller Lautstärke. Es war herrlich! Nach all den einsamen Wochen ließ ich mich einfach fallen.

Nur meine Mutter war etwas stiller, als ich es von ihr kannte. Es gab Momente, da blickte sie einfach aus dem Fenster, starrte, wie ich oft, in die karge Landschaft, auf die Äste der Bäume, die ohne Laub aussahen wie die knöchernen Finger eines Skeletts, auf denen ab und an ein paar ziemlich verhungert aussehende Vögelchen herumsprangen. Ich wusste natürlich, dass sie nie mehr in Deutschland war, seit sie als junge Frau nach Italien gegangen ist. Ihre Familie war nicht einverstanden gewesen, und sie, schwanger von meinem Vater, ist damals mit nur einem Koffer einfach in den Zug gestiegen und nie mehr zurückgekehrt. Sie hatte nur mir, als einzigem ihrer vier Kinder, Deutsch beigebracht. Ich kannte das von klein auf nicht anders, hatte mich aber dennoch nie sonderlich für Deutschland interessiert. Zu abstrakt war der Gedanke für mich, dass ein Teil meiner Wurzeln von hier stammen sollte. Ich wusste nicht einmal, woher aus Deutschland meine Mutter kam. Und als ich sie so da sitzen sah, aus dem Fenster starrend, völlig versunken, da durchzuckte mich plötzlich ein Gedanke. Was, wenn es München ist? Wenn hier, vielleicht ganz in der Nähe, ihre Eltern leben würden. Meine Großeltern. Die ich nicht kannte, ja, die noch nicht einmal wussten, dass ich überhaupt existierte. Vielleicht war ich ihnen sogar schon begegnet, irgendwo, ohne es zu ahnen. Der Gedanke machte mich völlig verrückt. Ich hatte mich nie damit beschäftigt, und ich wollte es auch jetzt nicht, und so schob ich diese Überlegungen einfach beiseite und war plötzlich ganz sicher, dass es überall in Deutschland hätte gewesen sein können, und nicht ausgerechnet hier, in dieser Stadt.

4.

Nachdem wir uns durch die Weihnachtsfeiertage gegessen hatten, stand das Treffen mit Herrn Dobler an. Wir trafen uns wie beim letzten Mal vor der Klinik mit Julia und saßen dann wieder an seinem Tisch. Bis auf ein wenig Weihnachtsdeko hatte sich nicht viel verändert. Wieder trug er seinen Seidenmantel und wieder stand sein Wasser auf dem Tisch. Mein Vater hatte jedoch eine Flasche von unserem Wein dabei, und obwohl Herr Dobler ihm versicherte, dass er auf keinen Fall Alkohol trinken dürfe, entkorkte mein Vater die Flasche mit seinem Korkenzieher, den er immer bei sich trug, und wischte alle Einwände beiseite. Und Herr Dobler grinste nach kurzem Zögern und stieß mit meinem Vater an. Eigentlich nippte er nur, aber sein Gesicht bekam einen ganz verzückten Ausdruck und man merkte ihm an, dass er den Geschmack genoss, wie wohl schon lange nichts mehr. Was ich nicht gewusst hatte, beide konnten sich auf Italienisch unterhalten.

Ich hatte eigentlich gedacht, ich würde das ganze Gespräch dolmetschen müssen.
Und nach ein wenig Smalltalk kamen dann auch beide schnell zur Sache. Nun muss man wissen, mein Vater liebt es, Geschäfte abzuschließen, aber noch mehr liebt er es, über den Preis von etwas zu feilschen. Und so erklärte er erst einmal rundheraus, dass die Idee, die Firma zu kaufen, so ziemlich der größte Schwachsinn sei, den er je gehört hatte. Er malte ein so düsteres Bild über die Zukunft im Allgemeinen und den Untergang des Immobilienmarktes im Besonderen, dass es einen fast zu Tränen hätte rühren können. Herr Dobler hörte sich die Ausführungen geduldig an. Er war offensichtlich aus dem gleichen Holz geschnitzt, wie mein Vater. Er beschrieb die Zukunft in so rosigen Farben, malte so exorbitante Gewinnmöglichkeiten aus, dass man sofort zugreifen wollte. Ein externer Beobachter würde, nachdem er sich beide Seiten angehört hätte, wohl einerseits darauf bestanden haben, dass man uns noch Geld dazugeben müsste, nur um Herrn Dobler die Last dieser Firma abzunehmen, andererseits meinem Vater geraten haben, sofort mehrere Millionen Euro zu bieten, um sie auch wirklich zu bekommen. Als die beiden mehr ins Detail gingen, schaltete ich ab. Ich konnte mit Zahlen und theoretischen Dingen nichts anfangen. Es langweilte mich schon immer zutiefst, über etwas zu reden oder nachzudenken, das nicht in etwas Greifbarem endete. Ich käme nie auf die Idee, mir irgendwelche Ertragswerte auszurechnen, bevor ich einen Weinberg anlegen würde. So etwas interessiert mich nicht. Ich will eine Schaufel in die Hand nehmen, Erde umgraben und beobachten, wie daraus etwas wächst. Oder ein Haus restaurieren und sehen,

wie aus einem alten Steinhaufen wieder das herrschaftliche Anwesen wird, das es einmal war. Ich war immer die Praktikerin in unserer Familie gewesen. Anders als meine Brüder, die wirklich brillante Kaufleute waren, wühlte ich lieber irgendwo im Dreck und sah am Ende des Tages ein Ergebnis. Darum war auch früh klar, dass ich es sein würde, die unser Weingut irgendwann übernahm, um es in die nächste Generation zu führen. Meine Brüder hatten daran keinerlei Interesse.
Ich war so in Gedanken versunken, dass die Stimmen der beiden nur noch eine ferne Geräuschkulisse waren. Und wieder riss mich plötzlich ein Satz aus meinen Überlegungen. Wie das letzte Mal, als ich auch den Fehler gemacht hatte, nicht genau zuzuhören. Im Sommer, als mein Vater und Paolo überlegt hatten, was zu tun sei, und ich plötzlich damit konfrontiert wurde, dass sie mich nach Deutschland schickten. Und wieder hatte ich verpasst, rechtzeitig einzugreifen. Ich hörte meinen Vater sagen: „... und schauen uns die Firma von innen an. Chiara soll das machen. Sie können ja sagen, sie wäre eine Praktikantin, dann kann sie sich die Abläufe in Ruhe ansehen. Geht das?“
Herr Dobler nickte. „Ja, natürlich, das ist sogar eine sehr gute Idee. Am besten gleich nach den Feiertagen. Wir sagen, sie sei eine italienische Studentin, die hier ein Auslandspraktikum macht.“
Praktikum? Ich? In einem Büro? Alles in mir sträubte sich. Abgesehen davon, dass ich dachte, nach diesem Gespräch könne ich gleich mit meiner Familie nach Hause fahren, ich hasste Büros. In Italien hatte ich unseres so gut wie nie betreten, ich arbeitete nicht gerne drinnen, schon gar nicht eingesperrt in einer Firma mit festen Abläufen. Zuhause war ich alle paar

Tage einmal an meinem Schreibtisch vorbeigegangen, hatte nach der Post gesehen und war dann gleich wieder verschwunden, entweder auf einen caffè in meine Bar oder an den Strand. Alles Orte, an denen ich viel lieber war - auch, um zu arbeiten.

Aber die beiden waren sich schon einig und ich furchtbar wütend. Ich sprach die ganze Fahrt zurück kein Wort mit meinem Vater. Er bemerkte das gar nicht, er rieb sich immer wieder die Hände und war begeistert von der Aussicht, diese Firma zu kaufen.

5.

Die restlichen Tage bis Silvester machten wir Sightseeing. Also, das heißt, wir fuhren alle irgendwohin, liefen fünf Minuten herum, fanden es viel zu kalt und suchten uns ein warmes Café oder Restaurant, in dem wir dann viel Zeit verbrachten. Meine Mutter erzählte uns von den Weihnachtsmärkten, die besonders abends und bei Schnee ganz wundervoll seien, und so gingen wir nach Einbruch der Dunkelheit auf einen der zahlreichen Märkte. Und sie hatte recht. Die vielen Lichter, die kleinen Buden, alle mit einer Haube aus Schnee, die verschiedenen Gerüche nach Gewürzen, Honig, Süßigkeiten, es war eine ganz besondere Stimmung. Und ich sah meine Mutter als kleines Mädchen mit großen Kinderaugen, die staunend auf dieses Schauspiel blickten. Und mir wurde klar, was es für sie bedeutet hatte, damals all das, ihr Land, ihre Familie, ihre Gewohnheiten hinter sich zu lassen und für immer zu gehen. Ich hatte nach den wenigen Wochen hier in der Fremde schon das Gefühl, daran

zu zerbrechen. Aber bei ihr war es damals ein Abschied für immer gewesen.
Wir landeten an einem Glühweinstand. Glühwein! Ich übersetzte für meine Familie, was das bedeutete und wir blickten alle recht misstrauisch in den großen Kessel, in dem der Wein erhitzt wurde. Das mussten wir unbedingt versuchen und orderten für jeden eine Tasse. Als ich den ersten Schluck probierte, war ich entsetzt. Wie konnte man nur Wein erhitzen! Und dann noch mit allerlei Gewürzen darin! Ich versuchte herauszuschmecken, welcher Wein das sein sollte, aber das war unmöglich. Eine widerliche Brühe aus Wein, Zucker, noch mehr Zucker, Gewürzen und was weiß ich, was da noch alles zusammengerührt war. Ich knallte die noch fast volle Tasse empört auf den Tresen der Bude und der Rest meiner Familie tat es mir gleich.

Silvester verbrachten wir wie den Weihnachtstag, für uns war das einfach nur ein weiterer Anlass, ein großes Festmenü zuzubereiten, wieder mit der gesamten Familie, und wieder viel zu viel. Wir unterbrachen die Tafel kurz vor Mitternacht, um auf der großen Terrasse auf das neue Jahr anzustoßen. Ich stand schlotternd in der Kälte, und das letzte Silvester fiel mir ein, das ich mit Dieter und Alessandra verbracht hatte. Ich erinnerte mich an die Lichter der Raketen, die über den Hügeln aufgestiegen waren, an seine Worte, die er mir um Mitternacht ins Ohr geflüstert hatte und die Tränen stiegen in mir hoch. Ich vergrub mein Gesicht an Alessandras Schulter, sie sollte nicht sehen, dass ich weinte, und ich wusste, im kommenden Jahr würde ich das neue Jahr wieder zuhause begrüßen, in den Hügeln, nicht hier, in diesem Eisloch.

Kapitel 4

1.

Nach den Feiertagen trat ich, wie zwischen meinem Vater und Herrn Dobler abgesprochen, meine Stelle als Praktikantin in der Firma an. Julia war als Einzige eingeweiht und traf mich vor dem Gebäude, um mit mir zusammen hochzugehen. Sie zeigte mir einen Schreibtisch und bat mich, kurz zu warten. Da die meisten Mitarbeiter heute erst aus den Weihnachtsferien zurückgekommen waren, hatte sie noch keine Gelegenheit gehabt, den Geschäftsführer über meine Anwesenheit zu informieren. Sie sprach mit ihm in seinem Büro und da die Türe nur angelehnt war, konnte ich Teile des Gesprächs mithören.

„... wozu brauchen wir hier Praktikanten, was soll das denn werden?"

„Sie ist die Tochter irgendeines Studienfreundes. Herr Dobler wollte ihm den Gefallen tun", hörte ich Julia antworten.

„Na, meinetwegen, schicken Sie sie kurz rein."

Julia kam halb aus dem Büro, ihre Wangen waren leicht gerötet und sie gab mir einen kurzen Wink, den Raum zu betreten.

„Herr Dengler, das ist Frau Ravenna, unsere neue Praktikantin. Chiara, Herr Dengler, der Geschäftsführer der Firma", machte sie uns bekannt.

Ich ließ meinen Blick durch den Raum wandern. Der riesige Schreibtisch aus schwarzem Holz war auf Hochglanz poliert und ziemlich leer. Sah nicht gerade nach viel Arbeit aus. Wobei „leer" nicht ganz stimmte. Die wichtigen Insignien des erfolgreichen Managers waren gut sichtbar arrangiert. Zwei teure

Handys, ein Pokal für irgendetwas Geleistetes, ein Autoschlüssel, so gedreht, dass man das Porsche-Emblem gut sehen konnte, und ein paar Aufnahmen in Rahmen. Auf allen war Herr Dengler zu sehen, wie er mit wichtigem Gesicht irgendwelchen Leuten die Hand schüttelte, die ein noch wichtigeres Gesicht als er machten und sicher ganz bedeutend waren. So bedeutend, dass Herr Dengler das jedem zeigen musste. In einer Ecke stand ein Golfbag, aus dem sündteure Titanschläger ragten, in der anderen Ecke war ein kleines Green aufgebaut, das dem gestressten Workaholic ermöglicht, zwischen zwei wichtigen Meetings an seinem Handicap zu feilen. Vermutlich war er einer der Verfechter, die immer noch glaubten, die besten Geschäfte werden auf dem Golfplatz gemacht. Dabei weiß doch jeder, dass man die besten Geschäfte bei einem guten Essen abschließt. Zumindest ist das in meinem Land so.

Herr Dengler selbst trug einen Anzug aus richtig teurem Stoff. Aber alles an ihm war etwas übertrieben, so wie sein Büro. Seine Krawatte war etwas zu auffällig, der Knoten etwas zu dick, die Krawattennadel etwas zu protzig, die Manschettenknöpfe ein klein wenig zu dekadent, die Uhr einen Hauch zu groß und sein Bauchansatz schon etwas zu weit fortgeschritten, um noch den jungen, dynamischen Manager zu spielen. Kurzum, er war mir vom ersten Moment an zutiefst zuwider.

„Soso, Praktikantin“, murmelte er in meine Richtung. „Dann machen Sie sich mal nützlich, Frau Julia wird Ihnen alles zeigen. Ich muss jetzt in ein Meeting.“

Damit stand er auf, nickte kurz in meine Richtung und eilte aus dem Büro.

Ich sah Julia an, die nur mit den Schultern zuckte.

Dann saß ich an dem mir zugewiesenen Schreibtisch und kam mir blöd vor. Ich wusste nicht, was ich tun sollte, Julia telefonierte seit fast zwei Stunden und ich versuchte, den Gedanken an eine Zigarette zu unterdrücken, was mir immer schwerer fiel. Jetzt war ich also Praktikantin. Mein Leben würde aus dem tonnenweisen Kopieren irgendwelcher Akten bestehen, ich würde literweise Kaffee kochen und vermutlich sonst noch irgendwelche sinnlosen Sachen tun dürfen. Mitten in diese Überlegungen platzte plötzlich Herr Dengler. Wie aus dem Nichts stand er vor meinem Schreibtisch. Er hatte ein Riesenbündel Papiere in der Hand, die er aus fast einem halben Meter Höhe auf meinen Schreibtisch knallen ließ.

„Hier, da lernen Sie gleich mal was. Sortieren Sie das nach Datum."

Die einzelnen Papiere waren alles Belege, Hotelrechnungen, Tankquittungen, Flugtickets, alles Mögliche, ein einziges Chaos.

„Lassen Sie sich von Julia die Formulare geben und tragen Sie alles ein. Die Buchhaltung braucht das nächste Woche."

Damit zog er ab und ließ mich vor dem riesigen Haufen zurück. Ich wühlte ein bisschen in den Unterlagen und dachte verzweifelt an die vielen Stunden, besser Tage, die es mich kosten würde, das alles zu sortieren und aufzunehmen. Die meisten Belege waren aus Italien, wohl von seinen Geschäftsreisen. Die Rechnung eines Hotels fiel mir ins Auge. Sie war vom Grand Hotel in Rimini. Das Grand Hotel, das durch Fellini berühmt geworden war. Das war ein Fünf-Sterne-Luxus-Haus. Ich konnte mir nicht vorstellen, dass man dort abstieg, wenn man auf Geschäftsreise für eine Immobilienfirma war. Die Tankbelege waren ebenfalls interessant, denn der Höhe nach musste er damit fast einen Learjet betankt haben, nicht ein normales Auto. Ich begann die Belege zu sortieren, allerdings nicht nur nach Datum, sondern auch nach ihrer jeweiligen Art. Sie zeichneten ein fast perfektes Bewegungsprofil dieses Herrn Dengler. Er flog also nach Ancona, um sich dort bevorzugt einen teuren Sportwagen als Leihwagen zu nehmen, mit dem er dann die ganze Strecke hoch nach Rimini fuhr, um im Grand Hotel abzusteigen. Den Zimmerrechnungen nach war er dort auch nicht alleine, es sei denn, er neigte dazu, fast täglich zwei Flaschen Champagner zu trinken und Unmengen an Snacks, wie Lachsbrötchen, dazu aufs Zimmer zu bestellen. Die Restaurantrechnungen waren auch nicht ohne. Ich kannte die meisten der Restaurants, das waren ganz sicher keine Lokale, in die man einen Kunden ausführte, der eine alte Steinruine für zweihunderttausend Euro kauft. Und die Tankbelege waren alle aus Orten, die eher für ihr Nachtleben bekannt sind oder als Ausflugsziel, nicht aber Gegenden, in denen es die klassischen alten Landhäuser zu kaufen gibt, auf die diese Firma spezialisiert war. Ich addierte grob die Zeit zusammen, die Herr Dengler auf diesen Reisen verbracht hatte. Unglaublich, er war fast nur in Italien, ließ es sich dort gut gehen und gab Geld der Firma aus. Viel Geld. Ich fragte mich, wie er es schaffte, das Unternehmen hier als Geschäftsführer zu leiten.

Als es auf zwölf Uhr zuging, bekam ich Hunger und als Julia an meinem Schreibtisch vorbeihastete, hielt ich sie mit meiner Frage kurz auf.

„Wann macht ihr denn hier für Mittag zu?"
Sie schaute mich verständnislos an. „Wie meinst du, zumachen?"
„Na zum Mittagessen und für die Siesta."
Sie lachte los. „Siesta? So was machen wir hier nicht."
Jetzt war ich es, die verständnislos schaute. Bei uns geht man mittags entweder nach Hause, um mit der Familie zu essen, oder aber zumindest in ein Restaurant, in dem man auch quasi zur Familie gehört. Danach ruht man sich ein wenig aus und ist dann gestärkt, um den zweiten Teil des Tages zu bestehen.
„Und esst ihr dann auch nichts zu Mittag", fragte ich fast schon ängstlich.
„Doch, natürlich, wir lassen etwas liefern. Warte, ich hole dir die Liste."
Die Liste war ein bunt bedrucktes Fotoblatt irgendeines Lieferdienstes. Ich ging die Möglichkeiten durch. Da gab es Burger mit Rind, Burger mit Huhn, Sandwiches, noch mehr Sandwiches, Pizzaschnitten, Döner... Das war kein Mittagessen, das waren Snacks. Ich war entsetzt. Davon konnte man sich nicht ernähren. Aber mein Hunger war so groß, dass ich mich für ein Stück Pizza entschied.
Ich hatte gedacht, gut, vielleicht lassen die etwas liefern und setzen sich dann alle an einen Tisch, um gemeinsam zu essen. Aber nein, als die Lieferung kam, nahm sich jeder seine Bestellung und aß nebenbei am Schreibtisch, während weiter die Telefone klingelten. Ich dachte an zuhause, kein Mensch käme auf die Idee, zwischen zwölf Uhr und halb vier Uhr in irgendeiner Firma anzurufen.
Die „original italienische Pizza" zu bestellen entpuppte sich als Fehler. Sie schmeckte wie ein

Stück Pappe, auf das man etwas getan hatte, das aussah wie Käse, aber keiner war. Dazu irgendeine Tomatenpampe, billigste Salami und jede Menge Industriegewürze. In Gedanken machte ich mir eine Notiz, bei Gelegenheit zu prüfen, ob man nicht gesetzlich verbieten lassen konnte, so etwas Pizza zu nennen.

2.

Ich wusste nun also, dass der Geschäftsführer ein schönes Leben auf Kosten der Firma führte. Ansonsten schien alles recht solide zu sein. Ich bekam mit, dass den ganzen Tag über viele Kundenanfragen eingingen und auch immer wieder Meetings mit möglichen Käufern stattfanden. Zu den Mitarbeitern, die überwiegend männlich waren, hatte ich noch wenig Kontakt. Manche nickten mir im Vorbeilaufen - ja, jeder lief oder hastete hier, keiner bewegte sich normal - freundlich zu, andere taten so, als wären sie mit irgendetwas beschäftigt, selten wechselte jemand ein paar Sätze mit mir. Komisch fand ich das. In Italien hätte mich jeder männliche Kollege bereits am ersten Tag mindestens zum Essen eingeladen. Italienische Männer können sehr aufdringlich sein, aber man ist das gewohnt. Die Gegenstrategie von uns Frauen ist, so nenne ich das für mich, der Römerinnen-Blick. Man schafft damit eine Aura, die dezentes Gelangweiltsein ausdrückt, eine Distanz, die einen unnahbar erscheinen läßt. Manchmal denke ich, es ist genau diese Art von uns Italienerinnen, die wiederum unsere Männer dazu zwingt, besonders forsch aufzutreten, um irgendwie zu uns durchzudringen. Nun, bei Italienern funktioniert dieser Trick auch nicht besonders gut, bei meinen deutschen Kollegen scheinbar dafür umso mehr. Vermutlich hielten mich die meisten deswegen hier für eine arrogante Zicke, die man besser in Ruhe ließ.

Es war an einem Nachmittag, als ich gerade an einem Büro vorbeilief, dessen Türe halb offen stand. Einer der Verkäufer saß darin mit seinen Kunden, sie hatten Pläne vor sich liegen und ich war schon an der Türe vorbei, als ich den Rest von einem Satz auffing.
„... und reißen dieses Vordach hier an der Wand weg, dann kommt in die Wand ein großes Panoramafenster und Sie haben richtig schön Licht im Wohnraum."
Ich wollte schon weitergehen, aber dann machte ich einfach zwei Schritte rückwärts, bis ich genau vor der Türe stand.
„Ich würde das nicht wegreißen. Und Panoramascheiben dürfen Sie eh nicht einbauen."
Das Paar mittleren Alters musterte mich interessiert, während ich vom Verkäufer einen giftigen Blick einfing.
„Warum würden Sie das nicht abreißen", fragte mich die Frau.
Ich trat ganz in den Raum und warf einen Blick auf die ausgebreiteten Pläne.
„Wenn Sie es abreißen, verlieren sie das Überbauungsrecht für diesen Teil des Grundstücks. Außerdem knallt Ihnen dann die Sonne direkt in die Fenster."
„Dafür machen wir ja Fensterläden", blaffte der Verkäufer dazwischen.
„Nein", ich schüttelte den Kopf. Diese Comune (Gemeinde) erlaubt keine Außenfensterläden mehr, Sie dürfen nur noch innenliegende Läden bauen."

„Seit wann denn das?“
Ich rasselte schnell die entsprechenden Paragrafen herunter.
„Seit ein paar Jahren schon.“ Ich wandte mich wieder den Käufern zu. „Die Gemeinden tun inzwischen alles, um das ursprüngliche Landschaftsbild zu erhalten. In dieser Gegend waren früher die Läden immer innen angebracht. Und die schützen nicht so gut vor der Hitze. Daher würde ich das Dach lassen. Und Sie dürfen die Fenster auch nicht vergrößern.“
Ich schnappte mir einen Bleistift, der auf dem Tisch lag, und beugte mich über die Pläne. Das war meine Welt. Ich kann ein komplettes Gebäude in wenigen Sekunden erfassen und sehe es augenblicklich dreidimensional vor mir.
„Schauen Sie, lassen wir das Dach hier an der Südseite. Die Fenster sind klein, und genau so soll es auch sein, das reicht an der Südseite. Dafür brechen wir hier eine Türe rein.“
Ich deutete auf die schmale Seite des Hauses.
„Das ist die Ostseite, hier haben Sie die Küche und können morgens frühstücken und haben es schön hell. Außerdem ist die Ostseite gut geeignet für den Kräutergarten und Sie können sowohl Nachschub direkt aus dem Garten holen als auch Ihre Einkäufe hier reinbringen, ohne immer durch das ganze Haus laufen zu müssen.“
Es ging noch eine Weile so weiter, die beiden hatten unendlich viele Fragen und ich machte ihnen zu allen Räumen Vorschläge.

Als die beiden gegangen waren, mit einem Strahlen im Gesicht, war klar, sie würden dieses Haus kaufen. Ich fühlte mich wunderbar. Ich hatte den beiden den Weg gezeigt, sich ihren Lebenstraum vom Haus im

Süden zu erfüllen und dieses Haus, das nur noch eine Ruine war, würde wieder zu seinem alten Glanz finden, mit den alten Materialien, aber moderner Technik. Das war es, was ich an meinem Beruf so liebte.
Ich hatte den Verkäufer ganz vergessen. Er hatte immer noch ganz schmal zusammengekniffene Lippen und starrte mich an.
„Entschuldigung", murmelte ich, „ich hätte mich nicht einmischen sollen."
„Schon gut. Sie haben ja recht. Das war gut. Das war verdammt gut. Woher wissen Sie das alles?"
Fast hätte ich geantwortet, „weil ich Geometra bin und das mein Job ist." Aber mir fiel gerade noch ein, dass ich ja undercover hier war, als Praktikantin.
Und so antwortete ich nur: „Ich studiere Architektur und Bautechnik in Italien."

3.

Wie sich herausstellte, hatte er mir mein Auftreten in seinem Meeting nicht übel genommen. Denn ich wurde plötzlich als heißer Tipp gehandelt und jeder wollte mich bei seinen Verkaufsmeetings dabei haben. Und so saß ich immer öfter mit bei den Gesprächen, überließ den Verkäufern die Erläuterung der rechtlichen Abwicklung und sprang immer helfend zur Seite, wenn es um die Details und Möglichkeiten der Restaurierung der alten Häuser ging. Wie damals zusammen mit Dieter, auch da hatten wir schon erfolgreich mit dieser Aufteilung gearbeitet.

Die Wochen vergingen und ich konnte nachts immer noch nicht schlafen. Aber ich musste jeden Tag um acht Uhr in der Firma sein und daher fehlten mir die Ruhezeiten, die ich mir zumindest tagsüber vorher gegönnt hatte. So wurde ich immer müder und müder und es fiel mir immer schwerer, mich noch auf irgendetwas zu konzentrieren. Ich sehnte das Ende meines "Praktikums" herbei.

Herr Dengler war wieder einige Zeit auf Geschäftsreise gewesen und ich war inzwischen fest in die Abläufe der Firma integriert. Niemand sah mehr in mir die Praktikantin. Bisher wurden die Planungen für die Häuser von einem externen Büro erstellt, was den Nachteil hatte, dass sie in Italien dann nochmals umgezeichnet werden mussten, um überhaupt zur Genehmigung eingereicht werden zu können. Ein großes Problem war auch, dass mögliche Käufer immer endlos warten mussten, bis sie die Planungsvorschläge zu sehen bekamen. Das hatte sich nun durch mich geändert. Denn da ich viel zu ungeduldig bin, hatte ich begonnen, die Pläne gleich selbst zu zeichnen.
Als Herr Dengler all das nach seiner Rückkehr erfuhr, rastete er völlig aus. Wie sich herausstellte, gehörte das Büro, das bisher die Pläne machte, einem Freund von ihm, dem er die Aufträge zuschanzte. Er verbot mir jede weitere Tätigkeit zusammen mit den Verkäufern und wies Julia an, meinen Arbeitsvertrag herauszusuchen, um mir zu kündigen.

Ich hatte regelmäßig an meinen Vater berichtet, was in der Firma passierte und auch, dass alles eigentlich sehr gut aussah. Und damit war jetzt der richtige Zeitpunkt, das Spiel zu beenden. Ich grinste Herrn Dengler frech an, sagte ihm, er könne sich seinen Vertrag sonst wohin stecken, und dass ich selbst kündigen würde. Er tobte daraufhin so sehr, dass ich sein Geschrei noch bis in den Fahrstuhl hören konnte, als ich nach unten fuhr.

Es war Februar und ich war inzwischen seit ungefähr vier Monaten in Deutschland. Ich fuhr zurück nach Italien, um mich mit meinem Vater und Paolo zu treffen und noch einmal alles zu besprechen. Und dann würde die Entscheidung fallen. So oder so, meine Tage in München waren hoffentlich gezählt. Würden wir die Firma kaufen, dann gab es für mich in Deutschland nichts mehr zu tun. Würden wir uns dagegen entscheiden, würde ich mich weigern, nochmals zurückzugehen.

4.

Ich verließ München gegen halb neun Uhr abends in absoluter Hochstimmung, endlich durfte ich nach Hause, auch wenn es nur für eine Woche war.
Bis Kufstein, an die österreichische Grenze, brauchte ich nur eine Dreiviertelstunde, am Brenner war ich nach einer weiteren Stunde, und als ich das Grenzschild zu Italien erreichte, bekam ich Gänsehaut am ganzen Körper. Obwohl ich kaum geschlafen hatte, war ich so aufgedreht, dass ich die kurvige Autobahn in Südtirol ohne große Pause durchraste. Ich weiß, dass ich das nicht tun sollte, aber ich ignorierte jedes Tempolimit und fuhr, was der Wagen hergab. Irgendwann hielt ich an einer Raststätte und atmete gierig den Duft ein, den die Espressomaschine verströmte. Ich trank drei caffè hintereinander, einfach nur, weil sie auf italienischem Boden zubereitet wurden. Die Route führt den ganzen Gardasee entlang, der bei Rovereto beginnt

und auf Höhe von Verona endet. Wenn man die letzten Ausläufer der Alpen hinter sich lässt und die Poebene erreicht, wird die Fahrt öde. Es war Vollmond und die Autobahn fast leer. Das fahle Licht ließ den Asphalt mystisch schimmern, und als ich anfing, nur noch zu gähnen, hielt ich an und schloß mich im Auto ein, um ein wenig zu schlafen. Ich träumte vom Sommer, dem Meer, lief durch den heißen Sand und spürte, wie er an den Füßen kribbelte. Das Kribbeln wurde immer stärker und ich schreckte hoch. Meine Beine waren eingeschlafen und ich konnte mich kaum bewegen, weil ich so schief auf dem Autositz lag. Ich stieg aus und die Luft schlug mir feucht und kühl entgegen. Um diese Zeit ist hier oft dichter Nebel, die ganze Flussebene ist feucht und diesig. Aber es roch anders hier, man ahnte schon die ersten Blüten, die den Frühling ankündigten. Der starke Dieselmotor erwachte brummend zum Leben, als ich den Schlüssel drehte und ich trat wieder das Gaspedal durch, um endlich nach Hause zu kommen.

Ich wollte unbedingt zum Sonnenaufgang am Meer sein und als ich gegen halb sechs aus dem Auto steige, bin ich tatsächlich rechtzeitig da.
Es ist noch frisch und ich bin völlig übermüdet, so dass ich, schlotternd vor Kälte, das kurze Stück zu meinem Leuchtturm laufe, an dem ich sonst jeden Morgen war.
Tränen laufen mir übers Gesicht, als ich endlich wieder aufs Meer schaue, und obwohl mir so kalt ist, bleibe ich fast eine Stunde lang stehen und kann es kaum glauben, endlich wieder hier zu sein.
Dann fahre ich zu meinem Haus und lasse meine Tasche einfach im Wohnzimmer fallen, laufe durch

alle Räume, es ist eng und klein hier, aber, obwohl ich die letzten Monate in dieser viel zu großen Wohnung war, fühlt es sich an, als wäre ich nie weg gewesen.
Ich dusche endlos, dann gehe ich zurück zum Strand und Mario schließt gerade sein Bagno auf, und als er mich kommen sieht, strahlt er, und ich renne los und fliege in seine Arme und er küsst mich ab und ich muss schon wieder heulen. Ich bekomme von ihm einen caffè und ein Hörnchen mit Puddingfüllung, das klassische italienische Frühstück, es ist elend ungesund, aber einfach unübertroffen.

Mario redet ohne Punkt und Komma auf mich ein und erzählt mir haarklein, was los war, während ich in Deutschland gewesen bin. Natürlich war gar nichts los, in diesem Kaff passiert nichts, schon gar nicht außerhalb der Saison. Aber er bauscht jede Kleinigkeit auf und macht aus allem eine Sensationsstory. Typisch Italiener halt. Ich liebe ihn dafür!

Für dreizehn Uhr habe ich mich mit Freunden bei "Da Carlo" verabredet zum Mittagessen. Das fällt mir wieder ein, als ich gegen halb eins aufwache. Ich hatte mich hingelegt, und jetzt fühle ich mich, als hätte ich einen Jetlag. Hektisch springe ich ins Bad und weiß, dass ich das nie rechtzeitig schaffen werde. Ich merke, wie mein Puls steigt, bis mir plötzlich bewusst wird, dass ich zuhause bin, in Italien. Eine Verabredung um ein Uhr ist eine ungefähre Zeitangabe. Niemand erwartet von mir, dass ich pünktlich da bin, niemand wird ärgerlich, wenn ich mich verspäte. Ich muss grinsen, schalte einen Gang zurück und komme irgendwann gegen halb zwei an.

Das Restaurant liegt direkt am Strand, es gibt hier den besten Fisch an der ganzen Küste. Ich sage das nicht nur, weil Carlo mein Onkel ist - aber natürlich spielt es auch eine gewisse Rolle.
Meine Freunde sitzen draußen, an den Tischen, die direkt am Strand stehen und einen wundervollen Blick aufs Meer bieten. Als mich Onkel Carlo sieht, werde ich wieder abgeküsst, ich heule und weiß jetzt schon, dass das die nächsten Tage so weitergehen wird. Kurz bevor ich den Tisch erreiche, bleibe ich stehen, um mir die Tränen abzuwischen. Aber als ich aufs Meer blicke und die Schiffe am Horizont sehe, kommen noch mehr Tränen und eine Freundin springt auf und nimmt mich einfach ganz fest in den Arm.
Onkel Carlo bringt mir ungefragt eine Vorspeise, einen Riesenteller mit frittiertem Fisch, und danach gegrillte Tintenfische, die er nur leicht angebräunt hat, und wir reden alle durcheinander und ich beantworte tausende von Fragen und durch die Übermüdung und die vielen Eindrücke achte ich nicht darauf und merke plötzlich, dass mir der Wein heftig zu Kopf steigt. Ich versuche mit sehr viel Espresso gegenzusteuern, bis ich schließlich so satt und vollgegessen bin, dass ich mich kaum mehr rühren kann. Und trotzdem fühle ich mich so wohl wie schon lange nicht mehr.

Vom Lokal aus gehen wir an den Strand und ich ziehe meine Schuhe aus und genieße dieses Gefühl, das so lange Zeit für mich selbstverständlich gewesen war. Die Februarsonne ist schon richtig warm und ich schaue in Richtung Land, in die sanften Hügel, die sich dort langsam erheben. Es ist weit und breit kein Schnee zu sehen, statt dem gewohnten Weiß der letzten Wochen ist alles schon fast grün. Im Februar beginnt bei uns der Frühling, die erste Saat auf den Feldern wird ausgebracht und die Bäume und Blumen treiben bereits aus. Ich kann gar nicht genug bekommen von diesem Blick. Dort oben in den Hügeln liegt unser Hof, dort bin ich aufgewachsen.

Am frühen Abend schaue ich bei Paolo vorbei, in meiner Bar. Er lässt alles liegen und stehen und stürzt hinter der Theke hervor, um mich zu küssen. Wieder laufen mir die Tränen nur so herunter, während er mich so fest drückt, dass mir fast die Luft wegbleibt. Schließlich lässt er mich los, bugsiert mich zu meinem Stammplatz und ein paar Augenblicke später habe ich ein Glas Wein und einen üppigen Aperitivo vor mir stehen.

Eigentlich wollte ich noch an diesem Abend zu meinen Eltern auf unseren Hof. Aber die nächtliche Fahrt von Deutschland, der viele Wein, das ganze Essen, all das hatte mich wahnsinnig müde gemacht. Ich lief die paar Meter zurück zu meinem Haus. Der Abend war kühl, aber ich setzte mich trotzdem auf die Terrasse und blickte in die Sterne. Die zurückliegenden Jahre fielen mir ein. Hier hatte ich gesessen, als ich über Dieters Angebot nachgedacht hatte, das Borgo zu restaurieren. Und hier war ich wieder gesessen, nachdem alles mit ihm in die Brüche gegangen war. Und Stefano. Der lange Weg, den wir zurückgelegt hatten, um uns wieder zu versöhnen, und dann war wieder alles kaputt gegangen, weil ich nach Deutschland musste. Und Alessandra, die ich dadurch dauernd hatte hin- und herschieben müssen. Das alles sollte nun ein Ende haben. Ich wollte endlich ein geregeltes Leben. Mit oder ohne Mann, das war mir egal, aber mit Alessandra. Nichts wünschte ich mir mehr. Es war eine so bescheuerte Idee gewesen, mich nach Deutschland zu schicken. Wir hatten genug zu tun als Weinbauern. Wir mussten nicht auch noch mit Immobilien handeln. Ich wollte einfach mein bisheriges Leben zurück. Über diese Gedanken wurde ich so müde, dass ich die Sterne plötzlich doppelt sah, sie bewegten sich in Bahnen über das Firmament und zogen lange Lichtschweife hinter sich her. Ich blinzelte, um den Blick wieder klar zu bekommen. Aber es half nichts. Ich schleppte mich in den ersten Stock, fiel wie ich war einfach aufs Bett und schlief sofort ein.

5.

Wie immer wache um sechs Uhr auf. Es ist noch düster draußen, aber etwas ist anders. Keine kahlen Äste, kein Schnee, keine beschlagenen Fensterscheiben. Ich bin zuhause! Ich schieße förmlich aus dem Bett hoch, merke, dass ich noch angezogen bin, schnappe mir eine Jacke und verlasse das Haus. Der Strand beginnt direkt an meinem Grundstück und ich mache mich auf den Weg zum Leuchtturm. Mein tägliches Ritual, seit Jahren schon. Dort lehne ich mich an seine starken Mauern und blicke aufs Meer, bis sich die Sonne Stück für Stück aus dem Wasser erhebt und alles in ein so wunderschönes Licht taucht, dass ich schon wieder weinen könnte.
Ich vertrödle den Tag einfach, laufe durch den Ort, bleibe mal stehen, um ein paar Sätze zu wechseln, schaue mir alles an, als wäre ich Jahre weg gewesen.

Genau das ist mein Gefühl, als wären diese vier Monate ein halbes Leben gewesen.

Am Abend fahre ich in die Hügel zu meinen Eltern. Es ist so wunderschön, in die Hügel hinter Ravenna zu kommen. Die Wiesen sind sattgrün, die Felder sind bereits bestellt. Im August, wenn in Nordeuropa die Saison noch läuft, ist es bei uns längst zu heiß und die Landschaft bereits wieder erdig, braun und verbrannt.

Die letzte Steigung, die letzte Kurve, dann fahre ich durch die steinerne Toreinfahrt und ein paar unserer Hunde begleiten bellend die letzten Meter bis zum Platz vor dem Hof. Meine Eltern warten bereits auf mich und wieder gibt es Umarmungen, Küsse und Tränen.
Natürlich haben wir jeden Tag telefoniert während ich in Deutschland war, aber trotzdem muss ich noch einmal alles erzählen, jede Einzelheit berichten, und werde immer wieder geherzt und geküsst.

Unter dem Vordach des Haupthauses ist schon die große Tafel eingedeckt. Sicher laufen bereits seit Tagen die Vorbereitungen. Vom Teig für die Nudeln, fatto in casa (hausgemacht), bis zu Beilagen, Fleisch und Nachspeisen. Der Tisch ist für mindestens zwanzig Leute vorbereitet, die ganze Familie kommt, um mich zu begrüßen. Wir essen bis weit nach Mitternacht, es gibt unendlich viele Gänge, kalte Fleisch- und Wurstplatten, Nudeln mit verschiedenen Soßen, danach, als Hauptgericht, Wildschweinragout in Rotweinsoße, das ich besonders liebe, diverse Desserts und natürlich sehr viel Wein.

Als um zwei Uhr morgens die letzten Gäste gegangen sind, stehe ich in meinem Zimmer am Fenster und atme die Luft der Felder und der Weinberge ein - eine erdige, würzige Luft, wie ich sie sonst noch nirgends gerochen habe. Ich lasse das Fenster auf, es ist zwar noch kalt nachts, aber ich freue mich so, die vertrauten Geräusche zu hören, das Rauschen der Blätter, die Tiere, den Duft, all das habe ich in München so vermisst, wo ich nur die Geräusche der Großstadt vor meinem Fenster hatte.

Am Morgen wache ich früh genug auf, um in der Ferne am Horizont die Sonne aus dem Meer tauchen zu sehen. Das Meer selbst ist kaum zu erkennen, der Morgendunst lässt den Horizont mit der Wasserkante verschmelzen, während die Sonne wie ein Feuerball daraus aufsteigt.
Ich laufe in die Weinberge und klettere, begleitet von zwei unserer Hunde, den steilen Pfad nach oben. Von hier aus sieht man wundervoll auf unser Haus und die sanft abfallenden Hänge bis hinunter zur Küste.
Dann frühstücke ich draußen unter dem Vordach, Espresso und Hörnchen, die meine Mutter frisch gebacken hat. Es ist immer noch ganz still, ein paar Vögel zwitschern, in der Ferne bellt ein Hund. Ich betrachte die alte Natursteinfassade, den alten gemauerten Pizzaofen, den Pool, der nicht mehr befüllt wird, seit wir Kinder aus dem Haus sind, und plötzlich weiß ich, dass ich eines Tages hierher zurückkehren werde, um für immer zu bleiben.

Zum Mittagessen bin ich mit Freunden in Casal Borsetti verabredet. Ich nehme die Straße, die an der Küste entlang führt und genieße es, mit offenem

Dach und viel zu schnell durch die Kurven zu fahren, die Sonne wärmt mich von oben und die Landschaft duftet berauschend.
Casal Borsetti ist ein kleines Dorf, das die Kette der Orte an der Küste Richtung Norden abschließt. Nachdem man durch das mondäne Marina di Ravenna gefahren ist, in dem ich lebe, muss man mit der Motorfähre den Kanal überqueren, der das Meer mit dem Industriehafen von Ravenna verbindet. Danach kommt man durch Marina di Romea und nach einer Weile im Niemandsland erreicht man Casal Borsetti.
Wir treffen uns am Strand in der Nähe des Piers in einem kleinen Fischrestaurant. Meine Lieblingsvorspeise, Spaghetti mit Venusmuscheln, ist schnell bestellt, beim Hauptgericht dauert es wie immer länger. Ich lehne verschiedene Vorschläge ab und schließlich entscheiden wir uns für Tintenfisch und Garnelen vom Grill. Aber der Wirt und ich können uns über die Zubereitung nicht einigen und diskutieren endlos. Das ausländische Paar am Nebentisch wird schon ganz nervös, weil sie auch gerne bestellen wollen, aber der Wirt ignoriert sie und versucht, mich von seinem Rezept zu überzeugen. Wir verständigen uns schließlich und als er sich dem Nachbartisch zuwendet, stehen die Gäste gerade auf und verlassen wütend das Lokal. Daraufhin grinst er mich an, zuckt mit den Schultern und ich weiß wieder, was mir so gefehlt hat.
Wir essen bestimmt zwei Stunden und dann gehe ich nach draußen, um zu rauchen und setze mich auf eine Mauer in die Sonne, und plötzlich ist es da, dieses Gefühl, wenn sich die Seele ganz vom Körper löst, man keinerlei Unwohlsein mehr verspürt, einfach nur im Hier und Jetzt ist, rundum zufrieden,

zufrieden, einfach nur da zu sein. Ein Gefühl, das mir in Deutschland völlig verloren gegangen war.

Später laufen wir über den Strand und dann sehen wir den Anglern am Pier zu. Sie haben noch nichts gefangen, außer ein paar mickrigen Sardinen, aber zwei von ihnen diskutieren bereits lautstark das beste Rezept, um den vermeintlichen Fang am Abend zuzubereiten.

6.

Ich kam abends spät zurück und der Hof lag bereits völlig im Dunklen. Nur das Außenlicht brannte noch und ich musste lächeln. Wie früher hatte Mama es angelassen, wenn ich noch unterwegs war, damit ich auch ja zurückfand. Die Nacht war lau und ich hatte noch keine Lust, zu Bett zu gehen. Die Cantina war bereits abgeschlossen und ich griff automatisch hinter den Balken über der Türe, wo mein Vater immer schon, seit ich denken kann, den Schlüssel hinterlegt. Ich tastete nach dem Lichtschalter und die Deckenlampen flammten träge auf und tauchten den gewaltigen Raum in ein warmes, gelbliches Licht. Andächtig blickte ich auf die unzähligen Reihen mit den schweren Holzfässern. Dieser Raum hatte etwas Sakrales, die gemauerten Rundbögen aus Naturstein strahlten eine Ruhe aus, die mir gut tat. Als ich durch die Reihen mit den Fässern ging, blieb ich immer wieder stehen, um die eine oder andere Tafel zu studieren, die an jedem Fass angebracht war und den Jahrgang und die Rebsorten auswies. Am Ende der Reihen kam eine Wand, in der ein Gitter den Weg zu einer Treppe verwehrte. Auch hier lag der Schlüssel an seinem üblichen Platz und ich stieg die

ausgetretenen Steinstufen nach unten in unser privates Weinlager. Hier bewahrten wir nur Flaschen auf, alle in gemauerten Regalen. Der Raum ist so tief unter der Erde, dass das ganze Jahr über immer die gleiche optimale Temperatur und Luftfeuchtigkeit herrschen. Ich hatte so viele Erinnerungen an unseren Weinkeller. Hier hatten wir als Kinder Verstecken gespielt, ich hatte mit Papa zusammen die Flaschen verstaut und katalogisiert. Und hier hatte ich meinen ersten Kuss bekommen, von Stefano. Stefano. Egal, wo ich hinging, die Gedanken an ihn verfolgten mich. So viele Jahre, so viele unzählige Erinnerungen. Ich schüttelte den Kopf, um ihn daraus zu verscheuchen, nahm mir zwei Flaschen Rotwein aus einem der Regale, strich sie wie immer nicht aus der Liste aus, was Papa in den Wahnsinn trieb, weil seine Inventarverzeichnisse dadurch nie stimmten, aber ich war zu sowas viel zu faul, und ging wieder nach draußen auf die Veranda.
Die Stimmung hier oben in den Hügeln ist völlig anders als an meinem Haus am Meer. Dort übertönt das gleichförmige Rauschen der Brandung alles - wunderschön zwar, aber nicht sehr abwechslungsreich. Hier dagegen tobt ein wahres Feuerwerk an Geräuschen. Zuerst ist es fast wie Krach, ein Geräuschbrei, der in den Ohren klingelt. Aber wenn man eine Weile genau hinhört, dann lösen sich plötzlich die unterschiedlichen Töne heraus. Nie zu hören, außer wenn sie aufeinander losgehen, sind die Katzen. Sie schleichen lautlos durch ihr Revier oder sitzen bewegungslos vor irgendeiner Stelle, an der sie sich Beute erhoffen.
Ich hatte mir ein Glas Wein eingeschenkt und wartete wie immer lange Zeit, bis ich den ersten bedächtigen Schluck nahm. Unser Haus steht auf einem Hügel,

die Veranda öffnet sich nach Westen zu einem tiefen Hang, der so dicht bewachsen ist, dass er undurchdringlich war. In der Ferne, am Horizont, waren die Ausläufer des Apennin, einer Gebirgskette mit hohen schroffen Felsen, die man jetzt, nachts, natürlich nicht sehen konnte. Links von mir in einem der Bäume, begann ein Vogel lauthals sein Konzert in die Dunkelheit zu singen. Als er kurz pausierte, knackte es im Gebüsch und ein kurzes Fiepen verriet, dass irgendeine Tierfamilie heute Nacht nicht hungrig blieb. Vor mir in der Wiese wurde es auch lebendig, irgendetwas überquerte sie eilig und dann kam plötzlich Bewegung in den Hang. Es knackte im Unterholz, als würde eine Dampfwalze dort durchfahren. Das war ganz sicher ein Wildschwein. Die hatten, außer zur Jagdsaison, keine Feinde und mussten nicht darauf achten, sich unauffällig zu bewegen. Am Ende der Terrasse blitze etwas kurz auf und ich dachte erst, ich hätte Augenflimmern, aber es waren die ersten Glühwürmchen, die herumflogen. Eigentlich zu früh im Jahr, aber so wunderschön, ihre Kreise zu beobachten. Ich hatte inzwischen die erste Flasche Wein fast ganz geleert und plötzlich fiel mir ein, dass ich solche Abende mit Stefano nie hatte verbringen können. Er hasste die Natur und alles, was sich irgendwie darin bewegte. Ihn schreckte jedes Geräusch auf und er hatte immer panische Angst gehabt, dass irgendein Tier im Dunkeln plötzlich an ihm hochkrabbeln könnte. Ich musste grinsen. Irgendwie war es eine Genugtuung, etwas gefunden zu haben, was mich nicht mit ihm verband. Es wurde langsam kühl. Die Stunden zwischen drei Uhr und sechs Uhr morgens waren immer die kühlsten, egal zu welcher Jahreszeit. Aber es war so schön, hier zu sitzen, alleine, mit der mir so unendlich vertrauten Umgebung, dass ich die zweite Flasche entkorkte und einfach weiter in die undurchdringliche Nacht starrte.

Jemand klopfte und ich schrak hoch. Ich musste eingenickt sein und blickte mich verwirrt um. Ich saß immer noch auf der Veranda, die zweite Flasche Wein hatte mich doch müde gemacht. Mir war kalt und ich versuchte mich etwas zu strecken, als es wieder klopfte. Es waren Eichhörnchen. Ich musste lachen, denn ich kannte dieses wundervolle Schauspiel seit vielen Jahren. Die Kleinen kletterten auf den Baum neben dem Haus und warfen dann Äste und Früchte von oben auf den Gastank. Scheinbar fanden sie es lustig, dass es jedesmal laut „ploing" machte, wenn sie den Tank trafen. Ich starrte angestrengt in den Baum und beobachtete sie eine Weile dabei. Es wurde schon ganz langsam hell, der Himmel hatte bereits die Farbe gewechselt und die ersten Gegenstände bekamen plötzlich ganz sanfte Konturen. Ich reckte und dehnte mich und ging nach vorne zum Hang. Da stand ich dann und wartete einfach, bis die Berge plötzlich wie gemalt am Horizont auftauchten. Im Tal fuhren die ersten Autos durch die kurvigen Straßen und wirkten wie überdimensionierte Glühwürmchen, die ihren Lichtschweif durch die Dämmerung zogen. Aus den gemalten Bergen wurden langsam schroffe Felsen, die sich nun klar und scharf abzeichneten. Ich liebte dieses Schauspiel. Ich hatte die Arme um den Körper geschlungen, um mich etwas zu wärmen, und wusste in diesem Moment, dass ich nie bereit sein würde, das alles hier aufzugeben, wegen einer blöden Firma, in einem für mich völlig fremden Land.

Kapitel 5

1.

Die Fahrt nach München war diesmal nicht ganz so traurig verlaufen wie beim letzten Mal. Ich hatte mir die Zeit damit vertrieben, nochmals über das Gespräch mit meinem Vater und Paolo nachzudenken, während die Landschaft an den Wagenfenstern vorbeiflog. Wir hatten lange diskutiert und ich hatte eher versucht, die beiden davon abzuhalten, die Firma in München zu übernehmen. Aber sowohl Paolo als auch mein Vater waren einfach zu begeistert von der Vorstellung, mit einem Schlag zu den großen Immobilienagenturen bei uns in der Region aufzusteigen. Es war schon Abend, als die Entscheidung endgültig fiel. Mir war nicht sehr wohl dabei, aber es war ja letztlich auch nicht mein Geld, das die beiden dafür ausgaben. Ich stellte nur eine Bedingung. Ich würde zurück nach Italien gehen und wie früher hier unsere Kunden betreuen. Den beiden passte das gar nicht, doch ich blieb hart und schließlich willigten sie ein. Ich würde noch bis Ostern in Deutschland bleiben und dann endgültig zurückkehren. Zwar hatte ich geglaubt, ich könnte gleich zuhause bleiben, aber die Zeit bis Ostern war in Ordnung, die paar Wochen würden wie im Flug vergehen und ich wäre dann pünktlich zurück, zum großen Saisonbeginn. Ostern ist bei uns ein wichtiges Fest, die kleinen Orte am Meer erwachen wieder zum Leben, man weiß, dass der Winter - das, was wir unter Winter verstehen - vorbei ist und der Sommer unaufhaltsam beginnt.

An der Abzweigung zur Brennerautobahn dachte ich kurz an das letzte Mal, als ich hier fuhr und kaum den Impuls unterdrücken konnte, in Richtung Mailand weiterzufahren. Diesmal bog ich, ohne zu zögern, in Richtung Deutschland ab. Die Landschaft war hier satt grün, die fruchtbare Poebene stand schon in vollem Saft. Als ich an Verona vorbeikam, tauchten am Horizont die mächtigen Gipfel der Alpen auf. Sie waren schneebedeckt und ich wollte mir nicht vorstellen, dass auf der anderen Seite, in Deutschland, immer noch tiefster Winter war. In Südtirol wich die grüne Landschaft langsam erst brauner Wiese und dürren Bäumen und als ich mich bei Trento hoch in die Berge schraubte, wurde die Tristesse gnädig von einer dichten Schicht Schnee verhüllt.
Auch in München war noch alles eingeschneit und das Thermometer zeigte einige Grad unter null an. Wie beim letzten Mal parkte ich in der Tiefgarage und fuhr dann mit dem Lift direkt in die Wohnung. Und dort traf mich fast der Schlag. Ich hatte vor meiner Abfahrt automatisch alles abgestellt, die Sicherungen herausgenommen, die Heizung abgeschaltet, was man eben so macht, wenn man denkt, man kommt eh nicht mehr her. Und jetzt war die Wohnung ein Eisloch. Mit einem Schlag war meine ganze Euphorie verflogen. Ich holte mir fluchend eine Flasche Rotwein aus dem Keller, drehte alle Heizungen voll auf und verbrachte den Abend in zwei Decken gewickelt, fröstelnd auf der Couch.

2.

Die Wochen nach meiner Rückkehr vergingen tatsächlich wie erhofft rasend schnell. Jetzt, wo klar war, dass ich bald ganz nach Italien zurückkehren konnte, fand ich sogar Gefallen an meinem Aufenthalt hier und begann, mich umzusehen. Wie überall auf der Welt ist der Frühling etwas ganz Besonderes. Egal wo, egal wie der Winter ist, wenn die Tage wieder länger werden, die ersten zarten Triebe ihre grünen Ärmchen nach der Sonne ausstrecken, wenn die Menschen wieder mehr nach draußen gehen, das ist überall die wunderbarste Zeit. Ich begann die Parks der Stadt zu entdecken, die Museen, lief stundenlang einfach durch irgendwelche Straßen, atmete Gerüche ein, berührte Sträucher, die sich aus dem Winterschlaf reckten, lächelte fremden Menschen vergnügt zu und genoss die Leichtigkeit, die sich über der Stadt ausbreitete.

Die Abwicklung der Firmenübernahme erledigten die Anwälte, und da für die Mitarbeiter ein Kündigungsschutz galt und alle froh waren, endlich zu wissen, wie es mit ihrer Firma weiterging, war ich auch im Büro gerne gesehen. Der Einzige, der nicht begeistert gewesen war, war der bisherige Geschäftsführer, Herr Dengler. Als er von dem Verkauf erfuhr, hatte er sich sofort krankgemeldet und würde vermutlich auch nicht wieder zurückkommen. Ich arbeitete sehr eng mit Julia zusammen, sie würde die Schnittstelle zwischen dem Büro in München und uns in Italien werden. Es war eine aufregende und schöne Zeit. Ich hatte plötzlich das Gefühl, Urlaub zu haben, ein ganz neues Gefühl für mich, denn so etwas wie Verreisen kannte ich bisher nicht. Ein Bauernhof kennt keine Pausen, und da wir ja sowieso am Meer lebten, war Urlaub für meine Familie nie ein Thema gewesen.

Als es nur noch ein paar Wochen bis Ostern waren, bereitete ich mich langsam auf meine Abreise vor. Sicher, ich würde gelegentlich hierher kommen, nach München, um nach dem Rechten zu sehen, aber das war in Ordnung, ich freute mich sogar darauf.

3.

Ein paar Tage vor meiner geplanten Rückkehr nach Italien feierte ich Abschied mit meiner brasilianischen Nachbarin. Eigentlich hatten wir groß zum Essen ausgehen wollen, aber das Wetter war schlecht geworden und so fingen wir bereits mittags an, in ihrer Küche gemeinsam zu kochen. Sie war ebenso verrückt wie ich, sie stellte alles selbst her, und wir übertrafen uns gegenseitig damit, unsere Lieblingsgerichte zuzubereiten. Wir tranken Unmengen an Wein, redeten endlos und versprachen uns zum Abschied, dass sie mich in Italien besuchen kommen würde.

Es war ein schöner Abend gewesen, ein schöner Abschluss hier in Deutschland, und ich hatte ein Lächeln im Gesicht, als ich zurück in die Wohnung ging.

Mein Handy lag auf dem Wohnzimmertisch und ich sah, dass ich über zwanzig Nachrichten von Julia hatte. Ich musste grinsen, wie sollte das erst werden, wenn ich in Italien war? Aber das hatte Zeit bis morgen. Ich war müde, vom Essen, vom Reden, vom Wein und ich sank auf die Couch und schloss kurz die Augen. Seit ich wusste, dass ich zurückgehen würde nach Italien, konnte ich wieder schlafen und so döste ich bald ein.

Die Türklingel grub sich zuerst tief in meine Träume und riss mich kurze Zeit später endgültig aus dem

Schlaf. Ich war völlig benebelt und konnte das Geräusch erst nicht zuordnen, bis ich verstand, dass jemand an der Türe Sturm läutete.
Es war Julia, sie war kreidebleich, hatte rote, verweinte Augen und eine große Tasche in der Hand.
„Chiara, entschuldige, ich ...", ihre Stimme brach ab.
Ich nahm sie beim Arm, zog sie in die Wohnung und wieder setzte sie an, „Chiara, ich ..."
Sie zitterte und ich dachte mir, sicher hatte sie Streit mit ihrem Freund gehabt und will bei mir schlafen.
„Schon gut, Julia, komm erstmal rein, alles gut."
Sie ließ die Tasche auf den Boden fallen, die ziemlich schwer aufschlug für ein paar Übernachtungssachen, und ich nahm ihr den Mantel ab und schob sie über die Treppe nach oben ins Wohnzimmer. Sie zitterte so, dass sie kaum gehen konnte, und ich bugsierte sie auf einen Stuhl, ging zur Vitrine und schenkte ihr einen großen Grappa ein.
Sie sah mich aus ängstlichen Augen an, griff nach dem Glas und leerte es in einem Zug. Gut, es musste wirklich schlimm sein. Ich hatte Julia bis jetzt gerade mal ab und zu an einem klitzekleinen Glas Wein nippen sehen. Alles was stärker war, hatte sie immer abgelehnt.
„Was ist passiert, Julia?"
„Chiara, ich, ich weiß nicht, ich ...", ein einziges Stottern.
Ich füllte ihr Glas nochmal nach, das sie wieder in einem Zug trank, dann bekam sie einen Hustenanfall. Tränen hatte sie vorher schon in den Augen gehabt, aber jetzt kehrte wenigstens etwas Farbe in ihre Wangen zurück.
Ich kannte das zu gut, wie es einem geht, wenn eine Beziehung zu Ende ist, und ich war sicher, dass das der Grund war, warum sie so fertig war.

„Erzähl mir, was passiert ist", forderte ich sie auf.
„Ich war heute lange im Büro."
Toll, das konnte ja noch ewig dauern, bis sie auf den Punkt kam. Ich stand auf, schenkte mir ebenfalls einen Grappa ein, nippte daran, sah Julia lange an und sagte dann: „Na los, erzähl endlich."
„Ich war lange im Büro heute. Ich wollte die Unterlagen sortieren, nachdem Herr Dengler ja nicht mehr da ist. Und das habe ich dann auch gemacht."
„Jaha...und, weiter?"
„Ich hab alles sortiert, abgelegt, es war ziemlich viel Chaos. Und ... dabei habe ich dann ein paar Akten gefunden."
„Okay, und weiter", ich wurde langsam ungeduldig, wollte, dass sie zur Sache kam.
„Chiara, er hat ...", sie stockte, wurde wieder bleich, „er hat Häuser gekauft über die Firma, in Italien."
Ich verstand immer noch nicht, worauf sie hinauswollte. Das war ja nun nicht so ungewöhnlich.
„Er hat Häuser gekauft, Chiara, viele Häuser, und diese Häuser ...", sie schielte zur Grappaflasche, „diese Häuser, sie sind noch nicht bezahlt."
„Was meinst du mit noch nicht bezahlt?", ich hatte mich jetzt vorgebeugt zu ihr.
„Es sind nur Vorverträge, mit Zahlungszielen, aber keines davon ist bis jetzt bezahlt."
Mir wurde schlecht. Jetzt war ich es, die kreidebleich wurde. Ich hatte Angst vor der nächsten Frage und ließ mir Zeit damit.
„Wie viele Häuser, wie viele Häuser hat er gekauft?"
Julia starrte mich an, ängstlich, ihre Unterlippe zitterte.
„Es sind ... über vierzig Häuser."
Ich sank zurück, während sich alles anfing zu drehen. Vierzig Häuser. Ich versuchte auszurechnen, über

wie viel Geld wir mindestens redeten, aber mein Verstand weigerte sich, irgendetwas zu verarbeiten. Mühsam brachte ich mich wieder nach vorne, stütze mich am Tisch ab und meine Stimme war brüchig, als ich die entscheidende Frage stellte.
„Wie viel. Wie viel ist zu zahlen?“
Julia klammerte sich an ihrem leeren Glas fest und hatte den Blick gesenkt. Ihre Antwort war so leise, dass ich sie kaum verstehen konnte.
„Etwas über sechs Millionen Euro. Sie sind fällig in den nächsten sechs bis vierundzwanzig Monaten. Chiara, es tut mir so ... ich wusste nichts davon, du ...“
Ich hob müde die Hand und sie verstummte. Über sechs Millionen Euro. Wir waren ruiniert. Wir hatten keine sechs Millionen Euro. Das heißt, wir mussten die Firma dichtmachen. Falls das überhaupt genügte. Vielleicht würden wir privatrechtlich belangt werden. Dann hätten wir alles verloren. Den Hof, das Weingut, alles. Ich konnte nicht mehr klar denken, dabei war es jetzt wichtig nachzudenken. Ich sah Julia an.
„Danke, dass du gekommen bist. Ich muss ... telefonieren.“
Sie sah mich lange an, dann erhob sie sich mühsam und torkelte mehr als sie ging in Richtung Treppe. Dort drehte sie sich nochmals kurz zu mir um.
„Ich bin die ganze Nacht erreichbar, falls du mich brauchst.“
Ich nickte und kurze Zeit später hörte ich unten die Türe ins Schloss fallen.
Mir war schlecht, ganz furchtbar schlecht. Ich zündete mir eine Zigarette an und stellte mich auf die Dachterrasse. Die Nacht war eisig, aber ich spürte die

Kälte gar nicht. Ich spürte gar nichts mehr. Das war ein Albtraum und ich wusste nicht, was ich tun sollte.

Ich musste Papa anrufen. Wir mussten die Anwälte anrufen. Wir mussten ... ich wusste nicht, was wir zuerst mussten. Ich wusste gar nichts mehr. Ich stand einfach auf dieser Terrasse und mein Herz wurde so kalt und meine Wut über all diesen Mist wurde so groß, dass ich irgendwann das Glas, das ich mit nach draußen genommen hatte, mit voller Wucht gegen die Hauswand knallte und fasziniert zusah, wie es im Mondlicht funkelnd in viele kleine glitzernde Splitter zerbarst.

Als mir doch schließlich kalt wurde, ging ich rein und griff nach dem Telefon. Aber ich konnte mich nicht aufraffen, die Nummer von zuhause zu wählen. Was sollte ich auch groß berichten? Papa würde Fragen stellen, Details wissen wollen. Die Unterlagen fielen mir ein, die Julia erwähnt hatte. Ich holte die Tasche, die noch unten beim Eingang stand, und schleppte sie nach oben. Es waren einige Ordner darin, zusammengebundene Dokumente, Schnellhefter. Ich verteilte alles auf dem großen Tisch und begann, die einzelnen Papiere zu sortieren und zu sichten.
Wie Julia gesagt hatte, es waren über vierzig Häuser, alle waren auf unsere Firma gekauft worden, bei keinem war eine Anzahlung geleistet und alle Kaufpreise waren in den kommenden Monaten zur Zahlung fällig. Zu fast allen Häusern gab es ein kurzes Exposé, es waren alles entweder Ruinen, unbewohnt, oder nur noch Steinhaufen, die aber immerhin das Baurecht auf dem Grundstück aufrechterhielten. Ich verstand nur das System

dahinter nicht. Dass er nebenbei mit ein paar Häusern spekuliert hatte, war noch irgendwie nachvollziehbar, aber so viele, das ergab einfach keinen Sinn.

Das Immobilienrecht bei uns unterscheidet sich ganz erheblich vom deutschen. In Italien kauft man eine Immobilie per Vorvertrag. Den kann jeder schließen und darin werden die Vereinbarungen getroffen, die erst einige Zeit später bei einem Notar beglaubigt werden müssen. Normalerweise zahlt man bei Abschluss fünfzehn bis zwanzig Prozent vom Kaufpreis an und vereinbart ein Zahlungsziel für den Rest. Wir hatten auch schon ab und zu Häuser gekauft, eine kleine Anzahlung geleistet und die Häuser dann restauriert und weiterverkauft, noch bevor der eigentliche Kaufpreis fällig war. Bei einem Haus war das Risiko, es nicht rechtzeitig wieder loszuwerden, überschaubar. Aber bei über vierzig Häusern war das geradezu unmöglich.

Ich brauchte Hilfe, ich brauchte irgendjemanden, der mir sagen konnte, was wir tun sollten. Dieter fiel mir ein, er hätte sofort gewusst, was zu unternehmen wäre. Er war ein brillanter Kaufmann und ich hatte nie erlebt, dass er an irgendetwas verzweifelt war. Ich lächelte versonnen bei dem Gedanken, bis mein Blick auf das Chaos an Unterlagen fiel und mich zurück in die Realität holte. Natürlich würde ich Dieter nie anrufen, niemals, das war vorbei.

Ich verbrachte den Rest der Nacht damit, alle Häuser in eine Liste zu übertragen, mit Ortsangabe, Zustand, wann welche Zahlung zu leisten war, und brachte alles in eine chronologische Reihenfolge. Ich trank dazu mehrere Kannen Espresso, rauchte eine Zigarette nach der anderen und als es draußen zu dämmern begann, war mir so schwindlig, dass ich irgendwann den Kopf in den Armen vergrub und direkt am Tisch einschlief.

Kapitel 6

1.

Ich starrte mich im Spiegel an und konnte nicht glauben, wie tief sich die Falten neben meinem Mund in mein Gesicht gegraben hatten. Die letzten zwei Wochen waren hart gewesen. Seit Julia bei mir war und von den Häusern erzählt hatte, war ich so gut wie nicht mehr zum Schlafen gekommen. Zweimal war ich nach Italien gefahren, um mit Papa und Paolo die Lage zu diskutieren, einmal war ich dazu noch in Südtirol gewesen, bei einem Anwalt, der auch Deutsch sprach, damit wir die ganzen Verträge, die wir beim Firmenkauf unterschrieben hatten, nicht auch noch extra übersetzen lassen mussten. Der hatte sich mit unserem deutschen Anwalt kurzgeschlossen und dieses ganze Chaos war immer unübersichtlicher geworden. Vielleicht hätte es einen Weg gegeben, die Firma einfach zu schließen und den Kaufpreis, den wir gezahlt hatten, als Lehrgeld abzuschreiben. Aber irgendwann hatte mein Vater auf den Tisch geschlagen und gesagt, es sei ihm völlig egal, ob wir uns da rausschwindeln könnten oder nicht. Er war einfach nicht bereit, seinen Namen kaputtzumachen. Immerhin hätten wir damit auch die Vorverträge mit über vierzig Hausbesitzern in Italien platzen lassen. Und die interessierten sich nicht dafür, ob es legal war, eine Gesellschaft in Deutschland zu schließen und somit auch die mit ihnen geschlossenen Verträge nicht zu erfüllen. Nein, die hätten überall erzählt, dass Vittorio seine Verbindlichkeiten nicht regelt, ein Betrüger sei. Und das wollte mein Vater auf keinen Fall. Seine Ehre war für ihn unantastbar. Und so ging es schon bald nur noch darum, wie wir das ganze Projekt doch noch retten könnten. Und dafür gab es nur einen einzigen Weg. Wir mussten diese Häuser weiterverkaufen, und zwar so schnell wie möglich. Vierzig Häuser klingt ja nicht viel, aber es waren keine schicken Villen, es handelte sich um Ruinen. Das bedeutete, vierzig Projekte planen, genehmigen lassen, durchkalkulieren. Das bedeutete auch, mit hunderten Kaufinteressenten zu verhandeln, mit Individualisten, die genau so etwas suchten, ein Landhaus, etwas abgelegen, aus alten Natursteinen. Das waren Käufer, die sich einen Lebenstraum erfüllten. Und das gehen sie mit Bedacht an, das sind keine schnellen Abschlüsse, das sind endlose Stunden an Beratung, Diskussion, Besuchen in Italien, Besichtigungen vor Ort und dann wieder neuen Gesprächen in Deutschland. Das ist etwas Schönes, ich liebe es, diese Menschen dabei zu begleiten, zu unterstützen, aber die Menge war einfach fast nicht zu bewältigen. Andererseits, würden wir es schaffen, dann würden wir dabei richtig viel Geld verdienen. Aber eines war dabei leider auch klar, das alles würde nur eine Chance auf Erfolg haben, wenn ich in Deutschland blieb. Ich war diejenige, die die Umplanungen machte, und nur hier in München konnte ich schnell auf Kundenwünsche reagieren, konnte meine Planungen erläutern, die Unterlagen rasch an geänderte Genehmigungen anpassen und die Kosten für die Restaurierungen berechnen. Und so fassten wir den aberwitzigen Plan, es zu versuchen. Wir behielten die Firma, ich blieb in Deutschland und Paolo und mein Vater bemühten sich bei den Eigentümern, so viel an Zeit wie möglich für die in den Vorverträgen vereinbarten Zahlungsziele herauszuholen. Und so war ich auf einmal die Geschäftsführerin einer Firma, die ganz gewaltig auf der Kippe stand, uns alle restlos zu ruinieren.

2.

Ich hatte Julia angewiesen, die Firma so weit wie möglich in Betrieb zu lassen und die Verzögerung über das Eintreffen der neuen Eigentümer irgendwie zu erklären. Heute war der Tag, an dem ich in einem Meeting allen erklären musste, in welcher Situation wir uns befanden und wie unser Plan aussah, die Firma zu retten.

Und so stand ich jetzt vorm Spiegel, betrachte die Furchen und Augenringe in meinem Gesicht und hatte einfach nur Angst, was mich erwarten würde. Nachdem ich den halben Kleiderschrank auf meinem Bett ausgebreitet hatte, entschied ich mich schließlich für das schwarzweiße Chanel-Kostüm, schminkte mich, was wie immer sehr bizarr endete, weil ich damit überhaupt keine Erfahrung habe, und wählte schließlich meine größte Sonnenbrille aus, die ohnehin mein halbes Gesicht verdeckte.

Meine Ankunft in der Firma erinnerte mich an alte Hollywoodfilme. Ich schritt den Gang entlang zu meinem Büro, die Sonnenbrille vorm Gesicht und den Blick starr geradeaus und unnahbar. Julia hatte mir versichert, niemandem etwas erzählt zu haben, aber natürlich ahnte die Belegschaft längst, dass irgendetwas in der Luft lag. Und so starrten sie mich schweigend an und versuchten wohl, irgendetwas in meinem Gesicht zu lesen.

Die privaten Sachen des ehemaligen Geschäftsführers waren ausgeräumt worden und so ließ ich mich in dem kahlen und ungeheizten Büro schwer auf den Bürosessel plumpsen und zündete mir mit zittrigen Fingern eine Zigarette an. Julia kam angeschlichen und nickte mir zu.
„Willst du einen Kaffee, Chiara?“
„Ein Glas Rotwein wäre mir lieber“, hätte ich fast geantwortet, aber ich nickte nur und Julia verschwand kurz und kam dann mit einer dampfenden Tasse wieder.
„Was ist das?“, fragte ich misstrauisch.
„Dein Kaffee …“, antwortete sie etwas verwundert.
Es war nur eine Kleinigkeit, aber die brachte mich völlig aus der Fassung. Ich wollte keinen Filterkaffee aus einer Tasse, die so groß war, dass wir sie zuhause auf dem Hof als Melkeimer benutzt hätten. Aber es ist immer diese Summe aus Kleinigkeiten, die dich letztlich in der Menge zermürben, weil einfach andauernd irgendetwas anders ist, als man es von daheim gewohnt ist.

Ich ging ans Fenster und starrte nach draußen, ich hatte so wenig Lust, gleich in dieses Meeting zu gehen, mich den Fragen zu stellen, vielleicht angefeindet zu werden, weil man uns, den neuen Eigentümern, die Schuld an allem gab. Meine Knie waren so weich und ich war mir sicher, keinen Ton herauszubekommen.

Letztlich lief die Versammlung viel besser, als ich mir das vorgestellt hatte. Zuerst stand ich völlig verunsichert vor den Mitarbeitern, stammelte herum und brach mir fast die Finger, so sehr verknotete ich sie vor Aufregung ineinander. Ich hatte mir eine

Rede zurechtgelegt, aber alles, was ich geplant hatte zu sagen, war plötzlich weg. Und mit einem Mal kam die Wut wieder in mir hoch und ich musste kurz an das Bild denken, als ich das Glas auf der Terrasse an die Wand geschmissen hatte und wie die Scherben im Licht geglitzert hatten, und dann atmete ich tief durch, straffte meine Schultern, sah einen nach dem anderen fest an und erzählte ihnen einfach die ganze Geschichte. Ich begann damit, warum ich nach Deutschland gekommen war, erzählte ihnen von meinen ersten Terminen mit Immobilienagenturen, von den obskuren Treffen, die ich zu Beginn hatte, und von ihrem ehemaligen Chef, wie ich ihn in seinem Sanatorium kennengelernt hatte. Ich erzählte ihnen von zuhause, von meinem kleinen Haus am Meer und unserem Weingut, wie ich zu meinem Beruf gekommen war, alte Häuser zu restaurieren. Wie ich gehofft hatte, bald wieder heimzudürfen, von den einsamen langen Nächten hier, ich ließ nichts aus. Auch den Abend mit Julia erzählte ich haarklein, und wie wir danach die verschiedenen Optionen geprüft hatten, aus dieser Sache wieder herauszukommen. Und ich endete damit, unseren Plan zu erläutern. Ich sagte ihnen ganz offen, dass wir nicht genug Geldreserven hatten, um alle Gehälter über Monate weiter zu finanzieren. Dass wir zwar bereit waren, die Umsatzbeteiligungen drastisch zu erhöhen, aber dafür auch erwarten mussten, bei den Fixkosten sparen zu können. Ich sprach über meine Ängste, was dabei alles schief gehen konnte, und über die Aussichten, was an Umsätzen möglich wäre. Ich legte einfach alle Zahlen offen. Als ich fertig war, war ich völlig durchgeschwitzt. Ich hatte längst meine Jacke ausgezogen, hatte erhitzte Wangen und war ganz außer Atem. Ich rede ohnehin immer mit Händen und Füssen, aber hier hatte ich mich so in Rage geredet, dass ich mich wie nach einer Aerobicstunde fühlte. Und wie immer im Leben zahlte sich Offenheit aus. Niemand meckerte und die Ersten fingen an zu klatschen und immer mehr fielen ein, und schließlich stand die ganze Belegschaft und alle fingen an zu reden und zu diskutieren, aber es lag keinerlei Feindseligkeit in der Luft.

3.

Wieder änderte sich mein Tagesablauf völlig. Es gab nur diese eine Priorität im Moment, die Firma zu retten, und so war ich meistens um sieben Uhr morgens im Büro und fuhr irgendwann gegen Mitternacht nach Hause, um kurz etwas zu schlafen. Mein Vater und Paolo hatten ein möglichst großes Budget lockergemacht, das uns über die ersten Monate bringen würde. Ich hatte versucht, ein System auszuarbeiten, wie wir dieses Budget einsetzen würden, war aber irgendwann an den Zahlen verzweifelt. Ich kann im Kopf Kubaturen von Häusern berechnen und weiß sofort ohne Taschenrechner, wie teuer es wird, in ein Haus drei Bäder einzubauen und alle Böden neu zu fliesen. Alles Dinge, die ich bildlich vor mir sehe. Aber ich hatte keine Ahnung, wie man eine ganze Firma leitet. Julia entpuppte sich als Goldstück. Sie war Betriebswirtin und eigentlich überqualifiziert für ihre bisherige Stellung als Sekretärin. So beförderte ich sie kurzerhand zur kaufmännischen Leiterin und meiner direkten Assistentin und gab den ganzen Zahlenkram in ihre Hände ab. Damit hatte ich Zeit, das zu tun, was ich konnte. Ich begann, ein Haus nach dem anderen durchzuplanen und fing mit den schönsten an. Ich verwandelte die Ruinen auf dem Papier in wunderschöne Häuser, ausgestattet mit einer neuen Aufteilung, moderner Technik, und erstellte Skizzen, die die Häuser so zeigten, wie sie wieder aussehen würden nach der Restaurierung. Die meisten Agenturen inserieren einfach die alten Häuser und beginnen erst mit Planungsvorschlägen, wenn es einen Interessenten gibt. Unsere Idee war, fertige Projekte anzubieten, mit einem Festpreis, der bereits die gesamte Restaurierung enthielt. Und das Konzept kam bei den deutschen Kunden ganz hervorragend an. Wir hatten in kürzester Zeit so viele Anfragen, dass alle Verkäufer Überstunden machen mussten und ich kam aus dem Planen und Zeichnen gar nicht mehr heraus. Denn natürlich hatten die Interessenten Sonderwünsche, wollten andere Aufteilungen, anderer Materialien und vieles mehr.

Aber ich war nicht glücklich im Büro. Es engte mich ein. Andauernd sollte ich irgendwelche Fragen beantworten, Entscheidungen treffen, Telefonate annehmen, Meetings leiten. Es nervte mich zunehmend. Immer, wenn ich mich gerade in ein Haus vertieft hatte, kam wieder irgendjemand und wollte etwas von mir. Ich liebe diese alten Häuser. Ein Grundriss genügt und ich schließe die Augen und befinde mich dann dreidimensional in den Räumen. Ich wandle in Gedanken darin herum, stelle mir die einzelnen Wege vor, um zum Beispiel vom Schlafzimmer ins Bad zu kommen oder vom Wohnzimmer hinaus in den Garten zu gelangen. Und wenn ich das gesamte Haus im Kopf habe, zeichne ich es und setze meine Gedanken um. Das konnte ich hier nicht. Und was mir auch fehlte, war Schlaf. Ich

war so übermüdet, dass ich mich manchmal für ein paar Minuten einfach auf den Fußboden legte, um kurz einzunicken. Mir fehlte ein vernünftiges Mittagessen, eine Siesta danach, einfach einmal eine halbe Stunde aus dem Fenster ins Nichts schauen zu können, ein bisschen Sport zu machen, um den Kopf wieder frei zu bekommen.
Und so beschloss ich, von der Wohnung aus zu arbeiten. Dort gab es ein riesiges Arbeitszimmer mit allen nötigen Geräten, eine Küche, um mir etwas zu kochen, ein Bett für einen Mittagsschlaf und den Trainingsraum im Keller, um zwischendurch etwas Bewegung zu bekommen.

Seit ich klein bin, wache ich automatisch jeden Tag um sechs Uhr auf. Als Kind habe ich um die Zeit immer die Stallarbeit gemacht, bevor ich in die Schule bin. Mein innerer Wecker hat diese Uhrzeit beibehalten. In Italien laufe ich dann morgens am Strand zu meinem Leuchtturm. Jetzt konnte ich wenigstens eine Runde durch mein Viertel joggen oder, wenn es zu kalt war - also fast immer - ein bisschen im Keller an den Trainings-Maschinen herumtoben.
Und endlich kam ich wieder dazu nachzudenken, zu meditieren und etwas zur Ruhe zu kommen. Das tat mir einerseits gut, aber immer öfter saß ich abends in der großen leeren Wohnung und dann krampfte sich mein Magen zusammen und mich überkam so ein starkes Heimweh, dass ich mir fast nicht mehr zu helfen wusste.

4.

Ich hatte immer noch rein gar nichts von Deutschland kennengelernt, mir war München immer noch fremd und außer den Mitarbeitern im Büro und unseren Kunden hatte ich so gut wie überhaupt keine Kontakte. Was ich liebte, war in den nahegelegenen Park zu gehen, der nur ein paar Minuten von meiner Wohnung entfernt war. Meistens setzte ich mich auf eine der Bänke, die an einem kleinen See standen, und genoss den Blick aufs Wasser. Es war kein Ersatz für mein geliebtes Meer, aber es war immerhin Wasser, und das zog mich magisch an. Mit der Zeit kannte ich auch die meisten Besucher, die wie ich zu relativ festen Zeiten hierher kamen. Die Mutter mit ihren beiden Babys, die den Wagen so lange herumschob, bis die beiden Kleinen einschliefen und die sich dann schwer auf eine Bank fallen ließ und mit tiefen Augenringen selbst eindöste. Oder das junge Paar, das scheinbar nur herkam, um endlos Küsse auszutauschen. Und der alte Mann, der sich, auf einen Stock gestützt, mit kleinen Schritten einmal um den Mini-See schleppte und dann, wie ich, mit Blick aufs Wasser, auf einer der Bänke Platz nahm.
Die ersten Male, wenn wir zufällig auf der gleichen Bank saßen, hatten wir uns nur zugenickt. Eines Tages sprach er mich dann unvermittelt an.
„Was macht eine junge Frau wie Sie hier alleine im Park?"
Ich zuckte mit den Schultern. „Nachdenken. Ich komme her, um nachzudenken."
Mein Satz hing einige Zeit zwischen uns. Ich war mir gar nicht sicher, ob er ihn überhaupt verstanden hatte.

„Niemand denkt heutzutage mehr nach", sagte er dann plötzlich.
Ich nickte wieder, wusste darauf nichts zu antworten.
„Ich muss los, die warten nicht mit dem Essen auf mich", mit diesen Worten kämpfte er sich mühsam auf die Beine, tippte an seinen Hut und machte sich mit seinen kleinen Schritten auf den Weg.
Ich blickte ihm lange nach, bis er den Park verlassen hatte. Er hatte mir ein ganz seltsames Gefühl der Vertrautheit vermittelt, das ich nicht zuordnen konnte. Gut, ich mochte Männer, die aussahen wie Großväter aus Bilderbüchern. Ich hatte meine beiden nie kennengelernt. Der Vater meines Vaters war gestorben, lange bevor ich auf die Welt kam. Und den Vater meiner Mutter hatte ich nie sehen können, weil meine Mutter keinen Kontakt mehr zu ihren Eltern hatte, seit sie als junge Frau Deutschland verlassen hatte. Sie war schwanger gewesen von meinem Vater, einem Urlaubsflirt aus Italien, und ihre Eltern hatten ihr das nie verziehen. So war sie nach Italien gezogen und hatte ihre Eltern nie mehr wiedergesehen. Ich selbst wusste nichts von ihnen, bis auf ein paar spärliche Bruchstücke, die meine Mutter mir erzählt hatte. Ich wusste noch nicht einmal, aus welcher Stadt in Deutschland meine Mutter stammte. Wenn man sie darauf ansprach, bekam ihr gütiges Gesicht ganz plötzlich harte Züge und sie wechselte kompromisslos das Thema.

In diese Gedanken versunken ging ich zurück in die Wohnung und dort warteten schon wieder unzählige Nachrichten und Emails auf mich, so dass ich den Park und den alten Mann schnell vergaß.

5.

Ostern stand vor der Türe, aber statt wie gehofft, ganz nach Hause zurückzukehren, wurde es nur ein Heimaturlaub. Die beiden Male, als ich wegen der Firma nach Hause gefahren war, hatte ich zu nichts anderem Zeit gehabt, als mit meinem Vater und Paolo endlos zu diskutieren. Nun war ich so aufgeregt, dass ich zwei Nächte überhaupt nicht schlafen konnte, und als ich alles für die Fahrt gepackt hatte und mich nochmals hinlegte, um ganz früh am nächsten Morgen loszufahren, wurde meine Unruhe so groß, dass ich gegen Mitternacht wieder aufstand, duschte und mich einfach auf den Weg machte. Ich konnte nicht mehr warten. Die Autobahn war leer und ich gab Gas. Die Nacht war stockdunkel und außer dem schwarzen Band, das sich im Scheinwerferlicht unter die Vorderräder spulte, war nichts zu erkennen. Ich war völlig übermüdet, meine Augen tränten, aber ich wollte einfach ankommen und so fuhr ich stundenlang stur vor mich hin, verkniff mir Hunger, Durst und war auch nicht bereit, für eine Toilettenpause anzuhalten und wertvolle Minuten zu verschwenden. Ich kam bis Verona, ohne einmal zu stoppen, aber dann begann ich plötzlich alles doppelt zu sehen, und als ich schließlich einen LKW auf mich zurasen sah, den es gar nicht gab, siegte die Vernunft und ich fuhr an einer der Raststätten raus. Ich schloss mich im Wagen ein und versuchte, etwas zu schlafen, aber sobald ich die Augen zumachte, sah ich die Straße unter mir wie ein Laufband vorbeiziehen und ich wollte loslaufen, aber ich kam nicht vorwärts und immer wieder schreckte ich aus diesen kurzen Traumsequenzen

hoch, und irgendwann wurde es mir zu blöd und ich fuhr weiter.
Bei Bologna war es schon richtig hell und ich kam am frühen Vormittag auf unserem Hof an. Ich fuhr wild hupend auf den Vorplatz und bremste so stark, dass der Kies in alle Richtungen spritzte. Unsere Hunde schossen wütend bellend heran, meine Mutter stürmte aus dem Haus, Alessandra, die schon vor dem Haus auf mich gewartet hatte, fiel mir in die Arme, noch bevor ich ganz ausgestiegen war, und es herrschte solch ein Chaos und so ein Lärm, wie es nur Italiener schaffen zu verbreiten, und ich heulte glücklich, denn all das hatte mir so verdammt gefehlt.

6.

Am Nachmittag lag ich in meinem Schlafzimmer auf dem Bett, ich hatte das Fenster offen und die seit meiner Kindheit vertrauten Geräusche lullten mich langsam ein. Das Rattern der Traktoren, irgendwo sirrt eine Kreissäge, Hunde bellen, die Tiere im Stall scharren und klappern in ihren Verschlägen. Irgendjemand ruft knappe Befehle, eine Pumpe läuft an, Schafe meckern lauthals und im nahegelegenen Wald unterhalten sich ein paar Vögel aufgeregt von Ast zu Ast. Die Geräusche verschwammen gerade zu einer einzigen beruhigenden Masse und ich war dabei, ganz einzudösen, als mein Handy anfing zu surren. Es war Stefano und kurz musste ich lächeln, wie schnell sich doch im Dorf verbreitet hatte, dass ich wieder hier war. Aber ich lächelte nur ganz kurz, dann dachte ich an unseren Abschied, schob das Handy entschlossen unter mein Kopfkissen und schlief endgültig ein.

Als ich wieder aufwachte, war es schon dunkel draußen und ich dachte, ich sei noch in München, aber dann sah ich die großen dicken Eichenbalken an meiner Zimmerdecke und sprang fröhlich mit einem Satz aus dem Bett. Ich hatte mich für sieben Uhr mit Freunden verabredet, das war unmöglich zu schaffen, aber egal, ich war ja wieder zuhause, und da waren verabredete Zeiten ohnehin nur grobe Richtwerte.

Wir waren in großer Runde in einer Bar und alle redeten durcheinander und auf mich ein, und ich saß ganz still da und war einfach glücklich. Es war so ungewohnt, auf einmal wieder unter so vielen Menschen zu sein, die man gut kennt, die Freunde sind, mit denen man teilweise aufgewachsen war. Und plötzlich wurde mir schmerzlich bewusst, wie einsam ich in Deutschland tatsächlich bin.

Danach fuhren wir die Küste entlang. Ich wollte unbedingt in meine kleine Bar, diese kleine Bar direkt am Hafen, in der ich immer das Gefühl habe, die Zeit wird angehalten, und man klinkt sich für eine Weile aus der Welt aus. Wir fuhren mit mehreren Autos und bevor wir in das Lokal gingen, bummelten wir noch etwas am Pier entlang. Der eigentliche Hafen, der Industriehafen von Ravenna, ist weiter im Land und dieses Pier hier ist auch kein schickes Hafenpier, sondern einfach alt, vergammelt und dreckig. Aber ich mag diesen Ort so gerne und nachdem wir noch ein paar Fischern zugesehen hatten, die ihre Boote für die Nacht fertigmachten, in der sie wieder auf See fahren würden, suchten wir uns einen Platz in der Bar, wo wir über Stunden redeten und alle die Zeit vergaßen. Es war Claudio, der irgendwann völlig übermüdet zum Aufbruch drängte. Aber ich ging nicht mit, ich wollte noch etwas hierbleiben, und obwohl mich meine Freunde eigentlich nicht alleine lassen wollten, merkten sie irgendwann, dass es wichtig für mich war, noch zu bleiben.

Und dann saß ich an diesem so unendlich vertrauten Ort und lies den Blick schweifen und mir fielen die vielen Abende und Nächte wieder ein, die ich hier schon gewesen bin, manchmal besonders glücklich, manchmal besonders traurig, aber immer irgendwie in einer besonderen Stimmung. Ich dachte zurück, als ich das erste Mal mit Dieter hier war, den alle immer il Tedesco, den Deutschen, genannt hatten. Hier hatten wir uns das erste Mal unterhalten. Und so saß ich in Gedanken versunken, und als ich irgendwann zahlte und ging, war es so spät, dass die Motorfähre nicht mehr fuhr und ich musste einen Riesenumweg fahren, bis ganz nach Ravenna rein, zur ersten Brücke, und irgendwie hatte ich das Gefühl, dass manchmal Umwege nötig sind, um die sonst so selbstverständlichen Dinge erst wirklich schätzen zu können.

7.

Das Osterwochenende begann mit wundervollem Wetter und ich fuhr mit Alessandra nach Ravenna, um uns für die Festmenüs neu einzukleiden. Ostern ist bei uns fast noch wichtiger als Weihnachten. Traditionell gibt es zwei große Osteressen, einmal am Sonntag und dann das „kleine“ Osterfest am Montag. Alle Lokale bieten an diesen beiden Tagen ausschließlich komplette Menüs an und die Plätze sind oft schon Monate vorher ausgebucht. Und Ostern ist die große Saisoneröffnung. Wer kann, fährt ans Meer und verbringt ein erstes Wochenende nach dem Winter wieder am Strand und stimmt sich auf den beginnenden Sommer ein. Schon Tage vorher herrscht große Hektik in den kleinen Badeorten, die Bretterverschläge, die die Bars und Restaurants, die im Winter geschlossen haben, zum Schutz vor Fenstern und Türen hatten, werden abgenommen, die ersten Sonnenschirmreihen werden aufgestellt, die Wege am Strand neu verlegt und alles wird herausgeputzt. Bis spät in die Nacht kommen die Gäste in den Hotels an und wollen dann natürlich noch ein Abendessen und einen Spaziergang auf der Promenade genießen.

Wir waren nach dem Einkaufen zu unserem kleinen Haus am Strand gefahren, in dem Alessandra und ich gelebt hatten, bevor sie wieder auf den Hof zu meinen Eltern ziehen musste, als ich nach Deutschland ging. Wir sahen kurz nach dem Rechten und gingen dann in unser Stammcafé, auf einen Aperitivo und um ein bisschen über die Leute zu lästern. Verschanzt hinter unseren völlig überdimensionierten Sonnenbrillen gaben wir uns dem von mir so lange vermissten „dolce far niente" hin, nippten ab und zu an unseren Drinks und ließen kein gutes Haar an den vorbeischlendernden Gästen aus den großen Städten. Wir äfften die Damen aus Mailand nach, die hier noch ihre Wintergarderobe ausführten, witzelten über die Römerinnen, die mit ihren - für Ostern noch viel zu kühlen - Sommersachen aus den teuren Boutiquen angaben. Natürlich war das alles nicht böse gemeint, wir blödelten einfach herum und ließen uns von diesem schönen Tag treiben.

Den Ostersonntag verbrachten wir dann ganz traditionell. Stundenlanges Stylen, ein sehr frühes Glas Rotwein, der Kirchenbesuch, der an diesem Tag eher ein Sehen und Gesehenwerden auf der Piazza bedeutete, und danach dann ein mehrstündiges Festessen mit vielen Verwandten und engen Freunden der Familie. Wir hatten uns dieses Jahr ein Restaurant etwas weiter im Land ausgesucht. Wir aßen und tranken bis zum frühen Abend, und als ich am Nachmittag auf eine Zigarette nach draußen ging und an der Mauer lehnte, die Sonne im Gesicht und die vertrauten Gerüche des Frühlings in der Nase, fiel, zum ersten Mal seit ich hier war, die ganze Anspannung von mir ab und ich verlor jedes Zeitgefühl.
Das Ostermenü, das kleine, das es am Ostermontag gibt, heißt bei uns „la pasquetta“ und das verbrachte ich zusammen mit all meinen Freunden. Ich hatte vor einiger Zeit ein ganz neues Restaurant entdeckt, ganz zufällig, und als ich es vorsichtig erkundet hatte, stellte sich heraus, dass ich die Besitzer sogar kannte. Ein Restaurant, das jeden Yachthafen schmücken würde, ganz in Weiß, die Terrassen rundherum in dunklem Teakholz. Es heißt „le Vele“ und liegt zwischen zwei Orten, die zu den Lidi Ravennati, den Stränden von Ravenna, gehören, zwischen Lido Adriano und Lido di Dante. Lido di Dante ist ein Geisterort, er besteht nur aus Ferienhäusern, außerhalb der Saison ist dort kein Mensch. Das Besondere an Lido di Dante ist, dass hier ein Nationalpark beginnt, und zu diesem Park gehört ein fast zehn Kilometer langer Strand, der unter Naturschutz steht. Er darf nicht bebaut und nicht bewirtschaftet, sehr wohl aber zum Baden benutzt

werden. Hier kann man Strand noch pur erleben, hier werden keine Muscheln weggerecht und kein Treibholz entfernt. Man muss durch eine dicke Schicht aus Muschelscherben ins Wasser, es gibt keine Wellenbrecher und nach einem Sturm werden hier ganze Bäume angeschwemmt und der Natur überlassen.

Wir waren fast zwanzig Leute und hatten einen Tisch direkt am Fenster. Wenn man hinaussah, war das kleine Stück Strand zwischen dem Restaurant und dem Wasser gar nicht zu sehen, so dass man das Gefühl bekam, direkt auf dem Meer zu sitzen.
Es gab zwei Antipasti, einmal warme Tintenfischstücke in einer Limonensoße mit kleinen Kartoffelstückchen, dann eine kalte Portion Miesmuscheln, traditionell in Knoblauch-Weißweinsud. Danach eine Portion Tagliatelle mit Meeresfrüchten. Hier musste ich, wie immer, eine Diskussion mit dem Koch führen. Bei uns in der Emilia wird jeder Sugo (also die Sauce) mit Tomaten zubereitet, das nennt sich „in rosso", außer bei Spaghetti mit Venusmuscheln, aber selbst da habe ich es schon erlebt. Eine Region weiter, die ich sehr liebe, in Le Marche (den Marken) ist die Zubereitung ohne Tomaten verbreitet, das nennt sich dann „in bianco“. Die Grundrezepte sind fast gleich, Olivenöl, Weißwein, Knoblauch, Kräuter, nur eben keine Tomaten. Kurz und gut, ich habe unnachgiebig auf den Koch eingeredet und schließlich schlug er verzweifelt die Hände über dem Kopf zusammen und machte mir eine weiße Sauce, ohne Tomaten.
Nach dem üblichen Sorbet gab's dann noch frittierten Fisch, mit Tintenfischringen, ganzen Gamberetti zum Selbstknacken und halben Krabben zum Auspulen.

Frittiert heißt bei uns übrigens nicht, dass man das ganze in die Fritteuse kippt und in Fett ertränkt, sondern klassisch, also in kochendem Olivenöl, ausbäckt, was wesentlich bekömmlicher ist und auch nicht so viel Fett enthält.
Die Krönung waren die Spiedini, die Spieße vom Grill, mit Tintenfisch und Garnelen, mein Leibgericht, und übrigens immer eine gute Wahl, wenn man einmal ratlos vor einer italienischen Speisekarte sitzt.

Mit Dessert, caffè und Amaro (Amaro bezeichnet den "Schnaps" nach dem Essen) waren wir fast vier Stunden im Restaurant. Statt Grappa nahm ich, wie immer nach Fisch, einen Limoncello, das ist ein Zitronenlikör. Die Flasche wird im Eisfach aufbewahrt, man muss ihn eisgekühlt trinken. Es war hausgemachter, und man hat die Sonne Siziliens aus den Zitronen herausgeschmeckt.

Wie alle Italiener, stehe ich in ständigem Kontakt mit meiner Familie und meinen Freunden, per Telefon, SMS, E-Mail, und das quasi rund um die Uhr, daher wissen natürlich auch alle, wie ich mich in München gefühlt habe. Als wir nach dem Essen faul im Sand lagen, kamen trotzdem die ersten Fragen, wie es in Deutschland so sei, was mir dort nicht gefalle, warum ich es dort so schrecklich fände. Aber das ist ein Missverständnis, ich finde Deutschland nicht schrecklich oder schlimm. Im Gegenteil, es ist ein wunderbares Land, so sauber, so sicher, ich habe dort nirgends, wie bei uns, vergitterte Fenster an den Häusern gesehen, Zusagen werden eingehalten, alles funktioniert, es gibt ernst zu nehmende Politiker, die Leute sind höflich, Termine finden pünktlich statt.

Was mich bisher gewundert hat, ist, dass ich in Deutschland eigentlich niemanden getroffen habe, der gern dort zu leben schien, niemanden, der zufrieden ist, oder Glück ausstrahlt, oder stolz ist, auf sein Land. Das habe ich bis heute nicht kapiert. Wir Italiener platzen schon vor Stolz über unser Italien, in dem so viel im Argen liegt, hätten wir ein Land wie Deutschland, wir würden vermutlich ausflippen.
Nein, es ist nicht Deutschland, das es mir so schwer gemacht hat, es ist die Situation, dass ich mich nicht umsehen konnte, mir kein Plätzchen hatte aussuchen dürfen, an dem ich mich dann niederlasse. Es ist die Situation, dass ich einfach plötzlich in München war und dachte, ich bliebe nur ein oder zwei Monate und dann ginge ich wieder heim. Und nun ist daraus ein halbes Jahr geworden, und wie es aussieht, wird noch mindestens ein weiteres halbes Jahr dazukommen.
Und dann musste ich plötzlich an die vielen Tränen denken, die ich in München schon vergossen hatte, wenn ich abends alleine in dieser viel zu großen Wohnung saß, und an die vielen Nächte ohne Schlaf, an die Momente, wenn ich nachts auf die Terrasse gegangen war und gelauscht hatte, ob ich irgendetwas höre, das mir vertraut ist, oder wie ich mich gefreut hatte, wenn Sturm war oder es geregnet hat, wie ich dann trotz größter Kälte ein Fenster geöffnet habe und mir vorstellte, es wäre das Meer, das da so rauscht - all das fiel mir plötzlich wieder ein, und trotz dem guten Essen, dem vielen Wein, der Sonne am Strand wurde mir auf einmal so kalt und ich bekam Angst davor, in ein paar Tagen wieder genau da weiterzumachen, wo ich vor einer Woche aufgehört hatte.

Und sie haben mich alle in den Arm genommen und mich getröstet, und dann ging ich, trotz des kalten Wassers, schwimmen und schmeckte das Salz, und obwohl ich fast erfroren bin, habe ich mir vorgestellt, dass ich in einem Meer aus Tränen schwimme - und das hat mich irgendwie getröstet.

Auf dem Rückweg nach Hause fuhr ich noch kurz nach Ravenna, ins historische Zentrum, und ging in eine der vielen Kirchen. Ich liebe diese Ruhe, die Zeit für ein paar Gedanken bietet. Aus dem Kloster hörte man die Mönche beim abendlichen Gebet singen, und ich warf eine Münze in den Kirchenbrunnen, um mir etwas zu wünschen.
In Ravenna ist eines der schönsten Cafés, das ich kenne, das "Corte Cavour", die Außenplätze sind in einem romantischen Innenhof und der Besitzer stellt dort auch seine Gemälde aus. Woran ich mich erst wieder gewöhnen musste, sind die aufdringlichen italienischen Männer, ich hatte fast vergessen, wie sie sich benehmen. In Deutschland kann man als Frau gehen, wohin man will. Eventuell bekommt man ein kurzes Lächeln, einen zurückhaltenden Blick, aber selten mehr. In Italien wird man als Frau ständig angesprochen, man bekommt Bemerkungen hinterhergerufen und eindeutige Angebote unterbreitet.

8.

Der letzte Aperitivo bei Paolo in meiner Bar. Ich starre in mein Glas und Paolo redet auf mich ein, was er alles für die bevorstehende Saison ändern wird, und ich nicke hin und wieder, völlig abwesend, ich höre ihm gar nicht zu. Als ich aufspringe, hastig zahle und zu meinem Wagen gehe, schaut er mir verwirrt nach, dann drehe ich nochmals um, nehme ihn kurz in den Arm, drücke ihm einen Kuss auf die Wange und gehe endgültig, bevor er meine Tränen sehen kann.

Ich fahre zurück in die Hügel, zu unserem Hof, und als ich ankomme, schlagen wie immer sofort die Hunde an und mein Vater kommt aus dem Haus. Mir war nie aufgefallen, dass er schon so gebückt geht und seine Schritte nicht mehr ganz so federn wie früher, aber vermutlich wollte ich das auch nie sehen. Wir küssen uns und ich habe mich lange auf dieses Gespräch vorbereitet und ich möchte ihm so vieles sagen und ihm erklären, warum ich nicht mehr fort will, und wie es mir geht, so weit weg, und wie ich es hasse, in einer großen Stadt zu leben, wie ich denke, dort zu ersticken, wenn ich nicht mein Meer sehen kann und die Hügel und das weite Land, in dem ich groß geworden bin.

Wir gehen nicht ins Haus, sondern er will etwas mit mir laufen und so steigen wir den Hang hinter dem Haus hinauf. Der schmale Pfad ist jetzt im Frühjahr schon zugewachsen und man reißt sich an den Dornenranken manchmal etwas die Haut auf und es ist schwierig, die Steigung zu schaffen, ohne pausenlos über Wurzeln zu stolpern. Ganz oben aber belohnt uns der Blick. Von hier sieht man in die höheren, schon schroffer werdenden Hügel, man sieht viele Weinberge und Felder, ein Großteil davon gehört zu unserem Hof. In die andere Richtung kann man bis hinunter zum Meer sehen, das meist etwas im Dunst liegt, so dass das Blaugrau des Himmels oft mit dem Meer verschmilzt. Heute jedoch ist der Blick

klar und der Horizont weit draußen auf dem Meer bildet eine scharfe Kante zum Wasser.
Wir sprechen lange nichts, schauen nur in die Ferne, und ich denke an die vielen Male zurück, die wir hier gesessen sind, als ich klein war und viele Fragen hatte, die ich pausenlos gestellt habe. Als ich größer war und die Fragen noch mehr wurden, die man ab einem gewissen Alter aber nicht mehr zu stellen wagt, und an die vielen Gespräche mit meinem Vater an diesem Ort.
Ich erinnere mich plötzlich genau an jenen Morgen, als ich von oben kam und meinen Vater mit Paolo in der Küche angetroffen hatte und die Idee geboren wurde, ins Immobiliengeschäft einzusteigen, mit mir, als halbe Tedesca (Deutsche), die sich um die ausländischen Kunden kümmern könnte. Und an mein Studium, das mir ermöglicht wurde, obwohl ich die Einzige war, die von uns Kindern Interesse daran hatte, irgendwann den Hof weiterzuführen.
Und dann erzählt mir mein Vater die Geschichte, wie er mit knapp zwanzig Jahren die Nachricht bekam, dass sein Bruder verunglückt sei, und er, der sich auf Sizilien gerade ein neues Leben aufgebaut hatte, mit seiner deutschen Frau, die er gegen alle Widerstände geheiratet hatte, um Hilfe gebeten wurde, er solle zurückkommen, in sein Elternhaus, in die Emilia, um den Hof zu retten. Und wie es war zurückzukehren, dorthin, wo ihn alle verstoßen hatten. Und wie viel Arbeit es gekostet hatte, den heruntergewirtschafteten Hof wieder Stück für Stück rentabel zu machen, mit der Deutschen, meiner Mutter, an seiner Seite, die lange nicht akzeptiert wurde. Ich schaue auf die Felder ringsum, die Weinberge, all das Land, das ich eines Tages bestellen werde, auf die Ställe mit den Tieren, die Olivenbäume, die ich

irgendwann ernten werde, und plötzlich wird mir klar, dass es in Ordnung ist, wenn etwas weh tut, dass es in Ordnung ist, wenn man etwas eine Weile nicht gern macht, aber ich erkenne auch, dass es manchmal Umwege geben muss, vielleicht auch, weil man dann Dinge wirklich erst zu schätzen lernt, weil man die oberflächliche Betrachtung ablegt und den tieferen Sinn erkennt. Außer mir und meiner Mutter spricht keiner bei uns Deutsch. Wer also sollte den Job machen? Mir wird klar, dass es eine Generation nach mir geben wird, für die wir etwas schaffen müssen, gerade auch in einem Land, in dem man nichts zu erwarten hat, außer dem, was einem die eigene Familie gibt.
Ich weiß, dass dieser unabdingbare Familienzusammenhalt schwer nachzuvollziehen ist, aber bei uns gibt es keine soziale Absicherung, kein Fangnetz. Wer fällt, der fällt tief. Italien war die meiste Zeit seiner Geschichte zerbrochen in einzelne Provinzen. Die einheitliche Sprache, das "Hochitalienisch", wenn man so will, wurde erst durch das Fernsehen geschaffen. Noch heute versteht ein Sizilianer einen Venezianer nicht, wenn sich nicht beide auf eine dialektfreie Sprache einigen. Unsere Geschichte, unsere Politik, unsere Lebensart, all das hat uns zu misstrauischen Individualisten gemacht. Ohne das soziale Netz der Großfamilie hat man kaum eine Überlebenschance.

Wir sitzen, bis die Schatten lang werden, und treten kurz vor Einbruch der Dunkelheit den Rückweg an.
Auf dem Weg zurück ans Meer ist mein Kopf leer. Etwas zu verstehen, etwas entschieden zu haben, das bedeutet noch lange nicht, auch damit umgehen zu können.

Ich wache auf und habe einen klebrigen Geschmack im Mund. Die Sonne steigt gerade aus dem Meer und ich laufe an den Strand. Es wird Regen geben, die Wolken haben schon diese violette Farbe und auf dem Wasser tanzen kleine Schaumkronen, die den nächsten Sturm ankündigen. Ich stehe lange am Leuchtturm, der Geschmack meiner Tränen vermischt sich mit dem salzigen Duft der Brise, die vom Meer herzieht. Ich kann mich nicht losreißen, friere, weine, zittere. Irgendwann murmle ich: "Ciao, amore", dann drehe ich mich um und gehe zurück, um zu packen.

Kapitel 7

1.

Ich saß allein am großen Tisch in der Münchner Wohnung und starrte aus dem Fenster. Vor einer Woche war ich mit meiner Familie am Meer beim großen Ostermenü gewesen, jetzt war das alles wieder so weit weg. Die Rückkehr gestern Abend nach München war unspektakulär verlaufen. Ich hatte diesmal die Heizungen alle angelassen und, noch bevor ich meine Jacke in der Wohnung ablegte, gleich zwei große Gläser Rotwein getrunken. Die Fahrt hatte lange gedauert. Ich hatte nicht gewusst, dass in Deutschland Schulferien waren und so musste ich mich ab Verona von einem Stau zum nächsten quälen. Ich war so müde von der Reise und dem Wein, dass ich einfach nur meine Jeans in die Ecke warf, alle Lichter brennen ließ und mich auf der Couch zusammenrollte.

Jetzt trank ich wie jeden Morgen einen caffè nach dem anderen, blies Rauchkringel in die Luft und dachte darüber nach, was ich tun konnte, um nicht mehr so alleine zu sein. Ich wollte keinen Mann, das war klar. Ich spürte immer noch einen Stich, wenn ich an Dieter zurückdachte, an das, was ich angerichtet hatte und wie ich unsere Beziehung zerstört hatte. Und dann Stefano, erst die Versöhnung und dann seine kalte Reaktion, als ich hierher musste und er mich deswegen einfach verließ. Nein, was ich wollte, waren Freunde, Menschen, die ich treffen konnte. Seit ich von zuhause aus arbeitete hatte ich nicht mal mehr den

Kontakt zu den Kollegen in der Firma. Ich war zwar mehrmals die Woche im Büro, jedoch war da immer die Zeit knapp. Und die langen Wochenenden, wenn ich stundenlang vor dem Fernseher saß oder alleine durch die mir fremden Straßen lief, das musste ich ändern. Ein paar Mal war ich mit Julia aus gewesen. Julia war zwar lieb, aber sie war auch der Meinung, ich bräuchte einen Mann, dann ein Haus und ein Kind, so als würde ich für immer hierbleiben. Und so schleppte sie mir dauernd irgendwelche Bekannten an, die ihrer Meinung nach genau die richtigen für mich wären.

Ein oder zwei Wochen nach meiner Rückkehr gab es dann auch wieder die klassische Einladung von ihr. Es war Freitag, als das Telefon klingelte.
„Pronto!"
„Hallo, Chiara?" Es war Julia. Sie kennt meine Stimme, aber jedes Mal fragt sie nach.
„Si, was gibt's?"
„Wir wollten dich einladen, morgen, zum Mittagessen. Gibt da einen tollen Italiener, in Bogenhausen (was immer das ist). Du hast doch Zeit, oder?"
Hm, das durchkreuzt meine Pläne fürs Wochenende. Ich hatte mir viel vorgenommen. Wollte zwei Tage sehr intensiv auf der Terrasse sitzen, Wein trinken, essen, lesen, schlafen, schreiben, nachdenken. Aber ich wußte, dass sie nicht lockerlassen würde.
„Hm, okay, wann meinst du denn?"
„So gegen zwölf Uhr dreißig. Ist dir doch recht, wenn wir noch jemanden mitbringen?"
Alle Alarmglocken schrillten. Ich ahnte Schlimmes, aber ich war schon voll in ihre Falle getappt.

„Äh, nur ein Bekannter von uns, er ist, äh, allein derzeit." Pause. „Ein ganz Netter!", schob sie noch nach.

Das war das übliche Spiel. Sie konnte das einfach nicht lassen, egal wie oft ich sie schon darum gebeten hatte.
Samstagmorgen. Ich hatte wenig geschlafen, die ganze Woche schon, aber ich könnte die Welt umarmen. Ich trödle beim Frühstück, trinke Unmengen caffè, schaue aus dem Fenster. Bis mir einfällt, dass ich verabredet bin. Zu einer unmöglichen Zeit, da habe ich normalerweise gerade so den Aperitivo verdaut. Aber mir wurde erklärt, dass in Deutschland die Küche mittags nicht so lange offen hat. Warum auch immer. Und ich habe keine Lust auf Mister Unbekannt, der mir heute wieder vorgestellt wird. Ich mag ohnehin keine arrangierten Dates, kann er nett sein, wie er will.
Ich überlege, was ich anziehe, mittlerweile kompensiere ich diese „Verkupplungsdates" mit wechselnden Rollen. Heute wäre mir nach der arroganten Römerin oder der schusseligen Landpomeranze. Ich bewundere die Frauen in Rom. Sie haben es perfektioniert, sich die aufdringlichen italienischen Männer vom Hals zu halten. Sie kleiden sich elegant, sie schaffen eine Aura um sich, die unüberwindbar ist, sie haben diesen Blick, der vernichtend und milde zugleich ist, kurz, sie sind Göttinnen. Aber auch verdammt anstrengend diese Aura aufrechtzuerhalten. Ich entscheide mich für ein cremefarbenes Kostüm, roséfarbene Seidenbluse und die größte Sonnenbrille, die ich habe.

Plötzlich fällt mir ein, ich bin ja in Deutschland, ich sollte also pünktlich sein. Okay, pünktlich werde ich es nicht mehr schaffen, aber, sagen wir, noch einigermaßen.
Ich fahre mit dem Lift ins Untergeschoss, steige aus, sehe eine Katze, zwei Frauen, wundere mich kurz, sehe plötzlich eine winzige Maus - und dann trifft mich fast der Schlag. Die beiden Weiber fangen an zu schreien wie am Spieß und ich bekomme einen Anflug von Kopfschmerzen. Die Maus quetscht sich unter der Türe zur Tiefgarage durch, die Frauen stehen zitternd da, die Katze schaut blöde. Oh Mann. Ich schließe die Türe zur Tiefgarage auf, die Maus drückt sich ängstlich an die Wand, wenn ich jetzt einfach gehe, wird die Katze sie erwischen oder sie bekommt von dem Geschrei einen Herzinfarkt. Die Maus starrt mich an, ihr Herz rast, sie pumpt wie verrückt. Ich überlege kurz, greife mir ein Stück Pappkarton, scheuche die Katze weg und treibe die Maus die Treppe nach oben. Sie springt tapfer von Stufe zu Stufe, die letzten schafft sie kaum noch, dann kommt die Katze zurück und die Maus springt die ganze Treppe wieder in einem Satz nach unten und quetscht sich wieder unter der Türe zur Garage durch. Jetzt reicht's. Ich gehe in den Keller, hole einen Blumentopf, jage die Maus gut fünf Minuten, bis sie müde ist, dann endlich kann ich den Topf über sie stülpen, den Karton darunter schieben und sie im Nachbargarten aussetzen.

Im Restaurant komme ich mit einer halben Stunde Verspätung an. Julia und Kurt sehe ich schon von der Straße aus, als ich meinen Wagen parke, Mister Unbekannt sitzt mit dem Rücken zur Straße. Die Begrüßung ist wie immer übersichtlich

zurückhaltend, anders als ich das von zu Hause kenne, aber das weiß ich inzwischen ja schon. Mein Date steht steif auf und gibt mir die Hand, ich mustere ihn kurz durch meine Sonnenbrille, die ich unhöflicherweise auflasse und vergesse seinen Namen sofort wieder. Gut, wir sitzen draußen, ich kann also rauchen. Schlecht, wir sitzen draußen, ich kann also nicht ab und zu zum Rauchen verschwinden.
Ich erzähle die Geschichte mit der Maus und der Typ versucht beeindruckt zu tun, ich merke aber ganz genau, dass er nicht begreift, warum man sich wegen einem Tier so viel Mühe macht. Die Drei haben schon eine Flasche Wasser auf dem Tisch, keinen Wein. Ich schaue mich um, Münchner Chic, wohin man blickt. Nur teure Autos am Straßenrand, zwei Frauen kommen in einem Porsche, finden einen Parkplatz direkt vorm Lokal, schauen erfolgsheischend in die Runde. Ich beginne mich unwohl zu fühlen. Ich esse lieber in kleinen Trattorien, wo der Wirt selber kocht und keine Speisekarte ausliegt, weil man gesagt bekommt, was heute gut ist.

Der Kellner kommt. Ein Italiener. Er begrüßt uns auf Italienisch, ich gebe mich vorerst nicht zu erkennen. Er fragt die Getränke ab, und alle bestellen sofort. Ich strahle ihn an, sage ihm, dass ich noch nicht wüsste, was ich essen werde und daher natürlich auch nicht sagen könne, was ich trinken möchte. Dann frage ich ihn, was er empfehlen kann. Antwort: „Bei uns ist alles gut." Soso.
Ich klappe die Karte auf. Dachte ich mir schon. Stinknormales Saltimbocca: zu teuer, Seezunge: viel zu teuer, Scampi vom Grill: unverschämt teuer. Die Weinempfehlung der Woche, die Flasche zu fast

fünfundzwanzig Euro. Ich kenne den Wein, der kostet im Einkauf keine sechs Euro.
In Italien gibt es einen schönen Spruch, den ich so gerne zitiere: Nach einem harten Tag lässt du dich abends in die Obhut eines verständnisvollen Wirts fallen. Okay, ich werde versuchen, mich in die Obhut dieses Kellners fallen zu lassen. Mein Date schlägt vor, zum Essen noch den Wein der Woche zu nehmen, ich lächle ihn an und sage ihm, dass ich lieber einen offenen Wein möchte. Dann bestelle ich mir das Menü, sagenhaft günstig für unter zwanzig Euro, eine Vorspeise, Pasta, als Hauptgericht Straccetti, also Rindfleischscheiben.
Julia schwärmt inzwischen meinem Date vor, wie gern ich esse, wie gut ich koche, wie ALLEINE ich bin, das betont sie in jedem zweiten Satz. Er erzählt irgendetwas von seiner Arbeit, was wohl beeindruckend ist, aber leider seine Wirkung verfehlt, weil ich eh nicht zuhöre. Wir sitzen in der Sonne, die Drei fangen an zu schwitzen, mir ist etwas kühl und ich überlege, wie schön der Sonntag werden wird.
Meine Pasta sind Ravioli mit einer Soße aus Sahne, Schinken, Erbsen, sie tragen den Namen des Lokals, sind aber stinknormale Supermarktnudeln, dazu völlig überwürzt, viel zu viel Pfeffer - regulärer Preis außerhalb des Menüs: völlig überteuert. Ich stochere lustlos darin rum und schütte mir viel zu viel vom Rotwein rein. Die anderen loben das Essen, das Ambiente, die Gegend, erklären mir, das dies Bogenhausen sei, und das man hier halt noch „gutes Publikum“ hat - was immer ich mir darunter vorzustellen habe. Der Parmesan fehlt, der Rotwein ist viel zu warm, der Typ viel zu langweilig, meine Laune sinkt immer weiter. Der Kellner wuselt

zwischen den Tischen, macht einen auf total beschäftigt und hat keinerlei Auge für die Wünsche seiner Gäste. Ich winke ihm kurz zu, warte bis er vor mir steht und in seinem Deutsch-Italienisch, das er besonders gespreizt einsetzt, gelangweilt fragt, was ich will. Ich lächle ihn an und dann schwalle ich ihn auf Italienisch zu, sage ihm, dass seine Nudeln nicht schmecken, sein Wein zu warm ist und er den Parmesan gar nicht mehr bringen braucht und die Vorspeise mitnehmen soll. Das alles sage ich lächelnd, so dass meine Begleiter denken, ich würde mich freuen. Als er den Teller beleidigt mitnimmt, schauen sie mich fragend an, und ich erkläre, dass ich noch Platz für den Hauptgang lassen will.
Dann erzählt mein Date, wo er dieses Jahr schon war und wo er noch hin will und was ich davon halten würde, und ob ich da schon gewesen sei. Ich spiele gelangweilt mit meinem Handy, strahle ihn an, tue interessiert - und setze einen Hilferuf an meine Freunde in Italien ab, die gerade alle am Strand liegen.
Um mir die Zeit zu vertreiben, gehe ich zur Toilette. Im Restaurant ist es leer, alle sitzen draußen, in der Sonne. Na ja, theoretisch, denn inzwischen wurde die riesige Markise ausgefahren, denn den Gästen ist das bisschen Sonne natürlich schon viel zu heiß. Ich frage zwei Kellner auf Deutsch, wo die Toiletten sind, bekomme zur Antwort, es gibt keine und beide lachen sich kaputt. Ich lächle zurück, und sage dann auf Italienisch, dass ich mir das bei diesem Laden schon gedacht habe. Sie starren mich an und dann kommt ein kleiner Mann hinter der Bar vor, begrüßt mich, lächelt, fragt mich, woher ich komme und wir unterhalten uns eine ganze Weile. Ich erzähle ihm, woher ich stamme, warum ich hier bin und wir

tauschen uns wehmütig über unser Heimweh nach zu Hause aus. Er fragt mich, wie das Essen war und als Italienerin sage ich ihm natürlich nicht, dass es mies war, sondern suche nach Ausflüchten, was er natürlich merkt. Und so landen wir in der Küche. Ich liebe Restaurantküchen. Diese Hektik, dieser Trubel, dieser Lärm. Als Kind war ich oft bei meinem Onkel im Restaurant, habe den Köchen zugesehen, von ihnen gelernt, diese Aufregung genossen. Sein Koch ist Sizilianer, ein dicker, gemütlicher Mann mit Riesenbauch und großem Schnurrbart. Ich erzähle ihm von seinen Nudeln und er brüllt einen Aushilfskoch zusammen, hört sich genau an, was mir nicht geschmeckt hat, erklärt mir entschuldigend, dass er sich an den hiesigen Geschmack anpassen muss, erzählt mir von seinem Zuhause und schenkt mir einen Grappa ein. Ich erzähle von Onkel Carlo, von dessen Restaurant, das ich so liebe. Ich frage ihn, was er mit den Straccetti macht und wir diskutieren eine Weile. Zartrosa, das ist klar. Bratkartoffeln? Ich frage ihn, ob er mich umbringen will. Rucola mit in Scheiben geschnittenem Parmesan, okay, kein Balsamico drauf, unmöglich. Wir diskutieren, jeder verteidigt seine Anschauung, wir nähern uns vorsichtig einem Kompromiss. Die Gewürze? Knoblauch? Nein, die deutschen Gäste mögen das nicht so sehr. Mir egal, ich schon. Schließlich einigen wir uns auf eine Zubereitung. Zum Abschied küsse ich ihn auf die Wangen und gehe zurück zum Tisch. Mein ungewolltes Date schaut irritiert, wo ich so lange war. Vermutlich denkt er, meine Verdauung sei etwas durcheinander. Egal! Ich grinse vergnügt vor mich hin.

Dass mein Gericht völlig anders ist als auf der Karte, merkt keiner, sie schaufeln ihre Bratkartoffeln in sich rein und loben das Essen.
Mein Ausflug in die Küche hat scheinbar den Zeitplan ins Wanken gebracht, denn mein Date will schon bezahlen. Ich bestelle ungerührt einen caffè und einen Limoncello und fühle mich zum ersten Mal ein bisschen wohl.

„Wir gehen jetzt noch Kaffeetrinken", teilt mir Julia mit. Aha, ich trinke doch gerade Kaffee, denke ich, aber sie meint diese Kaffee-und-Kuchen-Sache, die ich noch nicht richtig durchblickt habe. Man isst morgens mehr als man kann, dann schaufelt man zum - viel zu frühen - Mittagessen tonnenweise Sättigungsbeilagen in sich rein, um danach sofort Riesentassen Kaffee zu trinken und Torten dazu zu essen. Nur um dann um neunzehn Uhr schon wieder ein Abendessen zu haben. Ein tödlicher Kreislauf.

„Fahr doch mit Ralf", ordnet Julia an. „Er kann dich später zu deinem Auto zurückbringen." Ich fahre also mit Ralf. Ralf ist toll. Ralf fährt Porsche. So denkt zumindest vermutlich Ralf. Ich steige in seinen Wagen, zu dem er mir galant (affig) die Türe aufhält, dann springt er selber jugendlich sportlich rein, schiebt sich die Rayban zurecht und lässt den Motor an. Beim Einlegen des Gangs spreizt er den kleinen Finger ab und berührt damit, wie unabsichtlich, meinen Schenkel. Ich trage keine Strümpfe was sich nicht gehört, zu so einer Einladung, aber ich bin in solchen Dingen ein kleiner Anarchist und die Berührung seines Fingers auf meiner nackten Haut ist unangenehm und ich unterdrücke den Impuls, ihm eine zu knallen und rutsche stattdessen ganz nach rechts in Richtung Türe. Ralf raucht nicht und daher bin ich gemein und räche mich, indem ich mir eine Zigarette anzünde, und als er mich anstarrt und überlegt, ob die Bitte, nicht zu rauchen, seine Chancen bei mir verschlechtern könnten (nein, denn er hat eh keine), frage ich ihn schon ganz nett, wo denn der Aschenbecher sei. Aber den nutzt er als Lager für Pfefferminzbonbons, wohl damit sein Atem gut riecht, wenn er wieder mal seinen kleinen Finger beim Schalten ausfährt. Also öffne ich das Fenster und der Windzug verteilt die Asche im ganzen Auto. Pech.

Kaffeetrinken. Es ist, wie befürchtet, Filterkaffee, eine Riesentasse, dazu gibt es Torte, Schwarzwälder Kirschtorte, wie ich inzwischen weiß, ein Riesenstück. In Deutschland ist alles groß und viel. Das ist mir schon oft aufgefallen. Man trinkt keinen Schluck Espresso, sondern einen ganzen Eimer Kaffee, Süßes ist nicht eine Kleinigkeit zum Kosten, sondern ein ganzer Teller voll, Wein ist nicht ein Schluck im Glas, sondern gleich randvoll eingeschenkt.

Wir sind in Ralfs Wohnung und er macht sofort den Fernseher an und zeigt uns Urlaubsbilder. Gefühlt sehe ich tausende Bilder von Ligurien, aus der Toskana und von der Amalfiküste. Dazu erklärt mir Ralf Italien. Ich bekomme gesagt, wo ich unbedingt hinmüsse, wo es schön sei, was ihn genervt hat und wie man sich wo zu verhalten habe. Irgendwie scheint er immer noch nicht begriffen zu haben, dass ich aus diesem Land stamme. Oder schlimmer, er glaubt, es besser zu kennen als ich. Ich habe meine Schuhe ausgezogen und die Füße hochgezogen auf seine Designercouch, was ihn auch schon wieder zu irritieren scheint. Langsam werde ich müde, so müde, ich lege den Kopf nach hinten und schließe die Augen, denke an die kleine Bar am Meer, in der ich genau jetzt so gerne wäre, an die Wellen, höre die Möwen ihre spitzen Schreie ausstoßen, lächle bei dem Gedanken, wie schön es ist, nach einem langen Mittagessen in der Sonne zu dösen, stelle mir vor, wie ich einem bestimmten Menschen all diese profanen, schönen und wundervoll einfachen Sachen zeige. Und von dem ich weiß, dass sie ihm gefallen würden.

2.

Nach dem letzten Desaster, dieser Einladung von Julia, reichte es mir. Ich konnte schon gar nicht mehr zählen, wie oft man mich jetzt irgendwo hingeschleppt hatte, nur um mir zu zeigen, wie italienisch man doch extra für mich sein konnte. Ich wollte das nicht. Ich war schon immer der Meinung, dass jede Nationalität ruhig auch ihre Traditionen pflegen soll. Ich mag Dialekte genauso wie Trachten. All diese Dinge, die ein Land oder auch nur einen Landstrich individuell und einzigartig machen. Ich hatte keine Lust mehr, das hundertste italienische Restaurant zu besuchen. Das konnte ich zuhause in Italien viel besser. Nein, wenn ich hier schon ausging, dann wollte ich auch etwas vom Land kennenlernen. Man muss ja nicht alles lieben oder mögen, aber probieren sollte man es zumindest. Und so fing ich an, mich an den Wochenenden durch Schweinebraten, Knödel, schwere Soßen und starkes Bier zu probieren. Ich entwickelte sogar langsam ein Ohr dafür, außerhalb der Stadt den Dialekt verstehen zu können. Zumindest ein bisschen. Julia und einige andere waren zuerst irritiert von meinem Wunsch, aber dann fanden sie es witzig, mich in die Kultur von Biergärten, Weißwürsten und Dirndeln einzuführen.

Und ich begann, mir zum Ausgleich ein wenig Heimat in der Wohnung zu schaffen. Die wundervolle Dachterrasse war völlig verwahrlost, weil sie wohl noch nie jemand genutzt hatte. Ich bestellte bei einem Versandhandel neue Stühle, eine Liege, einen kleinen Pool, vier große Landhaussonnenschirme, Polsterauflagen und einen großen Grill, den größten, den ich finden konnte. Ich brauchte drei volle Tage, um mit dem Dampfstrahler den Dreck von Jahren von der Terrasse zu fräsen. Die Firma, die meine Bestellung lieferte, schaffte es immerhin in einem halben Tag, alles nach oben zu bringen und aufzubauen. Was jetzt noch fehlte, waren Pflanzen. Viele Pflanzen. Ich kaufte unzählige Terrakottatöpfe - große, kleine, mittlere. Ich kaufte fast den halben Baumarkt auf. Dazu tonnenweise Erde. Es dauerte eine weitere Woche, alle Töpfe zu arrangieren, mit Erde zu befüllen und zu bepflanzen. Ich schob stundenlang alles hin und her, ließ es auf mich wirken, machte alles wieder neu und irgendwann stand ich plötzlich auf einer Dachterrasse, die sich genauso gut mitten in Rom hätte befinden können. Ich hatte verschiedene Bereiche geschaffen, der zentrale Punkt war ein großer Tisch, an dem acht bis zehn Leute essen konnten, in eine Ecke hatte ich den kleinen Pool gebaut und ihn mit zwei Liegen und einigen größeren Büschen dekoriert. Mein Lieblingsplatz aber wurde die Leseecke, wie ich sie nannte. Ich hatte einen kleinen Marmortisch mit zwei Stühlen dorthin gestellt. Der Platz war von zwei Seiten durch eine Mauer windgeschützt und mit allen Varianten von Pflanzen zum Rest der Terrasse abgegrenzt. Wenn ich darüber noch den großen Sonnenschirm aufspannte, war nur noch ein Stück vom blauen Himmel zu sehen. Oft saß ich hier, trank ein Glas Wein, schaute nach oben und fühlte mich so geborgen, als wäre ich zuhause.

3.

Und dann begann, ganz unspektakulär, etwas, das sich bis heute als Tradition etabliert hat. Als die Terrasse fertig war, lud ich Julia und ihren Freund zum Sonntagsessen ein. Ich liebe es zu kochen. Noch mehr liebe ich es, für andere zu kochen. Also lud ich an diesem Sonntag auch noch meine Nachbarin Mathilda ein und sagte Julia, sie solle gern noch ein anderes Paar mitbringen, mit dem wir einige Male unterwegs gewesen waren. Ich besorgte Tintenfisch, Garnelen, Fleisch, Gemüse und dann aßen wir, so wie ich es von zuhause kannte, über Stunden zu Mittag. Es war ein wundervoller Tag. Wir tranken endlos viel Wein, kämpften uns, so wie es sich gehört, durch verschiedene Gänge, fielen dann trotzdem noch über das Dessert her, das ich vorbereitet hatte, und beendeten das Festmahl schließlich mit Grappa, Limoncello und caffè. Meine Gäste waren begeistert und wollten das schnell wiederholen. Und seitdem vergeht fast kein Sonntag mehr, an dem ich nicht aufkoche, als hätte ich eine Großfamilie zu versorgen und aus den tristen und langweiligen Tagen am Wochenende sind wunderbare Events geworden, die, bereichert durch intensive Gespräche, heiße

Diskussionen und viel Lachen und Freude, ein wichtiger Teil wurden, mein Heimweh zu lindern.

4.

Meine Arbeitstage wurden langsam immer strukturierter. Ich hatte mich daran gewöhnt, dass Termine wirklich als fest vereinbart verstanden werden durften, und dass Zusagen für ein Terminprojekt auch tatsächlich ernst genommen wurden. Die Wochen verflogen nur so. Ich wachte nach wie vor gegen sechs Uhr am Morgen auf, nahm mir dann Zeit für mich, arbeitete danach konzentriert und fuhr zwischendurch zu Meetings ins Büro. Schlimm waren die Abende. Wenn alles erledigt war, es still im Haus wurde, das Telefon aufhörte zu klingeln. Dann kroch die Einsamkeit und das Heimweh wie ein Nebel aus allen Ritzen und umhüllte mich mit seinen klammen, kalten Fingern und ließ mich nicht schlafen.

Meine Besuche im Park hatte ich beibehalten. Oft traf ich den alten Mann, mit dem ich damals ein paar Worte gewechselt hatte. An manchen Tagen erkannte er mich nicht, an anderen wieder redeten wir ein paar Sätze, meist übers Wetter oder irgendetwas anderes Belangloses. Es hatte etwas Vertrautes. Er erinnerte mich an die Alten, die bei uns zuhause in den Bars sitzen oder, wenn es warm genug ist, den ganzen Tag auf der Piazza. Da reden sie dann stundenlang über alte Zeiten, streiten ein bisschen, um sich die Zeit zu vertreiben, und dazwischen genehmigen sie sich immer mal ein Gläschen Wein, in Mengen, die man getrost als Medizin durchgehen lassen kann. Hier hatte ich das noch nicht oft beobachten können. Jeder schien eher für sich sein zu wollen, aber vielleicht lag das auch am Wetter, denn meist war es so kühl, und wer will da schon zusammen draußen sitzen.

Wenn nachts die Einsamkeit in mir heraufkroch, stand ich oft stundenlang an den großen Panoramafenstern und blickte auf die Stadt, die mir immer noch so fremd war, die aber in der Dunkelheit mit ihren Lichtern, mit ein wenig Phantasie, auch ein Meer hätte sein können, auf dem die Schiffe mit ihren Positionslichtern fahren. Ich wusste nicht, ob Dieter gerade in Deutschland war oder wieder in Italien. Aber ich wusste, dass er aus München stammte. Und dann stellte ich mir vor, dass er - vielleicht nur ein paar hundert Meter von mir entfernt - gerade auch an einem der Fenster der Stadt steht und an mich denkt. Und dann schalt ich mich immer eine Idiotin. Nach allem was passiert war, würde er ganz sicher nicht mehr an mich denken. Ich hatte unsere Beziehung zerstört und darunter litt ich immer noch. Andererseits hatte ich damals nicht aus Absicht so gehandelt. Aber wir versuchen eben oft, in extremen Situationen das Richtige zu tun und wissen erst sehr viel später, ob das auch gut so war.

5.

Als der Sommer kam, war ich richtig überrascht. Irgendwie hatte es keinen richtigen Übergang gegeben, wie ich ihn kannte. Zuhause orientierte ich mich an der Natur, die ich auf unserem Hof hautnah erlebe, oder, wenn ich am Meer bin, am Fortschritt der Arbeiten, die Strände für die Sommersaison herzurichten. In München wurde es einfach plötzlich heiß, von heute auf morgen, und wie immer liebte ich die Deutschen dafür, dass sie sofort auf das Wetter reagierten. Die Straßencafés quollen über, die Biergärten luden zu lauen Abenden ein und die ganze Stadt schaltete tatsächlich einen Gang zurück.

Ich hatte mir selbst noch gar keine Gedanken gemacht, wie ich den August verbringen würde. Natürlich in Italien, das war klar. Aber mein kleines Haus am Strand war besetzt, denn im August nutzte es meine Familie, so wie das in Italien üblich ist. Man verbringt zumindest die Wochenenden am Meer und die Familienmitglieder, die nicht direkt dort wohnen, werden für die Ferien dann eben einquartiert. Aber auf unseren Hof wollte ich auch nicht, ich wollte ans Wasser und den Sommer auskosten, so wie ich das von früher gewohnt war. Abende am Meer haben etwas Magisches, wenn die Wellen träge plätschern, die Sterne so plastisch wie nirgends sonst am Himmel stehen und weit draußen die Lichter der Schiffe im Takt der Wellen aufleuchten. Und ich wollte viel Zeit mit Alessandra verbringen, meiner Tochter, die mir, mehr als alles andere, so fehlte, und die das ganze Jahr auf unserem Hof hatte verbringen müssen und die das Meer genauso liebte wie ich.

Die Lösung kam Ende Juli, ganz unverhofft, als mich ein Kunde anrief, dessen Haus ich vor einigen Jahren geplant hatte. Er besaß ein riesiges Anwesen direkt am Meer, das er auf eigene Faust gekauft hatte. Es handelte sich um einen ehemaligen Landsitz mit über vierhundert Quadratmeter Wohnfläche, Nebengebäuden und einem knapp zwei Hektar großen Grundstück. Wir hatten noch mit der Restaurierung begonnen, aber dann musste er wegen eines Auslandsaufenthalts alle Arbeiten einstellen lassen und irgendwann hatten wir uns aus den Augen verloren. Jetzt wollte er, dass ich die Arbeiten wieder aufnahm und das Projekt zu Ende führte. So sehr mich dieser Auftrag reizte, ich erklärte ihm, dass ich dafür leider keine Zeit hätte. Aber er ließ nicht locker, und dann kriegte er mich. Denn er schlug vor, ich solle doch den Sommer dort verbringen, in seinem Haus, das ohnehin leer stehen würde. Ich könnte im bereits komplett fertig gestellten Teil wohnen und den Rest in aller Ruhe auf mich wirken lassen. Und so hatte ich plötzlich die Lösung für diesen Sommer. Wir würden, wie früher die adligen Damen aus der Stadt, den August in einem hunderte Jahre alten Landsitz am Meer verbringen.

6.

„Wach auf!", irgendetwas zerrte an meinem Fuß und ich versuchte träge danach zu schlagen.
„Nun wach endlich auf!", diesmal kitzelte es an meiner Nase und ich versuchte, einen gezielten Schlag abzugeben und verpasste mir damit selbst eine Ohrfeige. Ich wollte unter die Bettdecke schlüpfen, aber es war gar keine da.
„Wach auf, es hat geschneit!", schrie es plötzlich in mein Ohr und endlich ließ ich die letzten Traumfetzen los und schlug die Augen auf.
Alessandra grinste mir direkt in ein Auge, so dicht war ihr Kopf an meinem.
„Los, wir müssen los, ich will ans Meer, nun komm!", schrie sie aufgeregt.
Und plötzlich war die Erinnerung wieder da. Ich war gestern Abend ziemlich spät aus München angekommen, hatte Alessandra auf unserem Hof bei meinen Eltern abgeholt und war gleich weiter

gefahren, zu neugierig war ich, ob die Entscheidung richtig gewesen war, den Sommer im Haus meines Kunden zu verbringen. Es war so lange her, dass ich an diesem Haus gewesen bin und so hatte ich mich ein paar Mal verfahren und wir waren erst angekommen, als die Nacht schon hereingebrochen war. Das Haus und seine Nebengebäude waren riesig und die Silhouette hatte sich wie ein gewaltiger felsiger Berg scharf gegen den Abendhimmel abgezeichnet. Eigentlich sollte der Nachbar den Strom wieder anstellen, aber er hatte es wohl vergessen, es ging kein Licht im ganzen Anwesen und ich war zu müde und zu kaputt von der langen Fahrt, um noch nach draußen zu gehen und den Sicherungskasten zu suchen. So tasteten wir uns im Licht unserer Handy Displays durch die Eingangshalle, ignorierten die unzähligen Käfer, Spinnen und Ameisen, die in den letzten Jahren hier ihr neues Zuhause gefunden hatten, und richteten uns in einem der Schlafzimmer notdürftig ein Bett her. Ich war einfach glücklich, endlich bei Alessandra und zurück in Italien zu sein. Alles andere würde sich die nächsten Tage schon finden.

„Du kleines Scheusal", grinste ich Alessandra an und warf ihr mein Kissen ins Gesicht. Das war natürlich der Startschuss für einen kleinen Kampf. Sie feuerte das Kissen zurück und startete aus dem Schlafzimmer in Richtung Halle. Ich wickelte mich aus der Decke, verfing mich am Bettgestell und als ich mit einem Satz aufspringen wollte, landete ich stattdessen direkt auf dem Fußboden. Hier blickte ich einem wirklich ordentlichen Exemplar von Skorpion direkt in die auf Alarm hoch aufgerichtete Schere. Nun sind Skorpione bei uns in Mittelitalien nicht wirklich gefährlich, aber doch schon recht unangenehm. Es ist vielleicht vergleichbar mit dem Stich einer Wespe, also nichts, was man unbedingt braucht. Ich robbte langsam etwas zurück, stand leise auf und ging mein Kind einfangen.

Das Haus war seit Jahren nicht mehr genutzt worden und es lag auf allem eine dicke, schwere Staubschicht. Die Möbel waren zum Glück alle abgedeckt worden, aber jedesmal, wenn man einen Fuß auf den Boden setzte, stieg ein kleines Wölkchen auf. Der bereits renovierte Teil des Hauses, in dem wir uns befanden, nahm etwa das halbe Erdgeschoss ein. Es gab hier eine große Eingangshalle, eine offene Ecke, die als Wohnzimmer hergerichtet worden war, ein großes Bad und zwei Schlafzimmer. Wir öffneten alle Fensterläden und auch die beiden großen Fenstertüren, um Licht und Luft hereinzulassen. Wir würden erstmal gründlich putzen müssen und uns um all das Ungeziefer kümmern, das das halbe Haus bevölkerte. Es ist immer das Gleiche, wenn diese Landhäuser nicht regelmäßig genutzt werden. Irgendwo findet sich immer eine Ritze oder ein Spalt, durch den nach und nach all die kleinen Bewohner der Felder und Wiesen einen Weg nach drinnen finden, um sich dann hemmungslos auszubreiten.

Aber zuerst brauchte ich einen caffè, das war das Wichtigste. Nur, es gab keine Küche! Da, wo ich sie hingeplant hatte, waren zwar alle Anschlüsse in der Wand, aber noch war sie nicht eingebaut worden. Es gab nur eine kleine Elektrokochplatte, die man an der Steckdose betreiben musste. Das konnte ja lustig werden.

Wenn schon keine Küche, so wollte ich zumindest den Strom wieder anstellen. Die Sicherungen im Haus waren alle eingeschaltet, so gingen wir nach draußen, um den Hauptschalter zu suchen. Jetzt bei Tag sah das Haus noch um einiges beeindruckender aus als in der Nacht zuvor. Es war einfach nur riesig. Und hoch! Üblich waren hier in der Gegend Häuser mit zwei Stockwerken. Die klassische Aufteilung früher war fast immer gleich. Unten waren die Ställe und oben wurde gewohnt. Aber das hier war kein ehemaliges Bauernhaus, das war ein echter Adelssitz und so verfügte das Haus über drei Stockwerke und dazu noch eine Galerie, die ganz oben unter dem Dach eingebaut worden war. Wir versuchten, das Haus zu umrunden, aber an vielen Stellen war die Vegetation schon wieder so nah herangewachsen, dass man fast nicht mehr durchkam. Und noch etwas entdeckte ich, das Haus hatte gelitten, es gab ein paar beachtliche Risse an der Fassade, vermutlich leichte Erdbebenschäden.

Den Stromverteiler fand ich schließlich auf der Rückseite, auch er war eingeschaltet. Der Nachbar hatte es also gar nicht vergessen, es gab schlicht keinen Strom am Haus, er war vermutlich in all den Jahren abgeschaltet worden.

Es war August, und auch wenn das alte Klischee, dass im August in Italien nur einer arbeitet, nämlich der Herr „Chiuso" (ital. für geschlossen), nicht mehr ganz zutraf, so war es doch immer noch so, dass die meisten Firmen nur auf Sparflamme liefen. Die italienischen Schulferien gehen von circa Mitte Juni bis Mitte September. Inzwischen verteilt sich der Urlaub der Eltern zwar etwas mehr auf diesen langen Zeitraum, aber dennoch verwenden die meisten Italiener immer noch den August, um zu verreisen, den Sommer zu genießen und einfach die heißeste Zeit des Jahres für ihre Ferien zu nutzen. Ich machte mir nichts vor. Es war unterm Jahr schon fast unmöglich, irgendetwas schnell mit einem großen Stromversorgungsunternehmen zu regeln. Jetzt, im August, war das geradezu aussichtslos. Wir würden die vier Wochen eben keinen Strom haben. Egal. Wir waren hier, um das zu tun, was man im Hochsommer am Meer macht. Gut zu essen, zu spielen und zu schlafen. Es war abends lange hell und man hielt sich ohnehin so lange draußen auf wie nur möglich. Ins Haus ging man eigentlich nur, um zu schlafen. Der Tag brach früh an. Licht konnten wir uns mit Kerzen machen. Das Einzige, was ohne Strom auch nicht lief, waren die Pumpen der Heizung. Aber das Wasser kam hier in der Gegend aus großen Holztanks, die in den Hügeln standen. Da knallte den ganzen Tag die Augustsonne drauf und das bedeutete, dass das, was hier als kaltes Wasser aus dem Hahn lief, immer noch warm genug war, um sich damit zu duschen und zu waschen. Und irgendwie gefiel mir der Gedanke sogar, nach all dem Luxus, den mir die Wohnung in München geboten hatte, wieder ganz reduziert hier auf dem Land zu leben, den Rhythmus der Natur aufzunehmen, mit der hereinbrechenden Nacht schlafen zu gehen und mit den ersten Sonnenstrahlen wieder aufzustehen. Was ich mir allerdings unbedingt würde besorgen müssen, war ein kleiner Gaskocher. Denn ich brauchte morgens meinen caffè, auf alles andere konnte ich getrost verzichten.

7.

Wir hatten uns schnell eingelebt. Nachdem wir gründlich geputzt hatten und das Haus von seinen kleinen Bewohnern befreit war, lebten wir einfach ganz entspannt in den Tag hinein. Wir gingen früh schlafen und ich genoss es, endlich wieder wie früher sofort einschlafen zu können. Wenn die Sonne morgens aus dem Meer tauchte, standen wir auf und lüfteten das Haus gründlich durch. Diese frühen Morgenstunden waren das einzige kleine Zeitfenster, in dem die Temperaturen auf etwas unter dreißig Grad fielen. Es war auch für unsere Verhältnisse ein sehr heißer Sommer. Keine einzige Wolke trübte das tiefe Blau des Himmels und noch bevor wir ans Meer gingen, zeigte das Thermometer meist schon wieder weit über dreißig Grad an.

Das Ungeziefer im Haus war kein großes Thema gewesen, wenn man auf einem Bauernhof in einem heißen Land aufwächst, ist man das gewohnt. Ich habe eine ganz einfache Regel. Alles, was mich nicht beißt oder sticht, wird lebend hinausbefördert und ausgesetzt, alles andere dagegen … nun, lassen wir das.
Ein Problem waren die Wespen außen am Haus. Klar kann man mit ein paar Wespen leben, aber ich zählte über dreißig Nester, die an allen möglichen Stellen an der Fassade hingen und die waren sehr neugierig und umschwirrten uns die ersten Tage hemmungslos. Besonders heikel sind die Nester, die sich in den Fensterlaibungen befinden. Wespen schlüpfen an unbewohnten Häusern gern durch den geschlossenen Fensterladen und kleben ihre Nester zwischen Fensterladen und Fensterscheibe fest. Öffnet man dann so ein Fenster, ohne vorher genau hinzuschauen, zerreißt das Nest beim Öffnen. Wenn einem das passiert, hilft nur noch Flucht, eine schnelle, kompromisslose Flucht. Und man wird danach nie

wieder vergessen nachzuschauen, bevor man ein Fenster öffnet. Glauben Sie mir, ich spreche aus Erfahrung.

Wir hatten zwei solcher Nester gehabt, die ich entfernt hatte. Aber die anderen waren unerreichbar, weit oben an der Fassade. Drei Tage drangsalierten sie uns, bis eines Abends plötzlich die ersten Hornissen auftauchten. Ich schreibe das so ausführlich, weil es mir ein Anliegen ist, mit diesem Aberglauben aufzuräumen, dass ein paar Hornissen einen Menschen oder gar ein Pferd töten, wie es ein altes Sprichwort weismachen will. Ich bin keine Biologin, aber grob gilt Folgendes. Eine Biene sticht, um die Honigvorräte ihres Volkes zu verteidigen. Ihr Stachel und ihr Gift sind darauf ausgelegt, einem Wirbeltier, also zum Beispiel einem Bären oder auch einem Menschen, größtmöglichen Schmerz und Schaden zuzufügen. Daher bleibt ihr Stachel, der mit Widerhaken versehen ist, stecken und die Giftblase entleert sich vollständig in den Angreifer. Die Biene stirbt nach dem Stich, aber der Schutz der Vorräte geht eben vor. Eine Hornisse dagegen sticht, um zu jagen. Und keinesfalls darf das Beutetier getötet werden, da Hornissen keine Aasfresser sind. Die Beute soll nur kampfunfähig gemacht werden und muss den Stamm lebend erreichen. Daher hat der Stachel keine Widerhaken und es wird nur eine minimale Menge Gift ausgestoßen. Der Stich einer Hornisse ist also im Gegensatz zum Stich einer Biene vergleichsweise harmlos. Zudem werden Hornissen immer die Flucht einem Kampf vorziehen, sobald man also nicht in unmittelbarer Nähe des Nestes ist, sind das recht friedliche Zeitgenossen. Und, das Schöne, Hornissen verspeisen Stechmücken - und

Wespen. Wir hatten also auf ganz natürliche Weise sehr schnell wieder Ruhe am Haus.

8.

Die Tage waren einfach herrlich. Obwohl das Haus nur wenige Minuten mit dem Auto vom Meer entfernt war, fuhren wir morgens immer einen kleinen Umweg, um dann direkt aus den Hügeln unseren Lieblingsstrand zu erreichen. Der Blick, wenn man ganz oben auf der letzten Kuppe war, trieb mir fast die Tränen in die Augen. Der Himmel war so sattblau und verschmolz am Horizont mit dem ebenso blauen Meer. Die Yachten und Segelboote, die vor der Küste für den Tag vor Anker gegangen waren, sorgten für ein paar strahlend weiße Farbtupfer und die löchrige Teerstraße, die steil hinunter ans Ufer führte, flirrte bereits um diese Tageszeit in der Hitze.
Auf halber Strecke machten wir jeden morgen Halt, um ein typisch italienisches Frühstück einzunehmen. Das heißt einen caffè und ein Hörnchen im Stehen, an der Bar eines kleinen Cafés. Wie üblich wurden wir bereits am zweiten Tag zu den Stammgästen gezählt und sobald wir den Raum betraten, drehte sich Simone schon automatisch zur großen Espressomaschine, um unsere Getränke zuzubereiten. Wie immer wechselten wir dann ein paar Worte, jammerten über die Hitze, die Regierung und die schlecht laufende Saison. Das sind so die üblichen Themen, wobei es keine Rolle spielt, welches Wetter gerade ist, wer gerade regiert, oder wie die Geschäfte tatsächlich laufen. Wir jammern darüber. Punkt.

Wir hatten uns einen Strand ohne Service gesucht, denn ich liege gerne ganz vorne am Wasser, und diese Plätze sind an den Stränden im August entweder ohnehin belegt oder so überteuert, dass ich mich jedesmal viel zu sehr aufrege. Direkt neben unserem Strandabschnitt gab es ein kleines Restaurant und nachdem ich die ersten beiden Male, als wir dort essen waren, meine übliche Aufführung gemacht hatte, wurden der Koch und ich schnell dicke Freunde. Wenn ich in Italien anfange, die Karte zu diskutieren, ruft der Wirt seinen Koch und überlässt uns dann einer ausgiebigen Diskussion. In München dagegen schien das nicht so üblich zu sein und meine meist deutschen Begleiter waren jeweils vor Scham fast unter den Tisch gerutscht.

Gegen elf Uhr jedenfalls gingen wir immer in das kleine Restaurant neben unserem Platz, um einen ersten Aperitivo zu genießen. Entsetzt werde ich manchmal gefragt, wie man denn bitte am Vormittag schon Alkohol trinken kann. Aber nun, es ist einfach nur ein kleines Glas Wein, dazu bekommt man ein paar Snacks, etwas Salami, ein paar Oliven und etwas Käse. Der Aperitivo ist wichtig, er überbrückt die Zeit zwischen unserem kargen Frühstück und dem Mittagessen. Meist schrieb Daniele um diese Zeit gerade an seiner Tageskarte und das nutzte ich dann immer aus, um gleich unsere Wünsche für das Mittagessen zu besprechen.
Gegen Mittag dann wurden die Tische aufgebaut. Da August war, reichten die Plätze nicht aus und so wurden Tische und Bänke einfach in den Sand gestellt. Und das liebte ich besonders. Es ist so schön, einfach mit den Füßen im Sand und dem Blick aufs

Meer Fisch zu essen, der ganz frisch, gerade erst in der Nacht zuvor, gefangen worden ist.

Wir blieben meist nie besonders lange am Strand, nachdem wir am Nachmittag ein bis zwei Stunden im Wasser getobt hatten, machten wir uns auf den Rückweg. Jetzt wurde die Luft am Meer feucht und drückend und an unserem Haus, das etwas oben in den Hügeln stand, war das Klima um diese Tageszeit angenehmer und man konnte so noch einige Stunden einfach in die weite Landschaft schauen bis ans Meer, lesen, träumen, reden und hatte alle Zeit der Welt, sich fürs Abendessen herzurichten.
Wir waren ziemlich weit südlich von Ravenna, schon in den Marken, dem nächsten „Bundesland“, und es wäre nicht weit gewesen nach Orciano und Mondavio, zwei wunderbare Orte, in denen gleich mehrere Restaurants sind, die in meiner persönlichen Bestenliste zu den Top Ten zählen. Aber dort in der Nähe war auch das Haus, das ich mit Dieter für uns hergerichtet hatte und ich wusste nicht, ob er den Sommer hier verbrachte und wollte auf keinen Fall eine Begegnung mit ihm in den Restaurants riskieren, an denen so viele Erinnerungen an unsere gemeinsame Zeit hingen. So fuhren wir entweder nochmals ans Meer, diesmal auf direktem Weg, oder ein Stück Richtung Norden, wo wir uns mit Freunden treffen konnten.

Abendessen im Sommer folgen einem lockeren Ritual. Jeder stylt sich für den Abend, denn einen Großteil der Zeit verbringt man auf der Piazza, und da will jeder „bella figura“ machen, das ist ganz wichtig in Italien. Wir waren meist mit vielen Freunden verabredet und man traf sich vor dem

Lokal, wo man wartete, bis auch wirklich alle da waren. Man unterhielt sich schon ein wenig, lachte, scherzte und wenn die Gruppe vollzählig war, wurde das Restaurant mit großem Hallo gestürmt. Da jeder auch am Nachmittag wieder einen Aperitivo zur Stärkung bekommen hatte, waren alle ganz entspannt und niemand hatte Eile zu bestellen. In den Badeorten weiter nördlich, wo noch viele Touristen sind, ist unsere landeseigene Abendessenszeit ein Geheimtipp, denn um zweiundzwanzig Uhr sind die Lokale meist schon ziemlich leer. Hier, in den Marken, wo fast nur noch Italiener Urlaub machen, ging der Betrieb um diese Zeit erst richtig los. Die Getränkefrage ist eigentlich immer ganz einfach. Man wird nicht gefragt, ob man Wasser möchte, sondern nur, ob es ein stilles oder eines mit Kohlensäure sein soll. Und dazu gibt es Wein. Niemand würde auf die Idee kommen, eine Flasche zu bestellen. Wein wird offen bestellt, in Krügen, und so fragt die Bedienung auch nur, ob man roten oder weißen möchte. Ich liebte diese Abende. So viel Freude, Lachen, einfach entspannende Stunden. Auch beim Essen ist man in so großen Gruppen ganz pragmatisch. Niemand würde sich je ein eigenes einzelnes Gericht bestellen. Bei der Vorspeise werden verschiedene Nudelsorten und Variationen geordert, die dann auf großen Tellern auf den Tisch kommen und jeder probiert das, wonach ihm gerade ist. Das Gleiche gilt beim Hauptgang. Auch hier ordert man verschiedene Gerichte und zaubert sich so sein ganz eigenes Buffet auf den Tisch. Wenn dann nach endlosen Gängen schließlich das Dessert, der obligatorische caffè und ein kleiner Likör geschafft sind, zieht man noch auf die Piazza. Und auf jeder Piazza gibt es eine Bar, so dass man einfach einen

Drink oder ein Eis holt und sich damit zu den anderen gesellt und dem Treiben zusieht, während der laue Sommerabend mit dem nachts aufkommenden Wind zärtlich Haut und Seele streichelt.

So liefen unsere Tage in diesem August fast immer gleich ab, aber trotzdem war jeder Tag immer wieder neu und schön, voll von wunderbaren Erlebnissen, Empfindungen und Gedanken, und ich entspannte mich in den ersten Tagen so sehr, dass ich wieder schlafen konnte, und der Gedanke, dass ich fast einen ganzen Monat hier sein würde, gab mir ein ruhiges und sicheres Gefühl.

Zwischendurch nahm ich mir die Zeit, den unrenovierten Teil des Hauses näher zu begutachten. Das Haus war so unglaublich groß. Wir hatten damals die gesamte Fassade, das Dach, die Fenster und die Versorgungsleitungen instand gesetzt, da gab es, bis auf kleinere Schäden, nichts mehr zu tun. Innen dagegen war alles, bis auf den kleinen renovierten Teil, in dem wir wohnten, noch im Rohzustand. Dadurch wirkte das Haus noch größer. Es fehlten alle Wände, Bodenbeläge, Treppen und die Bäder. Aber das war nicht mehr wirklich viel. Ich konnte dem Eigentümer zwei oder drei Vorschläge zur Innenaufteilung machen und ihm dann einen Kollegen vor Ort empfehlen, der ihm helfen würde, die richtigen Materialien auszusuchen. Und so war mir klar, dass ich hier nicht mehr wirklich gefragt war und ich das Haus wohl nicht mehr wiedersehen würde. Der Gedanke machte mich traurig. Und da sich auch unser Urlaub dem Ende zuneigte, wurde ich in den letzten Tagen dieses Sommers plötzlich unruhig und mich befiel eine Schwermut, die mich jeden der noch verbleibenden Tage immer mehr lähmte, bis schließlich der Tag kam, an dem ich Alessandra auf unseren Hof zu meinen Eltern bringen musste, um mich dann zurück auf den langen, zähen Weg nach München zu machen.

Kapitel 8

1.

Von zuhause war ich es gewohnt, dass der Spätsommer etwas Ruhiges, fast Beschauliches, an sich hatte. Die Saison neigte sich dem Ende zu, die letzten Touristen reisten ab und man bereitete sich langsam auf die Weinlese und die damit verbundenen Feste in den vielen kleinen Dörfern vor. In Deutschland war das ganz anders! Alle schienen nach einem schönen Sommerurlaub ausgeruht und liefen zur Höchstform auf. Klar, gerade unsere Kunden hatten natürlich jetzt nach dem Urlaub, wo immer sie ihn auch verbracht hatten, den Kopf noch voller schöner Bilder, dem Meer, langen Stränden, gutem Essen und einem Leben im Freien. Die Nachfrage nach unseren Häusern schnellte so nach oben, dass ich gar nicht mehr wusste, wo mir der Kopf stand und ich hetzte von einem Meeting ins nächste und verbrachte dazwischen meine Zeit damit, Pläne und Kostenvoranschläge fertigzustellen, die allesamt immer den Vermerk „Eilig“ oder „Terminsache“ trugen.

Die einzigen kleinen Pausen waren die ganz frühen Morgenstunden, die ich nutzte, um ein paar Gedanken zu fassen, und meine Spaziergänge in den Park, die ich wieder so oft wie möglich unternahm. Ich weiß nicht, ob es an der Regelmäßigkeit lag, mit der wir uns dort sahen, oder ob es ihm einfach wieder besser ging, aber immer wenn ich ankam, schien der alte Mann schon auf unserer Bank auf mich zu warten und jedes Mal, wenn er mich sah, ging ein ganz kurzes Leuchten über sein faltiges Gesicht und er straffte die Schultern und ich setze mich neben ihn und wir unterhielten uns. Er interessierte sich immer brennend für die Häuser, die ich gerade in Arbeit hatte, ließ sich alles genau erzählen und dann berichtete er mir aus seinem Leben. Er war Bauingenieur gewesen, und natürlich fanden wir immer auch irgendetwas, worüber wir heftig diskutieren konnten, weil wir unterschiedlicher Meinung waren. Italiener lieben es zu diskutieren. Manchmal erfinden wir einfach irgendwelche Behauptungen, nur um eine Diskussion vom Zaun zu brechen, und er hatte solchen Spaß an unseren Gesprächen, dass er meist einen ganz roten Kopf bekam und sein trauriger Gesichtsausdruck früher oder später einem Lächeln wich. Und für mich war er der Großvater, den ich nie gehabt hatte, und so freute ich mich jedes Mal schon richtig darauf, wenn ich mich auf in den Park machte.

2.

Ich hatte eine Liste über meinem Schreibtisch hängen mit allen Häusern, zu denen wir so ungewollt gekommen waren, und immer wenn eines verkauft worden war, strich ich es mit Genuss durch. Jedes Haus weniger brachte mich auch meiner Rückkehr nach Italien näher und das war eigentlich alles, was ich nach wie vor wollte. So bald wie möglich ganz nach Hause zurückzukehren. Mit Schaudern dachte ich an den bevorstehenden Winter. Noch zu gut hatte ich den letzten in Erinnerung, den vielen Schnee, die monatelange Eiseskälte. Mir graute wirklich davor. Und so arbeitete ich fast Tag und Nacht und vergaß immer mehr, dass es noch andere Dinge gibt im

Leben, die eigentlich wichtiger sind, aber ich konnte nicht anders. Ich ignorierte die ersten kleinen Wehwehchen, die sich einstellten, völlig. Der dauernde Schlafmangel, die Hektik, immer im roten Bereich zu drehen, das tat mir nicht gut.

So schleppte ich mich irgendwie bis zu den Weihnachtsferien durch und wie im Jahr zuvor nutzte meine ganze Familie die Feiertage für einen Abstecher nach München, um mich zu besuchen. Ich muss furchtbar ausgesehen haben, zwar sagte keiner etwas, aber ich merkte meiner Mutter an, wie sie erschrak, als sie mich sah. Ich wurde mit Essen und viel Rotwein wieder aufgepäppelt und manchmal, wenn sie dachten, dass ich es nicht mitbekam, hörte ich, wie meine Eltern heftig stritten und wie meine Mutter meinem Vater Vorwürfe machte, wie lange er noch gedenke, mich hier zu lassen. Es war mir unangenehm, dass sie darüber diskutierten, schließlich ging es einfach nicht anders im Moment, aber ich schwor mir, dass das der letzte Winter sein würde, den ich hier, statt zuhause, verbringen würde.

3.

Nachdem ich wieder alleine war, verfiel ich sehr schnell zurück in diesen Strudel aus Stress, Hektik und Ungeduld. Ich wollte im Februar unbedingt die Faschingstage nutzen, um nach Hause zu fahren, weil man mir gesagt hatte, da wäre halb München ohnehin beim Skifahren und in den Firmen nichts los. Diese pausenlosen Schulferien hier machten mich sowieso ganz verrückt. Alle paar Wochen waren Ferien. Und da fuhr anscheinend jedesmal die halbe Stadt sofort in den Urlaub. Man erreichte niemanden und langweilte sich, aber wehe, man war selbst nicht verfügbar außerhalb dieser Zeiten. So hatte ich mir angewöhnt, meine Heimaturlaube im Rhythmus der bayerischen Schulferien zu legen. Zudem hatte das den Vorteil, dass ich auch immer ein paar unserer Kunden zu einer Besichtigung vor Ort einladen konnte, die ich dann selbst begleitete.

Allerdings wurde diesmal nichts aus meiner geplanten Fahrt, denn kurz vor dem Faschingswochenende streckte mich eine Grippe nieder. Keine harmlose Erkältung, nein, sondern irgendein heimtückischer Virus, der mich komplett umwarf. Ich konnte fast zwei Tage gar nicht aus dem Bett und war danach auch noch mehr tot als lebendig. Meine einzige Rettung waren die vielen Vorräte, die ich im Keller hatte, denn ich schaffte es auf keinen Fall, etwas einkaufen zu gehen. Und da wurde mir wieder schmerzlich bewusst, dass ich hier überhaupt keine Freunde hatte. Zuhause hätte ich in so einer Situation Gott und die Welt anrufen können und jeder hätte sich sofort gekümmert. Aber hier hatte ich niemanden. Selbst Julia hatte ich die letzten Monate so vernachlässigt außerhalb des Büros, dass ich mich nicht traute, sie um Hilfe zu bitten. Ich wusste auch rein gar nichts über das Gesundheitssystem in Deutschland. In Italien vermeidet man es tunlichst, zum Arzt zu gehen, wenn es sich irgendwie verhindern lässt. Dass das in Deutschland dagegen ganz vorbildlich geregelt ist, man feste Termine ausmachen kann, das alles wusste ich damals nicht. Und so lag ich in meinen Fieberträumen alleine in dieser riesigen Wohnung und kam mir so verlassen vor, was mir fast noch mehr weh tat als der eigentliche Virus. Irgendwann träumte ich von meiner Tante Roberta, die mich als Kind gelehrt hatte, wie man Krankheiten heilt, den Körper pflegt und die Gedanken sortiert. Und so kam ich langsam wieder auf die Beine und nahm mir fest vor, ruhiger zu werden. Als ich nach einer guten Woche wieder in der Lage war, geradeaus zu laufen, ohne dass mir gleich schwarz vor Augen wurde, veranstaltete ich als Erstes eine regelrechte Beauty-Session in meinem Bad. Ich fühlte mich, als wäre ich wie Robinson Crusoe jahrelang auf einer einsamen Insel völlig verwildert. Ich schrubbte, rasierte, cremte und bürstete an mir herum, bis ich mich endlich wieder sauber und gut und wie ein Mensch fühlte.

4.

In diesem Frühjahr begann ich, die sonntäglichen Einladungen wieder aufzunehmen und ich sagte Julia, sie könne gerne auch ihre Freunde dazu mitbringen. Ich hatte mein Einsiedlerleben so satt und ich ließ immer öfter mal einen Termin einen Termin sein, nahm mir einfach ein paar Sunden frei und lief ziellos, aber entspannt durch die Stadt oder setzte mich in eines der vielen Straßencafés und genoss den Tag. München ist, vom Wetter mal abgesehen, eine ganz wunderbare Stadt. Und die Deutschen schienen Italiener zu lieben! Wann immer ich gefragt wurde, wo ich herkam, und als Antwort „Italien“ gab, wurde ich sofort in ein Gespräch verwickelt, musste erzählen, woher genau ich kam, und bekam im Gegenzug sofort ausführlich berichtet, wo man selbst dort immer so sei. Okay, für viele Deutsche scheint Italien genau aus zwei Gegenden zu bestehen, nämlich dem Gardasee - da fährt man auch gerne schon mal nur zum Kaffeetrinken hin - und der Toskana. Aber das war völlig egal. Ich liebte die Deutschen dafür, dass sie so freundlich zu mir waren und fing zum ersten Mal an, mich wohl zu fühlen und mir zu sagen, nun, ich bin ja eine halbe Deutsche und es war irgendwie schön, jetzt auch diesen Teil meiner Wurzeln entdecken zu dürfen.

Ich hatte viele Termine in der Innenstadt und dort gefiel mir die Stadt auch am besten. Die alten erhabenen Bauten erinnerten mich tatsächlich an so mancher Ecke an unsere Städte und wenn man die Augen schloss, konnte man sich kurz einbilden, gerade durch Mailand oder Rom zu laufen. Natürlich, wenn ich, wie so oft, viel zu spät dran war zu einem Meeting, nahm ich das alles gar nicht wahr, sondern reihte mich ein in die Menge der gehetzten, eiligen Menschen, die wie ich ganz dringend irgendwo einen wichtigen Termin hatten.
Aber manchmal, wenn ich nach einem zähen, aufreibenden, aber schließlich glücklich beendeten Meeting zurück auf dem Weg zum Auto war, fiel mir wieder ein, dass ich ja etwas ruhiger machen wollte und ich zwang mich, tief durchzuatmen, stehenzubleiben und meine Umgebung zu betrachten. Und auf einmal wurden aus den Tunnelwänden links und rechts von mir farbenfrohe Bilder, das Grundgemurmel der Stadt veränderte sich, ich nahm auf einmal Wortfetzen wahr, erst einzelne, dann immer mehr, ganze Sätze schließlich. Gerüche werden einem dann plötzlich bewusst. Ein Gefühl, wie wenn ein Karussell langsam ausläuft, wenn aus der Farbensuppe mit einem Mal wieder Bilder werden, die Fragmente wieder einen zusammengesetzten Sinn ergeben.

Da ist das Kind mit dem Roller, das kleine Kunststücke übt, oder die Mutter, die ungeduldig wartet, weil das ganz Kleine schon wieder an irgendetwas stehen bleibt und es staunend betrachtet. Oder der Mann, gepflegt, Cordjacke, Künstlerschal, der seine Taschen abklopft und unflätig dazu flucht. Was er wohl vergessen hat? Sein Handy, Zigaretten, eine Notiz? Ich werde es nie erfahren. Ein Geschäftsmann, hastiger Schritt, sorgenvolles Gesicht, der Nächste, eilig, gierig an der Zigarette ziehend, wohl um noch so viel wie möglich an Nikotin zu speichern vorm nächsten Termin. Das Pärchen, das sich verliebt ansieht, er mit einem Laib Brot und einer Flasche Wein im Arm, sie werden heute wohl nicht nur essen ...
Da, das Literaturhaus, beeindruckend, mit dem Café im Erdgeschoss. An den Tischen bunte Mischungen, der eine da, mit Smartphone und Tablet auf dem Tisch, beides in schicken Ledermappen, am nächsten Tisch zwei, so stelle ich mir echte Schriftsteller vor, sie diskutieren intensiv, vermutlich über ihre nächsten Bestseller.
Oft ging ich dann in die Kirche, auch dort gab es so viele Emotionen, die Touristen, die die nächste Sehenswürdigkeit abhaken, dann Menschen mit Sorgen, die Trost suchen, andere, die sich wohl nur kurz ausruhen wollen, die Hektik draußen lassen. Ich wartete immer geduldig, bis ich zwischen den Vielen an die Marienstatue kam, steckte einen Schein in den Schlitz und zündete zwei Kerzen an, für meine Freundinnen, die beide nicht mehr lebten.
Dann lief ich weiter, entdeckte den nächsten Platz, die nächste Kirche, und irgendwann verwischten die Farben langsam wieder, das Gemurmel der Stadt vermengte sich zurück zu diesem Brei aus Stimmen,

Geräuschen, Motoren. Und die Beine nahmen den alten Takt wieder auf, beschleunigten mich, der Blick fokussierte sich wieder auf den Tunnel.

Es waren diese zwei Seiten, die in mir waren. Dieser Genmix aus einer deutschen Mutter und dem italienischen Vater. Eine Mischung, die mir nie wirklich bewusst war. Ich war immer eine Italienerin gewesen, die eben von ihrer Mutter von klein auf deren Muttersprache beigebracht bekommen hatte. Jetzt merkte ich, dass doch immer beides in einem steckt. Ich war nicht mehr nur die kleine Italienerin, die gelassen und entspannt ihre Tage am Meer verbringt und immer darauf geachtet hatte, dass genug Zeit am Tag übrig blieb für die schönen Dinge, die angenehmen Seiten. Ich merkte, wie ich mich verändert hatte. Ich entdeckte plötzlich vieles an mir, das mich sehr an meine Mutter erinnerte. Sie hatte mehr als ihr halbes Leben in Italien verbracht, aber sie regte sich heute noch auf über unseren lockeren Umgang mit Terminen, oder darüber, dass man eben stundenlang über alles Mögliche redet, bevor man auf den Punkt kommt bei einer Besprechung. Oder unsere Art, immer, wirklich immer, darauf zu achten, dass das Gegenüber sein Gesicht wahrt, „bella figura" macht, wie wir das nennen, und eben lieber gar nichts sagen, bevor wir auch nur einen Hauch von Kritik üben. Ich hatte in diesen eineinhalb Jahren, die ich jetzt hier war, viel angenommen von den Deutschen, mit denen ich ja fast ausschließlich zu tun hatte. Und es war mir leicht gefallen. Aber manchmal kollidierten diese beiden Wesen in mir auch, und dann fing die Italienerin in mir mit der Deutschen in mir einen Zickenkrieg an, der mich fast zerriss und am Ende immer sehr traurig machte.

5.

Es hatte in meinem Leben zwei Männer gegeben, die ich sehr geliebt habe. Stefano, mein Sandkastenfreund, mit dem ich zusammen gewesen war, seit ich denken konnte. Und danach Dieter, der Deutsche, dem sie im Dorf den Spitznamen „il Tedesco" gegeben hatten. Stefano war ein heißblütiger Macho, seine brennende Eifersucht hatte unsere Beziehung zerstört, und als wir es doch noch einmal versucht hatten, ging auch der zweite Versuch nicht lange gut. Als ich nach Deutschland ging, war der Gedanke, nicht unter seiner Kontrolle zu sein, so unerträglich für ihn gewesen, dass er mir, noch während ich auf der Fahrt war, geschrieben hatte, dass es aus ist mit uns. Er hatte mich so oft verletzt und ich konnte mich zwar auch an viele gute Tage erinnern, aber es schmerzte nicht. Es waren einfach Gedanken an einen Teil meines Lebens, der okay war, der zu mir gehörte. Aber es gab mir keinen Stich, wenn ich an ihn oder ein gemeinsames Erlebnis dachte.

Dieter war ganz anders als Stefano. Dieter war ruhig, bedacht, selten impulsiv. Er hatte mir eine Sicherheit und Geborgenheit vermittelt, wie ich sie vorher nicht gekannt hatte. Er gab einem immer das Gefühl, wenn er dabei war, konnte nichts passieren, weil er immer wusste, was zu tun war, wie man richtig reagierte. Er war ein wundervoller Gegenpol zu meinem Temperament gewesen. Stefano und ich hatten oft gestritten, ich dachte, das sei normal, und nach Stefano habe ich mindestens einmal die Woche irgendetwas geworfen. Wir hatten einen hohen Verschleiß an Pasta-Tellern und Weingläsern gehabt.

Wenn ich wütend werde, und das werde ich verdammt schnell, bin ich eine richtige Furie. Als ich nach Dieter das erste Mal bei einem Streit vor lauter Wut eine Vase warf, die ihn nur knapp verfehlte, stutzte er, schaute mich dann mit großen Augen an und sagte plötzlich: „Das Scheißding fand ich sowieso potthässlich." Ich stand da, mit knallroten Wangen, die Haare wirr - und plötzlich musste ich so lachen und er fiel mit ein, und das war das erste und letzte Mal, dass ich irgendetwas nach ihm geworfen habe. Und die Erinnerung an Dieter tat mir weh, immer noch. Jedes Mal wenn ich an ihn dachte, gab es einen Stich und mein Magen zog sich schmerzhaft zusammen. Ich war es gewesen, die die Beziehung zerstört hatte. Mit ein paar Dummheiten, die ihn so verletzt hatten, dass er gegangen war. Das machte es besonders schwer. Es gab nichts, was ich ihm vorwerfen konnte, nichts, was es mir leichter gemacht hätte, damit umzugehen. Wir hatten ein altes Landhaus zusammen gekauft, es restauriert, zusammen darin gelebt und zusammen gearbeitet. Und jetzt saß ich hier in München, in seiner Stadt, in der er aufgewachsen war. Ich kannte seine Adresse nicht, ich wusste auch nicht, ob er gerade hier war oder in Italien, wo er damals gelebt hatte, als wir uns kennenlernten. Aber ich stand oft nachts an den großen Panoramafenstern meiner Wohnung und blickte auf die Stadt und versuchte zu fühlen, ob er in der Nähe war.

Immer wieder ertappte ich mich dabei, wie ich mir die verschiedensten Szenarien ausmalte, wie ich Dieter wieder sehen würde. Mal lief ich ihm in einem Restaurant in die Arme. Natürlich an einem Tag, an dem ich zufällig perfekt war. Keinen Pickel hatte, die

Haare frisch gemacht, ein perfektes Kleid und einen ansehnlichen Begleiter. Wir würden uns plötzlich gegenüberstehen. Er, wie vom Donner gerührt, ich, ganz die lässige Römerin, die ein wenig ihre diamantbesetzte Dior-Sonnenbrille anheben und ihn mit kühlem, unnahbarem Blick mustern würde, während die graue Maus, die er zum Essen ausführte, ängstlich nach seiner Hand griff. Oder ich malte mir aus, wie ich in einem Straßencafé saß und er plötzlich an meinem Tisch stand, so wie damals, etwas unbeholfen, mit seinem süßen deutschen Akzent. Wir würden einen Wein trinken, über alte Zeiten reden und dann würde er mir seine Stadt zeigen, sein Land, so wie ich ihm damals meine Welt gezeigt hatte. Und irgendwann wären wir in seiner kleinen Wohnung und würden uns lieben, zärtlich, vertraut, geborgen …

Aber all das blieben Tagträume. Nichts davon traf ein. Stattdessen bekam ich eines Tages eine E-Mail von ihm. Sehr nüchtern. Sehr sachlich. Sehr kühl. Wir besaßen immer noch ein Haus zusammen in Italien. Und er wollte wissen, was wir damit machen sollten. Er bot mir an, er würde es übernehmen und mich ausbezahlen. Oder ich könnte es behalten. Ganz wie ich wollte. Oder wir würden es einfach verkaufen und den Erlös teilen. Es schien ihm völlig egal zu sein, wofür ich mich entschied. Er wollte das einfach nur „abschließen“, wie er sich ausdrückte.

Ich las die Mail immer und immer wieder, suchte nach einem Hinweis, einem Wort, einer Geste, dass ihm das nicht tatsächlich so egal war, wie seine Worte klangen. Aber ich fand nichts. Und so saß ich auf der Couch, starrte seine Zeilen an, heulte,

überlegte mir Antworten, verwarf sie wieder. Ich hatte auch überhaupt keine Ahnung, was mit dem Haus werden sollte. Ich liebte es. Dieter hatte es entdeckt, eine Ruine, und ich konnte mich noch so gut an den Tag erinnern, als er ganz aufgeregt mit mir hinfuhr, um mir das Haus zu zeigen. Und ich hatte monatelang die Restaurierung überwacht, jedes Detail geplant, es war schließlich für uns, und, wie wir damals dachten, für immer. Ich hatte es bisher verdrängt, darüber nachzudenken. Ich konnte mir nicht vorstellen, das Haus zu verkaufen. Aber genauso wenig konnte ich mir vorstellen, darin zu leben, alleine, ohne Dieter, oder gar mit einem anderen Mann. Zu viele Erinnerungen hingen daran, die ich nie würde auslöschen können. Schließlich fing ich an, ihm zu schreiben. Und löschte wieder alles. Fing von vorne an und löschte es dann wieder. Irgendwann dachte ich, gleich brennt die Delete-Taste durch, so oft hatte ich inzwischen jeden Entwurf wieder verworfen. Ich machte mir eine weitere Flasche Wein auf, lief unruhig durch die Wohnung und irgendwann setzte ich mich an den Rechner und schrieb ihm einfach nur einen Satz. Ich schrieb: „Lieber Dieter, wir machen mit dem Haus das, was Du möchtest."
Meine Hände zitterten so, dass ich sogar vergaß, meinen Namen darunter zu setzen und, bevor ich es mir wieder anders überlegen konnte, drückte ich auf Senden.
Die Antwort von ihm kam prompt. Auch nur ein Satz: „Oh, okay, können wir telefonieren?"

In dem Moment fiel mir der Abend wieder ein. Auf der Promenade. Wir waren uns tagsüber am Strand zum ersten Mal begegnet und abends dann noch einmal vor einem Lokal. Damals hatte er mir etwas nachgerufen und ich hatte gezögert, war kurz davor gewesen, einfach weiter zu gehen. Und jetzt überlegte ich wie damals, seine Frage einfach zu ignorieren. Zum Teufel mit dem Haus. Ich konnte mich darum kümmern, wenn ich wieder zurück war in Italien. Wenn ich den Heimvorteil hatte. Aber, wie damals, scherte sich mein Herz nicht um meinen Verstand und ich tippte schnell: „Ja, ruf mich an" als Antwort und, bevor ich es mir auch jetzt anders überlegen konnte, drückte ich wieder auf Senden und als das lustige Geräusch der ausgehenden Mail aus dem kleinen Lautsprecher krächzte, wurde mir vor Aufregung plötzlich ganz flau im Magen.

Ich nahm einen großen Schluck Wein und überprüfte, ob mein Handy auch an war, ob es auch auf laut gestellt war, Netz hatte. Ich war so aufgeregt, dass ich kaum atmen konnte. Die Minuten verrannen. Immer wieder überprüfte ich das Telefon, räusperte mich sicherheitshalber, prüfte dann, ob meine Stimme auch okay war. Völlig bekloppt, ich weiß. Er rief nicht an. Vermutlich war es ihm gar nicht eilig. Wo ihm das Haus doch scheinbar ohnehin völlig egal war. So egal wie ich, unsere Beziehung, unsere Vergangenheit. Ich wurde langsam wütend. Ein Satz, ein beschissener Satz von ihm und ich benahm mich wie ein Volltrottel. Und dann fiel mir plötzlich ein, dass Dieter ja gar nicht wusste, dass ich in Deutschland war. Und dass ich inzwischen eine deutsche Handynummer hatte. Er konnte mich ja gar nicht anrufen. Vermutlich hatte er es zigmal probiert und gedacht, ich sei in einem Funkloch. Oder einfach mal wieder zickig und wollte jetzt nicht mit ihm sprechen. Ich rannte ins Arbeitszimmer und suchte fieberhaft nach meiner italienischen SIM-Karte und als ich sie in meinem Chaos endlich fand, machte ich fast mein Handy kaputt, so hektisch nestelte ich daran herum, um die Karte gegen die deutsche zu tauschen. Als ich es endlich geschafft hatte, dauerte es gefühlt Stunden, bis das Telefon wieder hochfuhr und ich schrie es an, es solle gefälligst schneller machen und es war noch keine Sekunde wieder ins Netz eingebucht, da klingelte es auch schon und im Display erschien „Dieter“, eine Meldung, die ich so lange so vermisst hatte. Ich atmete tief durch, er sollte schließlich nicht denken, ein Anruf von ihm würde mich auch nur im Geringsten berühren und so ließ ich es endlos läuten, bis ich schließlich abhob und so kalt und neutral, wie ich nur konnte, ein „pronto“ ins Telefon fauchte.

Und dann hörte ich zum ersten Mal nach gut zwei Jahren wieder seine Stimme und mir wurde so warm und ich begann zu zittern und sein „Hallo Chiara“ hallte in mir nach und ich versank endgültig in all den Erinnerungen an damals, an die wundervolle Zeit mit ihm.

6.

Ich wachte am nächsten Morgen auf der Couch auf, ich hatte mein Handy zärtlich im Arm, wie einen Teddybären, fror erbärmlich und fühlte mich wie ausgespuckt. Zuerst dachte ich, das alles sei nur ein Traum gewesen, aber ein Blick in die Anruferliste zeigte mir, dass ich tatsächlich in der Nacht mit Dieter telefoniert hatte. Und zwar sehr, sehr lange. Ich wollte mich am liebsten ohrfeigen. Wie hatte ich mich nur dazu hinreißen lassen können? All der

Schmerz, die Traurigkeit, die Angst, die ich damals gefühlt hatte, nachdem er unsere Beziehung beendet hatte, all diese Gefühle, die ich in den zwei Jahren mühsam Stück für Stück vergessen und verdrängt hatte, waren mit einem Schlag wieder da. Es fühlte sich an wie damals, kurz nach unserer Trennung.
Ich kämpfte mich mühsam von der Couch herunter und kochte mir mechanisch einen ordentlichen caffè. Ich wollte nicht weiter darüber nachdenken und als Erstes tauschte ich wieder die SIM-Karten im Handy, um sicherzugehen, dass er mich nicht gleich noch einmal anrufen konnte.
Dann saß ich am großen Landhaustisch und trank den glühend heißen caffè und rauchte, während ich wieder über das Telefonat mit Dieter aus der vergangenen Nacht nachdachte.

Das Gespräch war erst sehr zäh verlaufen, wir wussten beide nicht so recht, wie wir mit der Situation umgehen sollten. Und so sprachen wir ziemlich neutral die verschiedenen Möglichkeiten durch, was wir tun konnten. Irgendwann merkte ich, dass ich eigentlich gegen alles, was er vorschlug, irgendeinen Einwand vorbrachte und mir wurde bewusst, dass ich einfach nur Zeit gewinnen wollte. Zeit, darüber in Ruhe nachzudenken, was mit dem Haus geschehen sollte. Und ich hatte den Eindruck, dass Dieter das auch spürte und unwillkürlich war er darauf eingegangen und so drehten wir uns endlos im Kreis, ohne irgendetwas zu entscheiden. Ich hatte ihm verschwiegen, dass ich derzeit in Deutschland war, denn er hatte mir ganz nebenbei erzählt, dass er zurzeit in München wohnte und ich wollte unbedingt vermeiden, dass die Frage nach einem Treffen von ihm kam. Zwischendurch vergaß ich fast, was

zwischen uns gewesen war, und auch er wurde immer lockerer. Aber als wir dann das Gespräch beendeten, wurde er wieder sachlich und kühl und ich tat es ihm gleich und versuchte, extrem desinteressiert zu klingen, als wir uns mit einem „wir bleiben in Kontakt" verabschiedeten.
Ich starrte den Rauchschwaden meiner Zigarette nach, die sich langsam, träge wabernd durch die offene Terrassentüre nach draußen bewegten und wusste nicht, was ich von unserem ersten Telefonat nach so langer Zeit halten sollte - und noch weniger, was ich tatsächlich mit dem Haus vorhatte.

7.

Ostern fuhr ich wieder für ein paar Tage nach Hause, diesmal ganz ohne Illusionen, meine Familie von meiner baldigen Rückkehr überzeugen zu können. Ich versuchte einfach, die Tage zu genießen. Am Meer war es dieses Mal noch zu windig, so dass ich die ganze Zeit auf unserem Hof wohnte und ein bisschen Normalität in mein Leben brachte, indem ich im Dorf einkaufen ging, ein Schwätzchen mit einem der Alten hielt, einfach ein bisschen herumbummelte, um mir noch ein wenig die Beine zu vertreten. Und natürlich ging ich jeden Tag in die Bar auf der Piazza. Die Abende waren noch kalt, es waren sternenklare Nächte, und da unser Dorf etwas höher in den Hügeln liegt, sogar noch richtig frisch.
Immer wenn ich die Bar betrat, war ich sofort wieder das kleine Mädchen von früher. Seit ich denken kann, gibt es diese Bar. Hier wurde die Post für die weiter entfernten Häuser abgegeben, hier spielte man Lotto, erfuhr alle Nachrichten. Die Alten sitzen beim Kartenspiel, ein Glas Wein vor sich, an dem sie

gelegentlich nippen, während sie ihre Mitspieler belauern. Es gibt Zeitungen, Zigaretten, Telefonkarten. Die Espressomaschine brummt vor sich hin, an der Decke dreht sich der Ventilator und keiner schert sich um das landesweite Rauchverbot. Eine Polizeistation gibt es ohnehin nicht in der Nähe. So war es vor zwanzig Jahren und so ist es immer noch. Ein eigener Mikrokosmos, in dem die Zeit stehen geblieben ist. Wenn man damals Glück hatte, bekam man ein Eis.
Heute bestelle ich mir ein Glas Wein oder einen Campari und Lucca, der die Bar von seinem Vater übernommen hat, zwinkert mir zu. Es ist, als wäre ich nie weg gewesen. Es ist spät, aber Luccas Sohn stampft noch durch die Bar, schaut flehend auf die Eistheke und ich weiß, hier wird sich auch in zwanzig Jahren nichts ändern.

Ich konnte sonst immer gar nicht lange genug bleiben, hier zuhause, in Italien, aber diesmal machte mich irgendwie alles einfach nur traurig und schon in den ersten Tagen wurde mir immer wieder schlecht bei dem Gedanken, bald wieder wegfahren zu müssen. So schleppte ich mich durch die Feiertage und fuhr sogar früher als geplant wieder zurück nach München.

In der Firma waren die meisten noch im Urlaub, es waren noch Ferien in Bayern und so gab es wenig zu tun und ich blieb in der Wohnung und versuchte immer wieder über Dieter und das Haus, das uns noch gehörte, nachzudenken.

Und ich hatte meine Räder mitgebracht. Ich liebe es, Fahrrad zu fahren, ich mache genauso gerne Touren durch die Hügel mit meinem Mountainbike, wie ich es liebe, mit meinem Rennrad über den Asphalt zu brausen. Fahrräder haben mich schon immer fasziniert, schon als ich ganz klein war, fand ich es einfach unglaublich, dass es ein Gerät gab, mit dem man sich aus eigener Kraft so schnell und so weit alleine fortbewegen konnte. Also dachte ich, eine Radtour würde mir gut tun und ich suchte mir auf der Karte eine Route aus und fuhr voller Vorfreude los. Aber ich kam nicht weit. Zuhause fahre ich durch die Hügel der Emilia Romagna und im Sommer, wenn es richtig heiß ist, sind auch achtzig oder hundert Kilometer kein Problem für mich. Hier in München jedoch erfror ich fast. Das Thermometer hatte über zwanzig Grad angezeigt, nur hatte ich den Fahrtwind unterschätzt. Schon nach einem Kilometer froren mir fast die Fingerspitzen ab und meine Wangen fühlten sich an, als seien sie ein Stück schockgefrostetes Fleisch, das sofort in seine Einzelteile zerbröckeln würde, wenn man dagegen klopfte. Meine Nase lief und ich hatte genug und drehte um. Es waren viele Rennradfahrer unterwegs an diesem sonnigen Tag, die meisten in kurzen Hosen und nur in dünnen Jacken. Ich dagegen hatte alles übereinander gezogen, was mein Ausrüstungsschrank hergab, und zitterte trotzdem am ganzen Körper. Ich musste an zuhause denken, wenn ich mich bei fünfunddreißig Grad mit zügigem Tempo über die kleinen Teerstraßen in die Hügel hochschraubte, den tiefblauen Himmel über mir und das Meer am Horizont immer im Blick. Und wieder stieg diese Wehmut in mir hoch, die es mir so verdammt schwer machte, hier glücklich zu werden.

Ein paar Tage später startete ich einen zweiten Versuch mit dem Fahrrad. Diesmal hatte ich den Plan, das Mountainbike zu nehmen. Man fuhr nicht so schnell, also hatte man weniger Fahrtwind, und ich wollte durch die Wälder am Stadtrand fahren, dort war es geschützter als auf den Landstraßen, so dachte ich mir das zumindest.
Ich hatte mir Handschuhe mit langen Fingern besorgt und dazu eine Helmmütze, die man unter den Helm ziehen konnte. Das sah zwar saublöd aus, aber ich würde eh niemandem begegnen, der mich kannte. Ich hatte mir eine Strecke ausgesucht, die fast zwanzig Kilometer nur durch den Wald führte und an einem kleinen See endete.
Auf der Karte hatte es so ausgesehen, als sei der Wald von vielen kleinen, gut befahrbaren Kieswegen durchzogen und ich hatte mir die Richtung genau eingeprägt. In Wirklichkeit waren viele dieser Wege kaum erkennbare Trampelpfade, die auch alles andere als gerade durch das Gebiet führten. Ich versuchte, den Überblick zu bewahren, aber das wurde immer schwieriger und als ich zum dritten Mal an einem sehr markanten umgestürzten Baum vorbeikam, wusste ich, dass ich im Kreis fuhr. Die Bäume hier waren endlos hoch und der Himmel hatte sich inzwischen bewölkt, es gab einfach nichts, woran ich mich hätte orientieren können. Selbst der Trick mit der bemoosten Baumseite - das ist immer die Wetterseite - funktionierte hier nicht, weil die Bäume viel zu dicht standen, um an einer Seite besonders viel vom Regen und Sturm abzubekommen. Ich wurde langsam unruhig und sah mich schon in diesem Scheißwald übernachten, als ich endlich auf eine kleine Straße stieß, die den Wald teilte. Ich blickte nach links, dann nach rechts. Beide

Richtungen sahen absolut gleich aus und ich hatte nicht den Hauch einer Ahnung, welche Seite mich zurück zur Wohnung bringen konnte. So wartete ich fast eine Stunde, bis endlich in der Ferne ein Radfahrer auftauchte. Es war ein Rennradfahrer, volle Montur, sehr schickes Fahrrad. Er blickte kurz auf, musterte mich, so wie nur ein Rennradfahrer einen Mountainbiker mustern kann, und ich musste ein wenig grinsen und rief ihm dann nach: „Entschuldigung, welche Richtung führt nach München zurück?“

„Was?“, sah er mich verständnislos an. Er hielt, klickte aus den Pedalen aus, musterte mich wieder.

„Hast dich verfahren?“, tiefster Dialekt, den ich mittlerweile so gerne mochte.

„Ja, ich wollte zum Steinsee, aber der Wald …“, ließ ich den Satz in der Luft hängen.

„Wir kommen gerade vom Steinsee.“

Wir? Er war alleine. Aber genau in dem Moment tauchten in der Ferne weitere Radfahrer auf. Ich fühlte mich an zuhause erinnert. An die Ausfahrten in großen Gruppen, die kleinen Rennen dazwischen, und zum Abschluss dann ein Glas Wein und ein Teller Nudeln, irgendwo in einem Restaurant, in einem der Dörfer.

Die Gruppe war inzwischen bei uns angelangt und alle schauten neugierig, mit wem sich ihr Trainingskollege da unterhielt.

Er klärte die Gruppe kurz darüber auf, dass ich mich verfahren hätte und „München“ suchen würde, alle lachten, ein paar blöde Sprüche fielen, dann natürlich die Frage, ob ich neu in der Gegend sei, wo ich herkäme und warum ich mit einem Traktor von Rad durch den Wald pflügen würde, anstatt mit „einem vernünftigen Gerät“ auf der Straße zu fahren. Ich erzählte ihnen von meinem Rennrad, einem wunderschönen Bianchi, natürlich mit Campagnolo-Schaltung, und das fanden sie interessant, denn darüber konnte man so vortrefflich stundenlang ohne Ergebnis fachsimpeln und so nahmen sie mich schließlich in ihren Windschatten und luden mich ein, mit ihnen zum Ausklang der Tour noch in einem Lokal einzukehren. Es war wundervoll. Wir saßen noch lange zusammen, tranken, wie hier nach dem Sport üblich, Weißbier. Das schien in Bayern jedes Fitnessgetränk zu ersetzen und ich wurde zur nächsten Ausfahrt eingeladen und hatte plötzlich eine ganze Menge neuer Freunde. Es ist wie überall auf der Welt. Sobald du auf Gleichgesinnte triffst, wirst du aufgenommen und integriert, denn nichts verbindet Menschen mehr, als eine gemeinsame Leidenschaft.

8.

Die Arbeit in der Firma hatte sich irgendwie eingependelt. Aber ich war nicht mehr so glücklich damit wie früher. Mir fehlte es, in den alten Häusern herumzuklettern. Früher kannte ich jedes Haus, das ich bearbeitete, persönlich, hatte es selbst vermessen, mir ein genaues Bild vor Ort gemacht, einfach viele Stunden in den alten Räumen darauf gelauscht, was die alten Gemäuer mir zu erzählen wussten. Jetzt hatte ich zwar immer, wenn ich zuhause war, auch alle unsere Häuser abgefahren, aber es war einfach etwas anderes, wenn man ein Haus nur eine halbe Stunde lang sieht und kurz mit den Plänen abgleicht, die jemand anderes erstellt hat. Was sehr schön war, meine Kunden schienen mich zu lieben. Es entwickelten sich häufig schon fast Freundschaften, denn ein Haus gemeinsam zu planen hat auch etwas sehr Intimes. Man erfährt viel von den künftigen Eigentümern, ihren Vorlieben, Angewohnheiten, Bedenken. Und es gibt auch hitzige Diskussionen, denn ein guter Planer muss auch einmal nein sagen, wenn die Vorstellungen zu verrückt werden. Die häufigste Diskussion waren Panoramafenster. Ich konnte das Wort irgendwann nicht mehr hören. Fast jeder wollte an irgendeiner Stelle sein Haus aufreißen und voll verglasen, um einen „tollen Blick" zu haben. Auch dachten viele Deutsche, bei uns sei alles möglich, dieses Klischee „Das kann man doch sicher alles regeln", war fester Bestandteil der Vorstellung, wie es bei uns im Süden zugeht. Aber das war ein Irrtum. Natürlich kann man das eine oder andere „regeln", aber die Grenzen sind eng. Und meistens bedeutete „etwas zu regeln" - weil man jemanden kannte, der mit jemandem befreundet war, der mit einem auf der Schule war, der noch einen Gefallen schuldig ist - dass man eigentlich nur das bekam, was einem ohnehin zugestanden wäre. Man konnte es eben nur etwas schneller bekommen, das war aber auch alles. Die Zeiten von Schwarzbauten ohne Genehmigung und derlei Dingen sind auch bei uns schon lange vorbei. Im Gegenteil, unsere Vorschriften sind aberwitzig, kaum zu erfüllen und dazu noch teils von Gemeinde zu Gemeinde unterschiedlich. So durfte man hier zum Beispiel nur innenliegende Fensterläden bauen und dort dafür keine runden Fenster, die aber in einer anderen Gemeinde, falls sie am Haus vorhanden waren, nicht geschlossen werden durften. Ein riesiges Panoramafenster einzubauen, das war überall verboten. Sollte doch unbedingt darauf geachtet werden, dass die alten Häuser genau dem in der Gegend vorherrschenden

Landschaftsbild entsprachen. Das den Käufern auseinanderzusetzen, war oft mühsam und zäh.

Umso mehr freute ich mich, als mich Julia eines Tages einlud, mit ihr zu ihren Eltern zu fahren. Sie erklärte mir, dass ihr Elternhaus in Franken liegen würde, das sei ungefähr dreihundert Kilometer nördlich von München, in einem kleinen Dorf. Julia kam wie ich von einem Bauernhof und ich fand es aufregend, ein wenig mehr von Deutschland zu sehen, denn bisher war ich nie über München hinaus gekommen und kannte eigentlich nur das schmale Stück, das zwischen der Stadt und der Grenze zu Österreich liegt.

Wir verließen München an einem Freitagnachmittag und ich war überrascht, wie flach die Landschaft bereits kurz nach der Stadt wurde. Vorbei an der Fußballarena, die ich nur aus dem Fernsehen kannte, ging die Fahrt über Ingolstadt, Nürnberg und Bamberg, bis wir irgendwann in Julias Dorf ankamen. Ich war völlig fasziniert. Die Haßberge sahen landschaftlich fast aus wie die Marken in Italien! Und ich erinnerte mich dunkel an den Geschichtsunterricht, dass wohl irgendwann auch einmal ein König von hier in Italien zu tun hatte. Aber egal, ich saugte dieses Landschaftsbild in mir auf. Und was mich am meisten begeisterte: Es wurde Wein angebaut. Es war das erste Mal, dass ich Weinberge in Deutschland zu sehen bekam.
Und erst die Häuser. Natürlich hatte ich im Studium über so gut wie jeden Baustil etwas gelernt, auch über Fachwerkhäuser. Aber hier im Dorf war jedes Haus in diesem Stil gebaut, dazu zum Teil mit schweren, unverputzten Steinen, was fast so aussah,

wie unsere Natursteinhäuser in Italien. Ich war völlig hingerissen und auch der Bauernhof von Julia war ein wundervoller Dreiseiten-Hof aus Fachwerk und eben diesem Material.

Julias Eltern waren ganz reizend, aber leider konnte ich kein Wort von dem verstehen, was sie redeten, der Dialekt war mir völlig fremd und Julia lachte sich kaputt über meinen verzweifelten Gesichtsausdruck, mit dem ich sie jedesmal hilfesuchend ansah, wenn jemand aus ihrer Familie etwas zu mir sagte. Aber egal. Es war ein Bauernhof, und ich komme eben auch von einem Hof und die vertrauten Gerüche, die Geräusche der Tiere in den Ställen, die Arbeitsmaschinen, all das gab mir so ein angenehm warmes Gefühl von Heimat.

Wie ich das von zuhause kannte, gab es nach einer langen Reise erst einmal etwas Vernünftiges zu essen, und weil man auf dem Land hart arbeitet, gibt es eben auch Essen, das den Körper stärkt und die Kräfte wiederbelebt. Ich bin ja recht zierlich und niemand, der mich nicht besser kennt, würde vermuten, dass ich locker für Drei essen kann. Julias Mutter dachte wohl auch, ich würde nicht viel schaffen und deckte mir sehr zaghaft auf. Aber als sie sah, wie ich verzückt auf all die Platten mit Fleisch, Wurst, Gemüse, Käse und was es noch alles gab blickte, ging ein Strahlen über ihr Gesicht und sie fing an, mir die einzelnen Gerichte zu erklären.

Wenn zu uns jemand zu Besuch kommt, der aus einem anderen Weinanbaugebiet stammt, tischen wir unseren besten Wein auf, um zu beweisen, dass unsere Gegend die genialsten Weine hervorbringt.

Ich denke, das macht jeder Winzer auf der ganzen Welt so. Und dann gibt es nichts Schöneres, als sich durch die guten Sorten zu trinken und bis aufs Letzte zu diskutieren. Denn natürlich wird der Gast behaupten, nein, das stimme so nicht, seine Gegend hätte die viel besseren Weine. Hier war es nicht anders. Natürlich hatte Julia ihren Eltern erzählt, dass ich von einem Weingut komme. Und so dauerte es nicht lange, bis ihr Vater die ersten Flaschen aus dem Keller brachte und bedächtig öffnete. Ich hatte zwar schon deutsche Weine getrunken, aber einen Wein mit jemandem zu trinken, der ihn selbst gemacht hat, das ist noch einmal etwas völlig anderes. Und so schnupperten wir, prüften, genossen und schwelgten uns durch die verschiedensten Eindrücke und Geschmacksnuancen. Ein Wein sagt dir alles über den Boden, in dem er wächst. Ich halte nicht viel von hochtrabenden Beschreibungen, wie sie in vielen Weinführern zu finden sind. Für Wein gibt es genau ein einziges Merkmal. Er muss dem, und nur dem, der ihn gerade trinkt, Freude machen. Und das ist so individuell, dass ich mich nie trauen würde, jemand anderem eine Empfehlung auszusprechen, was er trinken soll. Was ich aber dagegen sehr wichtig finde, ist, dem Wein zuzuhören. Er erzählt immer eine Geschichte. Er erzählt dir von seinem Sommer, von lauen Abenden, heißen Tagen, schweren Unwettern, dunklen, kalten Nächten. Er verrät dir, welche Aromen im Boden sind, auf welcher Hangseite er das Glück hatte, wachsen zu dürfen. Er verrät dir, ob die Pflücker Zeit hatten oder unter Druck waren, oder ob ihn eine Maschine brutal geerntet hat. All das erfährt man, wenn man dem Wein zuhört. Und ich liebe es, ihm zuzuhören. Und nach diesem Abend hatte ich ein ziemlich genaues Bild, von der Natur und der Umgebung in dieser Ecke Deutschlands.

Wie schon immer wachte ich auch hier gegen sechs Uhr morgens auf und die Geräusche, die ich draußen hörte, verrieten mir, dass die Stallarbeit schon in vollem Gange war. Ich brauchte nicht lange zu überlegen, ich griff mir eine Hose und lief nach unten, um mir die Tiere anzusehen. Julias Vater stutzte kurz, als er mich sah, und sagte irgendetwas, das ich als „es sei noch zu früh und ich solle mich nicht schmutzig machen" erriet. Ich grinste ihn an, schnappte mir eine Mistgabel und als er sah, dass ich das nicht das erste Mal tat, grinste auch er und wir erledigten schweigend alles, was zu tun war.

Als wir fertig waren, nahm er mich mit hinter das Haus und wir liefen dort ein Stück nach oben, dahin, wo seine Weinberge begannen. Dann standen wir an den Reben und er redete auf mich ein und erklärte mir alles Mögliche. Ich verstand so gut wie nichts, aber das war egal, denn ich hörte an seiner Stimme, dass er mir von seinem Wein erzählte und von seinem Land und als er sah, wie zärtlich ich immer wieder über ein Blatt oder einen Trieb strich, lächelte er und wusste, dass wir uns auch so verstanden.

Danach machten wir noch einen Rundgang durch das Haus und seine Nebengebäude. Ich musste jede Wand anfassen, meine Hand darauf legen, sie spüren, so wie ich das immer bei Häusern mache. Inzwischen war Julia zu uns gestoßen und sie erzählte mir, dass das Haus fast vierhundert Jahre alt sei und irgendwann von einem ihrer Vorfahren gebaut worden war. Es war so spannend für mich, das alles zu sehen, zu erfahren, dass es auch hier Menschen gibt, die genauso heimatverbunden sind wie man es selbst ist, die den Boden, die Erde lieben, die sie ernährt, und die nie auf die Idee kämen, das aufzugeben. Wir waren fast am Ende unserer Runde, als er in einem der Ställe auf ein Fenster deutete. Es ging zur Nordseite, gleich gegenüber, nicht mal einen Meter entfernt, war eine hohe Mauer. Es war dunkel in dieser schmalen Gasse, kalt, und nie scheint dort die Sonne. Ich sah die Spitze eines Tannenbaums, ein paar zartgrüne Ästchen. Vor vielen Jahren, erzählte er, entdeckte er dort unter dem Fenster ein kleines Tannenbäumchen, nur ein paar Nadeln, ein paar Zentimeter hoch. "Ich habe mir vorgenommen, so lange zu leben, bis das Bäumchen so hoch ist, dass ich es von hier drin aus sehen kann. Jetzt, wo es soweit ist, ist jeder Zentimeter mehr ein Geschenk." Er lächelte dabei und sein Gesicht, das ein ganzes Leben auf den Feldern, draußen, bei jedem Wetter, widerspiegelte, war ganz zufrieden. Ich wünsche ihm noch viele Zentimeter.

9.

Das Wochenende mit Julia hatte mich völlig entspannt. Wir waren durch die Gegend gefahren, ich hatte eine Weinstube besucht, was ich lustig fand, dass man ein Restaurant unter das Motto Wein stellte. Noch interessanter fand ich die Gläser, in denen der Wein ausgeschenkt wurde. Diese „Römer“ fassten ein viertel Liter Wein und das nannte man hier „Schoppen“. Bei uns bekommt man ein viertel Liter in einer Karaffe und dazu ein Glas, in das man dann immer etwas einschenkt. Aber ich fand das ganz vernünftig, gleich in einem Glas trinkfertig die

ganze Menge zu bekommen. Ich durfte blaue Zipfel essen und immer wieder schöne Häuser sehen. Julia hatte mir auch das Rätsel mit dem Wein erklärt. Ich hatte nicht verstanden, warum in München kein Weinberg zu sehen ist, und hier plötzlich an jeder Ecke. München lag einfach noch zu hoch, zu nah an den Alpen. Wieder etwas, was ich nicht gewusst hatte. Deswegen waren die Winter dort so schneereich. Julias Dorf war ein echtes Dorf, abgelegen, wenige Einwohner, und kein Handyempfang. Zuerst hatte mich das entsetzt, aber es war eigentlich ganz schön, einmal zwei Tage überhaupt nicht erreichbar zu sein.
Jetzt, auf dem Rückweg, als die Dämmerung schon einsetzte und wir langsam in die Nacht fuhren, tickerten im Minutentakt all die aufgestauten Nachrichten der letzten zwei Tage am Handy ein. Und wieder einmal wurde mir bewusst, was es heißt, vom Land in die Stadt zu wechseln. Von einem von der Natur vorgegebenen Tagesablauf hin zu dieser künstlichen Hektik, in der nichts schnell genug gehen kann und jeder an dieser Ungeduld leidet, die uns allen mit der Zeit so zu schaffen macht.

Kapitel 9

1.

Ich hatte im Auto auf der Fahrt schon gesehen, dass Dieter mir wieder geschrieben hatte, aber ich traute mich nicht, die E-Mail zu öffnen. Sicher wollte er nun endlich doch eine Entscheidung wegen unserem Haus und vermutlich hatte er sich die Finger blutig gewählt, da er ja nur meine italienische Handynummer kannte. Wie immer, wenn es etwas Wichtiges zu entscheiden gab, verirrten sich die Gedanken dazu in meinem Kopf in tausend verschiedene Richtungen, bis ich es irgendwann aufgab und einfach verschob. Und ich bin Meisterin darin, etwas zu verschieben, es zu ignorieren, es so lange nicht zu beachten, bis ich ganz vorsichtig nachsehe, ob es sich nicht vielleicht von selbst gelöst hat. Aber das Hausproblem konnte sich nicht selbst lösen. Und ich wusste keine Antwort.

Es war inzwischen Mai und ich hatte über das Wochenende bei Julias Eltern die Heizung ausgelassen. Klar, Mai ist ja fast schon Sommer. Aber nicht hier. Hier war es wieder so kalt geworden, dass ich meine üblichen drei Paar Wollsocken brauchte und mich mit Rotwein und dicker Decke auf der Couch einmummelte. Und dann starrte ich endlos lange mein Handy an und konnte mich nicht entschließen, Dieters Mail zu öffnen. Ich dachte an unser Haus, das jetzt leer und verlassen auf seinem Hügel stand. Den Garten, der sicher verwildert war, vertrocknet, kaputt. Ich dachte an die Zeit, als wir zu dritt dort lebten, Dieter, Alessandra und ich, wie

glücklich wir waren, eine echte kleine Familie. Und wieder liefen mir die Tränen über die Wangen und ich verfluchte all das, denn es tat so weh, daran zu denken.
Irgendwann war ich eingedöst und als ich mitten in der Nacht hochschreckte, schmiss ich mein Handy dabei auf den Boden und als ich mich danach bückte, kippte noch das Rotweinglas um, das noch halb voll am Rand des kleinen Tisches stand und das machte mich so wütend, dass ich kurz entschlossen endlich die Mail von ihm las, denn schlimmer konnte es jetzt eh nicht mehr werden, dachte ich bei mir.
Die Mail war gar nicht dramatisch. Er drängte nicht, wie ich befürchtet hatte, zu einer Entscheidung. Er wollte nur wissen, ob ich vielleicht den August nutzen wollte, meine Ferien im Haus zu verbringen, um mir klar zu werden, was wir tun sollten. Ich zögerte. Das war zu verlockend. Ein Sommer im Haus, ein bisschen weg von meiner Familie, was mir ganz recht war, denn unser Verhältnis war etwas angespannt in letzter Zeit. Und vielleicht würde es mir tatsächlich dabei helfen, eine Entscheidung zu treffen, wer weiß.
Andererseits schien es mir auch gefährlich, mich den ganzen Erinnerungen dort auszusetzen. Ich war mir nicht sicher, ob mir das gut tun würde.
Ich wischte gedankenverloren den Wein vom Boden auf. Dann sammelte ich die Scherben des Glases ein, schnitt mich wie üblich erst in den Finger und stieg dann noch in eine besonders spitze Scherbe mit dem Fuß, fluchte unflätig und verschob die Entscheidung auf morgen.

Am nächsten Tag stand eigentlich das reguläre Montags-Meeting in meinem Kalender, aber wie so oft hatte ich keine Lust dazu, daran teilzunehmen und schrieb eine kurze Mail an Julia, mit der üblichen Ausrede, ich müsse noch eine dringende Planung fertig zeichnen. Natürlich wusste ich, dass sie wusste, dass ich schlicht keine Lust hatte. Und eigentlich hatte ich ja die Möglichkeit, diese nervigen Meetings ganz zu unterbinden. Aber Julia hatte mir erklärt, das sei eben schon immer so ein üblicher Termin und mir zugezwinkert und gemeint, wenn ich „verhindert" wäre, dann würde sie sich schon kümmern.

Das Wetter war wieder etwas besser geworden und ich war lange nicht im Park gewesen, also nutzte ich den Vormittag für einen ausgiebigen Spaziergang, um meinen „Opa" auf der Parkbank zu treffen und mir Gedanken zu machen, ob ich es tatsächlich wagen sollte, den Sommer in unserem Haus zu verbringen.

Wie immer hatte ich sicherheitshalber viel zu viel angezogen und als ich im Park ankam, wurde mir in der Sonne doch richtig heiß mit den vielen Schichten und ich begann einige Teile auszuziehen. Ein Jogger, der gerade an einen Baum gelehnt seine Beine dehnte, sah mir staunend zu, was ich alles ablegte und doch immer noch vollständig angezogen war. Der alte Mann kam diesmal nicht und auch in den nächsten Tagen, wann immer ich in den Park lief, war er nicht zu sehen. Es fiel mir schwer zuzuordnen, warum ich mir so viele Gedanken um ihn machte, aber ich war richtiggehend unruhig und begann, mich um ihn zu sorgen. Oft ist es ja ganz reizvoll, wenn man sich mit jemandem austauscht, ohne all zu viel Persönliches über ihn zu wissen. Ich hatte ihn nie gefragt, wo er eigentlich wohnte, ob er verheiratet war, Kinder hatte. Immer sprachen wir über Themen, die uns zwar beide interessierten, aber nie über wirklich ganz private Details. Jetzt ärgerte ich mich fast ein wenig darüber, denn ich hätte einfach zu gerne gewusst, ob es ihm gut ging.

2.

Der Sommer kam jetzt unaufhaltsam, und wie im Jahr zuvor genoss ich es sehr, nach der langen kalten Zeit endlich wieder für mich normale Kleidung tragen zu können, im Freien essen zu dürfen und abends lange auf meiner Terrasse zu sitzen, in die Sterne zu blicken und einen Rotwein zu trinken, der mir von unseren eigenen Weinbergen und der Heimat zuflüsterte. Und ich traf endlich eine Entscheidung. Ich würde den August tatsächlich in unserem Haus verbringen. Es war an der Zeit, dass ich das auch Dieter mitteilte, der ja vielleicht ähnliche Pläne haben würde, falls ich kniff. Und ich musste ihm dringend erzählen, dass ich in Deutschland war. Ich hatte schon einmal alles mit ihm aufs Spiel gesetzt, weil ich ihm ein paar Sachen verschwiegen hatte, die, wäre ich gleich damit zu ihm gekommen, gar nicht so schlimm gewesen wären, dass er dafür unsere Beziehung beendet hätte.

An einem dieser warmen Abende Anfang Juli riss ich mich zusammen und rief ihn an. Diesmal von meinem deutschen Handy, er sollte gleich sehen, dass ich jetzt hier war, in seinem Land. Da er die Nummer nicht kannte, meldete er sich sehr höflich mit vollem Namen und einen ganz kleinen Augenblick zögerte ich, bis ich endlich doch sprach.
„Ciao Dieter, ich bin's, Chiara."

Kurzes Schweigen in der Leitung.
„Oh, hallo. Bist du in Deutschland?"
Er hatte also sofort registriert, dass ich mit deutscher Nummer bei ihm anrief.
„Ja, ich bin hier", ich zögerte kurz, „ich bin in München."
Wieder schwieg er eine Weile. Ich konnte förmlich hören, wie er versuchte, seine Gedanken zu ordnen.
„Oh", kam es dann leicht verwundert. „Machst du Urlaub?"
Jetzt war ich es, die zögerte.
„Nein, keinen Urlaub. Ich … lebe zurzeit hier", als ich den letzten Satz aussprach, fing mein Herz so heftig an zu pochen, dass ich einen Moment nur noch das Blut in meinen Ohren rauschen hörte und dann schüttete mein Körper so einen Schwall Adrenalin in meinen Blutkreislauf, dass mir fast die Luft wegblieb und meine Hände so zu zittern begannen, dass ich kaum mehr das Telefon festhalten konnte.
„Du lebst jetzt in München? Du?", erstaunter konnte man nicht klingen.
„Ja, meine Familie hat mich hergeschickt, ich arbeite jetzt hier. Wir haben eine Immobilienfirma gekauft."
„Ach! Ihr wart das." Jetzt klang er fast ein wenig beleidigt.
„Ja, das waren wir. Aber egal, Dieter, ich wollte dir das einfach nur sagen, dass du weißt, dass ich nicht mehr in Italien bin. Und ich würde tatsächlich gerne den August im Haus verbringen." So, jetzt war alles raus. Langsam beruhigte sich mein Puls wieder.
„Das freut mich, wirklich. Es ist gut, alles noch einmal wirken zu lassen. Ich bin gerade in Italien. Was für ein Witz, jetzt, wo du in München bist." Ich sah sein Grinsen vor mir, das ich so an ihm geliebt hatte.

„Sag mir, wann du kommst, ich bin dann rechtzeitig weg und du hast das Haus für dich."
„Ich würde in den ersten Augusttagen kommen. Ich muss Alessandra vorher noch bei meinen Eltern abholen." „Du bist ganz alleine in Deutschland?" Seine Stimme klang plötzlich besorgt.
„Ja. Ganz alleine", ich hatte es eigentlich normal betonen wollen, aber das misslang mir gründlich. Das „ganz alleine" musste sehr dramatisch geklungen haben. Aber egal. Ich wollte das Gespräch jetzt schnell beenden und so murmelte ich irgendetwas von einem Termin und noch bevor er sich richtig verabschieden konnte, klickte ich ihn aus der Leitung.

3.

Der Juli war vollgepackt mit Kundenterminen, jeder wollte noch alles fertig bekommen, bevor die Sommerferien begannen und ich kam wenig dazu, über Dieter und das Haus nachzudenken. Dass er im Moment dort war, fand ich irgendwie beunruhigend. Immer wieder ertappte ich mich dabei, wie ich mir vorstellte, dass er dort mit einer anderen Frau lebte, mit ihr in meinem Jacuzzi badete, mit ihr in unserem Bett schlief und gemeinsam mit ihr kochte, so wie wir das immer gemacht hatten. Okay, ich hatte gekocht, Dieter war meist mit einem Glas Wein in der Hand in der Küche gestanden, hatte mir zugesehen und wir hatten lange Gespräche geführt. Vielleicht wusste er, wie nahe mir das mit dem Haus ging und wollte nur, dass ich einsah, dass ich es ihm geben sollte, damit er mit einer anderen darin glücklich werden konnte. Natürlich kamen solche Gedanken immer nachts und dann konnte ich stundenlang nicht mehr einschlafen, so regte ich mich darüber auf. Nicht so sehr über die Vorstellung, sondern über mich, die sich diesen Unsinn ausdachte. Aber was, wenn es kein Unsinn war? Was, wenn ich dort überall Spuren finden würde, von einer anderen? Ich wurde fast verrückt bei dem Gedanken.

So oft ich konnte ging ich in den Park, um nach dem alten Mann zu sehen, aber er kam nie mehr. Erst ein paar Tage vor meiner Abreise im August sah ich ihn plötzlich wieder. Ich hatte schon eine ganze Weile auf unserer Bank gesessen und wollte eigentlich gerade gehen, da sah ich seine vertraute Gestalt in der Ferne heranschlurfen. Er ging noch viel langsamer als früher und ich musste mich zurückhalten, nicht aufzuspringen und ihm zu helfen, endlich die Bank zu erreichen. Als er den Weg geschafft hatte, ließ er sich schwer neben mich sinken. Er blickte ein paar Mal zur Seite, aber er schien mich gar nicht zu erkennen. Ich nickte ihm zu.
„Wie geht's Ihnen?"
Er sah mich wieder an, lange diesmal, sagte aber nichts.
„Geht es Ihnen gut, ich habe mir Sorgen gemacht?"
Ich war mir nicht sicher, ob er mich überhaupt verstanden hatte. Er starrte in den See vor uns, wackelte mit dem Kopf und schien völlig versunken zu sein. Plötzlich ging ein Strahlen über sein Gesicht.
„Bärbel, nicht wahr?", seine Stimme krächzte dabei ganz komisch, „du warst so lange weg!"
„Äh, nein, ich bin's, Chiara. Aus Italien. Wir haben uns hier öfter unterhalten."
„Ah ja, natürlich, Chiara, ja, Chiara.", murmelte er vor sich hin.

Mir gefiel das ganz und gar nicht. Es schien ihm nicht gut zu gehen. Ich wusste nicht, ob ich es riskieren konnte, dass er alleine wieder nach Hause lief. Ich sah demonstrativ auf die Uhr.

„Ich glaube, es ist bald Zeit zum Mittagessen. Soll ich Sie begleiten?" Er sah wieder völlig abwesend auf den See.

„Kommen Sie, ich bringe Sie nach Hause. Wo wohnen Sie denn?" Es konnte ja nicht weit sein, wenn er die Strecke zu Fuß geschafft hatte.

Er nestelte an seiner Jackentasche herum und schließlich hielt er mir ein Kärtchen hin. Es war eine Visitenkarte von einem Wohnstift. Ich kannte die Adresse, sie war ganz in der Nähe, ich war dort schon oft vorbeigelaufen.

Ich hakte ihn unter und er ließ sich bereitwillig von mir führen und wir machten uns im langsamen Tempo seiner kleinen tappigen Schritte auf den Weg zu ihm. Als wir uns so langsam und mühsam fortbewegten, hatte ich plötzlich ein Bild im Kopf, als würde ich mit ihm nicht hier laufen, in Deutschland, sondern bei uns zuhause, im Garten, wo ich ihn herumführte und wir das Meer sehen konnten und die Weinberge. Ich hatte mir das oft versucht vorzustellen, wie es gewesen wäre, einen Großvater zu haben, wie alle anderen Kinder. Der mit einem spielte, einen auf den Schoß nahm und verrückte Sachen machte. Und ich hatte während unserer Gespräche im Park irgendwie diese Vorstellung immer auf ihn projiziert. Natürlich wusste ich, dass das Unsinn war. Aber das war mit der Grund gewesen, warum ich ihn nicht zu persönliche Dinge gefragt hatte. Ich wollte mir die Illusion einfach nicht nehmen lassen, dass er mein echter Opa sein könnte.

Als wir am Wohnstift ankamen, erblickte uns eine Schwester, verzog das Gesicht und kam uns im Laufschritt entgegen. Sie nahm mir meinen Begleiter quasi aus dem Arm und fing sofort an, auf ihn einzureden. Dann wandte sie sich mir zu.
„Vielen Dank, dass Sie ihn hergebracht haben. Er darf eigentlich nicht alleine raus, aber er entwischt uns immer wieder."
Mir gefiel der Ton gar nicht. Sie redete über den Mann, als sei er ein kleines, dummes Kind.
„Ja", sagte ich, „wir haben uns im Park getroffen. Wir unterhalten uns da öfter."
„Ach, Sie sind das? Er hat uns immer wieder von Ihnen erzählt." Ihr Ton war jetzt freundlicher, die Anspannung wich langsam aus ihrem Gesicht.
„Danke nochmals, dass Sie ihn herbegleitet haben."
Mir fiel auf, dass aus einem „gebracht" jetzt ein „begleitet" geworden war.
„Ja, gerne. Kann ich ihn denn ab und zu zu einem Spaziergang abholen?"
„Ja, sicher, jederzeit. Wir sind froh, wenn unsere Bewohner ein wenig rauskommen. Er hat sonst niemanden, der ihn besucht."
Ich wollte gerade gehen, die Situation fing an, mich zu überfordern und drehte mich schon halb um, als sie mir noch etwas nachrief.
„Sie sind aber nicht Bärbel, oder?"
Ich drehte mich zurück zu ihr.
„Nein, ich heiße Chiara. Aber er hat mich vorhin auch einmal Bärbel genannt. Ich weiß aber nicht, wer das ist."
„Bärbel war seine Tochter. Aber die beiden haben wohl schon vor Jahrzehnten jeden Kontakt abgebrochen."

Zack! Damit war nun doch jegliche Illusion dahin, dieser irrwitzige Traum, den ich gehabt hatte. Mir vorzustellen, dass der Sinn meines Aufenthalts hier in Deutschland irgendein großer gewesen wäre. Wie der völlig unwahrscheinliche Fall, zufällig dem Vater meiner Mutter zu begegnen, meinem Großvater. Meine Mutter hieß Barbara. Und auch wenn der Mann ziemlich verwirrt zu sein schien, den Namen seiner Tochter wusste er nun ganz bestimmt.
Ich nickte geistesabwesend, wollte erneut gehen, aber irgendetwas hielt mich noch davon ab und spontan gab ich der Schwester eine Visitenkarte von mir und sagte, sie könne mich jederzeit anrufen, wenn ich irgendetwas tun könnte.

Ich war ziemlich mitgenommen, als ich wieder zuhause ankam und mir ging vieles durch den Kopf. Mir tat der Mann leid, der dort alleine und einsam ganz in meiner Nähe seine Tage verbrachte. Und irgendwie war ich ja auch einsam, vielleicht hatte uns diese Gemeinsamkeit so verbunden. Wir waren beide froh gewesen, immer mal wieder ein bisschen Unterhaltung zu haben, mit jemandem zu sprechen, dem es ähnlich ging.

4.

„Du bist so schön, noch viel schöner, als ich dich in Erinnerung hatte. Ein paar Jahre haben wir uns nicht mehr gesehen, eine lange Zeit. Nicht für dich. Für mich. Für dich ist das ein Augenblick, naja, etwas mehr vielleicht. Für mich gefühlt fast ein Leben, so viel ist passiert, in dieser Zeit. Du stehst da, wie damals, stolz, archaisch, gelassen. Deine Ausstrahlung ist gewachsen in dieser Zeit. Weißt du,

dass ich es war, die dir wieder das Leben geschenkt hat? Oder ist dir das egal? Du scheinst mir größer, reifer als damals. Aber was mache ich mir da für Gedanken? Du bist zweihundert Jahre alt, nun, zumindest deine Grundmauern, und das, was ich bei der Restaurierung davon übrig gelassen habe - lassen konnte.
Dein Garten ist eingewachsen, er hat ihn nicht gepflegt, er war zu wenig hier. Wo die Natur konnte, hat sie Territorium zurückerobert. Hier quietscht ein Scharnier, dort bröckelt schon wieder etwas Putz, aber das macht deinen Charme nur größer. Gekauft haben wir dich damals wegen des Ausblicks, deiner Lage auf einem Hügel. Der unglaubliche Blick war sofort atemberaubend. Auf der Terrasse sitzen und in die Hügel bis in die Ferne zu den Ausläufern des Apennin zu schauen ist so schön, dass mir fast die Tränen kommen. An dir habe ich meine Meisterarbeit vollbracht, denn du warst für mich, für uns. "Lass es für immer sein", hatte er damals gesagt, und ich hatte es geglaubt. Hier sah ich mich alt werden, Kinder spielen, glücklich sein. Weg von den Zwängen, den Pflichten, dem Einfluss der Familie. Ich war bereit, das alles aufzugeben.
Lange hat er mich bearbeitet, wieder hierher zu kommen. Die Erinnerungen zu spüren, die alten Gefühle wieder zu finden. Ich weiß bis jetzt nicht, ob es eine gute Idee war. Wie damals droht der Bruch mit der Familie. Wie damals fange ich an, mich zu widersetzen. Und wie damals sitze ich stundenlang auf der Terrasse und blicke in die Hügel, ganz weit rein, bis zu den Ausläufern des Apennin."

Ich hatte es tatsächlich gewagt, in unser altes Haus zu fahren, um dort den Sommer zu verbringen, und die

Zeilen oben schrieb ich nach der Ankunft in mein Tagebuch. Ich war unheimlich aufgeregt gewesen, fast schon ängstlich, das Haus wiederzusehen. Mein Auszug nach der Trennung von Dieter damals war völlig überstürzt verlaufen, ich hatte mich nicht nochmals umgesehen, mich nicht verabschiedet von allem hier. Das mag komisch klingen, aber ich habe eine Verbindung zu diesen alten Häusern, für mich haben sie eine Seele.

Ich war wie immer, weil ich nicht schlafen konnte, mitten in der Nacht aus München losgefahren. Aber die viele Arbeit der letzten Monate und der wenige Schlaf hatten mich schon ab Österreich immer wieder zu unzähligen Pausen gezwungen, weil ich die Augen kaum mehr offen halten konnte. Bis ich dann Alessandra noch auf dem Hof meiner Eltern abgeholt hatte, dort ein wenig zu Essen bekam und endlich weiterfahren konnte, war es schon Abend gewesen. Von meinem Elternhaus war es nochmal ein ganzes Stück, wir mussten weiter bis fast nach Ancona fahren und dann noch einmal circa eine halbe Stunde hinauf in die ersten Hügelketten, die kurz nach der Küste begannen und sich langsam bis zu den schroffen Gipfeln des Apennin auftürmten. Das Haus selbst stand auf einer Anhöhe, aber man sah es von der Straße aus nicht, denn es war völlig eingewachsen von hohen Bäumen. Nur ein altes rostiges Tor, das am Straßenrand fast nicht zu erkennen war, führte auf ein Stück Kiesstraße, die dann, sobald man den Hang hinauffuhr, in einen Feldweg überging. Nach etwa einem halben Kilometer kam das eigentliche Tor zum Grundstück. Dieter hatte den Sender dafür an der üblichen Stelle hinterlegt und als die Torflügel langsam auseinander schwangen, zog es mir den Magen zusammen. So vertraut war mir diese Zufahrt, als wäre ich erst heute Morgen hier gewesen. Ab dem Tor hatten wir die Straße damals instand setzen lassen und der weiße Kies knirschte unter den Rädern, als ich die letzten paar hundert Meter immer weiter hinauffuhr, bis ich den großen Platz vorm Haus erreichte. Kurz stellte ich mir vor, wie mein Leben verlaufen wäre, wenn ich mit Dieter zusammengeblieben wäre. Sicher hätten wir längst geheiratet, vielleicht noch ein Kind bekommen. Ich käme jetzt vom Einkaufen und er würde aus dem Garten herbeilaufen, um mir zu helfen. Aber natürlich kam niemand. Das Haus war leer und ich riss mich zusammen, denn ich wollte nicht, dass Alessandra mitbekam, wie traurig mich das hier alles gerade machte.

Mir war nach der langen Fahrt und der fehlenden Nacht schwindlig und ich wollte nur noch schlafen. Die Dämmerung war schon hereingebrochen und kurz blickte ich nach Westen, wo die Sonne, die bereits hinter den Bergen verschwunden war, den Himmel in ein loderndes Orange tauchte, als würden die Wolken brennen. Die schroffen Felsgipfel waren nur noch eine schwarze unwirkliche Silhouette, die sich scharf gegen das Lichterspiel abzeichnete. Ich war so unendlich oft abends hier gestanden und hatte mir dieses Schauspiel angesehen, das so bezaubernd und so verstörend zugleich war.

5.

Ich schlief traumlos in dieser Nacht und als ich sehr früh aufwachte, inspizierte ich als Erstes das Haus. Dieter hatte es absolut ordentlich hinterlassen, alles

war sauber, aufgeräumt und nichts deutete darauf hin, dass er länger hier gelebt hatte. Ich stand lange in der großen Küche und dachte an die Zeit, als wir hier gekocht und am riesigen Landhaustisch, der mitten im Raum stand, mit Freunden wundervolle Abende verbracht hatten. Ich öffnete ein paar Schränke, all unsere Sachen waren noch da, nichts fehlte oder war ersetzt worden. Der Kühlschrank war fast leer, bis auf eine Flasche Weißwein und zwei Flaschen Bier. Es war meine Marke, die ich am liebsten trank und die Dieter immer ganz grässlich gefunden hatte. Als Deutscher lachte er natürlich sowieso über all unser Bier, ich hatte das nie verstanden, bis ich in München die Vielfalt entdeckt hatte und merkte, dass der Kult, den wir um unseren Wein machen, dort eben um gutes Bier gemacht wird. Aber das bedeutete auch, er hatte die Flaschen extra für mich besorgt und das gab mir einen kleinen Stich im Herz und zauberte mir ganz kurz ein Lächeln ins Gesicht.
Auch im Wohnzimmer war alles noch so, wie ich es verlassen hatte, und als ich nach oben ging und in ein Zimmer nach dem anderen sah, war auch hier alles schrecklich vertraut und noch genauso, wie ich es in Erinnerung hatte. Das Bad blitzte vor Sauberkeit, auch hier keinerlei Spuren einer anderen Frau, wie ich mit Genugtuung feststellte. Und dann wurde mir bewusst, dass Dieters Duft noch in der Luft hing. Sein herbes Deo, das er immer benutzte und von dem ich gar nicht genug bekommen konnte, war ganz deutlich wahrzunehmen. Wieder gab es mir diesen kleinen Stich und wütend über mich selbst stieß ich die Fenster auf, um diese Erinnerung zu beseitigen.

Ich war mir nicht sicher, was das alles zu bedeuten hatte. Entweder war er nur ganz kurz hier gewesen, um alles für mich in Ordnung zu bringen, oder er hatte Tage darauf verwendet, alle möglichen Spuren so gründlich es nur ging zu beseitigen. Ein Gefühl von Eifersucht stieg in mir hoch, Eifersucht auf ihn, der damals erst einmal hier wohnen blieb, während ich zurück zu meinen Eltern gezogen war, Eifersucht auf die Frau, von der ich überzeugt war, dass sie existierte in seinem Leben und die hier die Zeit mit ihm verbracht hatte.

Es wurde mir zu viel und ich bereute, dass ich mich darauf eingelassen hatte und flüchtete in den Garten. Hier hatte er sich nicht so viel Mühe gegeben, alles war in einem grauenhaften Zustand, verwildert und eingewachsen. Viel war vertrocknet und kaputt und sah einfach trostlos aus. Das Haus steht auf einem Hügel und das Hauptplateau ringsum bildet den Garten und die Terrasse. Es gab dann weitere Terrassen im Hang, die angelegt worden waren, um den Hang auch nutzen zu können. Wir hatten Feigenbäume, Olivenbäume und viele andere Sorten. Ich hatte damals natürlich auch Gemüsebeete gepflanzt und einen Kräutergarten, aber das war alles vertrocknet, abgestorben und mit Unkraut überwuchert. Ich ging in die Garage und holte mechanisch die Polster, um die Terrassenmöbel zu bestücken und alles soweit herzurichten, dass man sich vernünftig draußen aufhalten konnte.

Alessandra tobte glücklich durch den Garten und es dauerte nicht lange, bis sie auch das erste Bad im Jacuzzi nahm. Den Jacuzzi hatte mir Dieter damals zu Weihnachten geschenkt, es war eine Riesenüberraschung. Er hatte mich bei der Restaurierung des Hauses gebeten, ein Fundament im

Garten mit einzuplanen, angeblich für ein kleines Gerätehaus. Und eines Tages stand dann ein Lastwagen vor unserer Türe und brachte den kleinen Pool, für den das Fundament in Wirklichkeit gedacht gewesen war. Ich lächelte plötzlich. Das war so typisch für ihn gewesen, immer eine kleine Überraschung zu planen, um anderen eine Freude zu machen.

Es war ein heißer Tag in diesem beginnenden August und ich hatte mir den Weißwein geöffnet, der eiskalt war und sofort außen am Glas kondensierte und eine Pfütze auf dem Tisch hinterließ. Eine Fliege torkelte träge durch die Luft und am Horizont verschwamm das Meer mit dem Dunstschleier, den die Hitze in den Himmel malte. Der Himmel direkt über mir hatte dieses unendlich tiefe Blau, das es nur im Süden gibt. Das Rumpeln eines Traktors, der sich langsam über ein staubiges und ausgedörrtes Feld kämpfte vermischte sich mit den kleinen Freudenschreien, die Alessandra immer wieder ausstieß, während sie im Wasser planschte. All diese Bilder und Geräusche verschwammen langsam zu einer Kulisse, die mich immer träger werden ließ, bis mir plötzlich die Augen zufielen und ich in meinen Träumen versank.

6.

Irgendwann wachte ich wieder auf, weil mich etwas am Bein kitzelte und ich schnippte einen großen Käfer von meinem Knie zurück in die Wiese. Meine Laune war schlagartig besser. Das Gefühl, hier wie ein Eindringling oder gar ein reuiger Sünder herumlaufen zu müssen, war weg. Schließlich war das genauso auch mein Haus und noch dazu war ich es gewesen, die es von einer kompletten Ruine wieder zu dem gemacht hatte, was es heute war. Dieter war ein begnadeter Kaufmann und er wusste Schönes sehr zu schätzen, aber er war katastrophal darin, sich Dinge, die noch nicht fertig waren, vorzustellen. Beruflich hatte uns das wunderbar ergänzt, aber … und hier schritt ich ein und verbot mir, weiter über ihn nachzudenken. Es war Sommer, der ganze August lag vor mir, ich war mit meiner Tochter hier und morgen würden wir ans Meer fahren. Eigentlich war alles ganz wunderbar und meine miese Stimmung passte da einfach nicht dazu. Und so tat ich, was ich so gut beherrsche, ich schob all diese dunklen Gedanken beiseite, riss mir die Kleider vom Körper und sprang zu Alessandra in den Jacuzzi.

Als wir genug herumgetobt hatten, war es an der Zeit, die Vorräte im Haus aufzufüllen und vor allem auch ganz dringend etwas essen zu gehen. Eigentlich war es noch zu früh fürs Abendessen, aber es war Sommer und die Restaurants waren darauf vorbereitet, für ausländische Touristen auch etwas früher als bei uns üblich, Abendessen anzubieten.

Um nicht viel Zeit zu verlieren, fuhren wir einfach ins Dorf und gingen in das kleine Lokal, das oben im historischen Zentrum direkt in der Stadtmauer gelegen war. Was man von außen nicht sah, war der kleine Innenhof, ein traumhafter Platz, im Sommer schön schattig und abends gaben die dicken Mauern die Hitze des Tages ab, so dass man bis spät in die Nacht hier sitzen konnte, selbst wenn der Wind anfing, die Hitze fortzublasen. Pepe, der Wirt, begrüßte uns mit großem Hallo, er umarmte uns

abwechselnd und war ganz aufgeregt. Ich hatte selbst Tränen in den Augen, denn bevor Dieter und ich das Haus damals gekauft hatten, lebten wir hier direkt im Dorf, in seiner kleinen Wohnung und Pepe war fast schon unser privater Koch gewesen, so oft waren wir bei ihm zum Essen.
„Chiara!", rief er immer wieder, „so schön dich zu sehen. Und die kleine Alessandra, ach, du bist eine Dame geworden!"
Es tat gut, so begrüßt zu werden und ich erklärte ihm, dass wir erst in der Nacht angekommen waren und daher jetzt sofort, zu dieser seltsamen Zeit, etwas zu Essen bräuchten.
Er lachte, natürlich war das kein Problem, gab uns seinen besten Tisch, von dem aus man in die weiten ruhigen Hügel der Marken blicken konnte, und noch bevor ich etwas bestellt hatte, standen ein Krug Rotwein und eine Flasche Wasser auf dem Tisch.
Natürlich wusste Pepe, dass ich nie nach der Speisekarte bestellte und so zählte er mir auf, was er alles da hatte und wir diskutierten ein wenig und als die Bestellung komplett war, ließ ich mich einfach in die Obhut dieses reizenden Plätzchens fallen und genoss das Essen und den hereinbrechenden Abend.
Ich hatte mich schon gefragt, wie lange er es aushalten würde, denn natürlich brannte er darauf zu erfahren, warum ich hier nach all den Jahren plötzlich wieder auftauchte, und als nur noch das Dessert fehlte und er immer engere Kreise um unseren Tisch zog, fragte ich ihn, ob er sich nicht einen Augenblick setzen wolle.
„Frag schon, Pepe", grinste ich ihn an.
Er schmunzelte, grinste dann ebenfalls, zündete sich umständlich eine Zigarette an und endlich traute er sich.

„Er war hier, il Tedesco, bis vorgestern. Du hast ihn knapp verpasst …"
„Il Tedesco", ja, das war Dieters Spitzname gewesen, manchmal hatte ich den Eindruck gehabt, ganz Italien nannte ihn so, egal wo wir hinkamen. Ich hatte ihn irgendwann einmal gefragt, ob es ihn nicht stört, dass ihn alle nur „den Deutschen" nennen, wobei das natürlich nicht böse gemeint war. Aber Dieter sah einfach deutsch aus und obwohl er mein Land über alles liebte, war er eben Deutscher und er benahm sich auch so. Er verkörperte wirklich alles, was wir Italiener so an unseren nördlichen Nachbarn schätzen. Er war höflich, zuverlässig, pünktlich. Sein Wort war immer wie ein Vertrag, wenn er etwas zusagte, wusste man, er macht es auch. Die Leute im Dorf hatten ihn geliebt, er war sehr angesehen und als er mit mir zusammenkam, freuten sich alle für ihn, dass er endlich auch eine Frau - natürlich, wie es sich ihrer Meinung nach gehörte, eine italienische Frau - gefunden hatte.
Dieter zuckte damals, als ich ihn danach fragte, nur mit den Schultern und meinte, nein, das sei okay, er mag das, „es klingt so schön italienisch, wenn sie mich so nennen."
Pepe hatte seinen Satz wiederholt, weil ich nicht geantwortet hatte und so sah ich ihn an, nahm einen Schluck Wein und sagte: „Ja, Pepe, ich weiß, dass er hier war."
„Dann seid ihr nicht …", er ließ den Satz offen.
Wieder trank ich einen Schluck.
„Nein, wir sind nicht wieder zusammen. Ich lebe jetzt in Deutschland, wegen der Arbeit, aber ohne ihn."
Er bemerkte wohl den Schmerz in meinen Augen und griff nach meiner Hand und drückte sie.

„Er war oft hier, die letzten Wochen, hat hier gegessen ...“, er blickte kurz verlegen zu Boden, so als überlegte er, ob er weitersprechen sollte. Dann sah er mich an.
„Er war immer alleine hier. Er ist wieder in eure alte Wohnung gezogen.“
Damit stand er auf und fing an, geschäftig an den anderen Tischen herumzulaufen. Ich drehte mein Glas in den Händen und starrte in den schweren tiefroten Wein. Er war also wieder in seine Wohnung hier im Dorf gezogen. Allein. Also hatte er es auch nicht ausgehalten, weiter in unserem Haus zu bleiben.

Wir hatten fast drei Stunden gegessen, viel Wein getrunken (ich), zu viel Eis gegessen (Alessandra) und daher verlegten wir unser Vorhaben, noch einkaufen zu gehen, auf den besten Termin, den man bei uns in Italien nur wählen kann, nämlich auf „domani". Domani bedeutet „morgen“ und ist die universale Antwort, die man immer dann geben kann, wenn einen jemand damit nervt, einen fixen Termin für irgendetwas zu benennen, das man eigentlich schon vorgestern erledigt haben sollte.

7.

Am nächsten Morgen fuhren wir ans Meer. Wenn man in den Hügeln ist, gibt es immer zwei Möglichkeiten, an die Küste zu kommen. Schneller ist natürlich die direkte Verbindung, die einen in wenigen Minuten zuerst in die Ebene und dann an den Strand bringt. Viel schöner, und ich wähle fast immer diese Variante, wenn ich es nicht eilig habe, ist es, die alten schmalen Straßen zu nehmen, die sich quer durch die Hügel schlängeln und durch die Dörfer führen. Die Belohnung für diese etwas aufwändigeren Strecken sind zum einen die vielen kleinen Bars, in denen man ein Frühstück einnehmen kann und zum anderen der wirklich atemberaubende Blick, wenn man die letzte Hügelkuppe vor der Küste erreicht und plötzlich die Sicht frei ist auf das tiefblaue Meer mit seinem Farbenspiel, der Sonne und den weißen Booten, die wie kleine Punkte bis zum Horizont zu sehen sind.

Wir fuhren an den Strand, an dem wir schon früher immer gewesen waren und zu dem auch ein Restaurant gehört, und als wir vom Parkplatz zum Ufer liefen, entdeckte uns auch schon Graziano, dem sowohl das Restaurant als auch der Beachclub gehören.
Wie gestern wurden wir auch hier mit großem Hallo begrüßt und mussten unzählige Fragen beantworten. Und wie gestern von Pepe wurde mir auch hier sofort verraten, dass Dieter - Graziano nannte ihn natürlich ebenfalls „il Tedesco“ - in den letzten Tagen hier gewesen war. Und auch Graziano fragte versucht vorsichtig, ob wir wieder zusammen seien. Das konnte ja heiter werden, wenn das so weiter ging.
Wir reservierten bei Graziano gleich einen Tisch für das Mittagessen, und da sein Lokal im August fast ständig ausgebucht ist, sagte ich ihm einfach, die Reservierung gelte täglich, für die nächsten vier Wochen.

Die Fragerei zu Dieter nahm kein Ende. Als wir uns beim Bademeister zwei Liegen mieteten, an der Strandbar Wein und Eis holten oder alte Bekannte trafen. Jeder begrüßte uns voller Freude und wollte dann sofort wissen, ob ich jetzt wieder für immer zurück sei, bei Dieter. Ich schüttelte innerlich den Kopf. Einerseits gingen mir die Fragen total auf die Nerven, andererseits war es schon verrückt, wie sehr die Leute hier Anteil daran nahmen, ob wir wieder ein Paar waren. Er hatte in den Jahren, in denen er hier gelebt hatte, wirklich überall seine Spuren hinterlassen. Und irgendwie, auch wenn es mir schwerfiel das zuzugeben, beeindruckte mich das ungemein.

Der erste Strandtag verflog im Nu, kaum hatten wir einen kleinen Aperitivo genossen, war auch schon Zeit fürs Mittagessen gewesen. Das Restaurant hier am Strand ist eines meiner absoluten Top-Favoriten in meiner immer weiter wachsenden Restaurantliste, die ich seit Jahren führe. Es liegt direkt am Strand, aber deutlich erhöht, und die Terrasse vorm Lokal bietet einen ganz bezaubernden Ausblick auf den Strand und das Meer. Es geht nicht ganz so locker zu wie in vielen anderen Beach-Restaurants, hier wird es nicht gerne gesehen, wenn man in Badekleidung direkt vom Meer kommt, aber es gibt auch keine steife Kleiderordnung. Es ist genau die richtige Mischung aus gerade noch sehr leger, aber schon einen Hauch maritim elegant, die die Atmosphäre ganz außergewöhnlich macht. Die Leute lieben das Lokal und wer hier nicht rechtzeitig reserviert, hat keine Chance auf einen Platz. Graziano will, dass seine Gäste ruhig und vernünftig essen können, er verkauft daher auch keinen Tisch zweimal, wie das in vielen Lokalen üblich ist und man fast schon gedrängt wird, schnell zu machen, weil die zweite

Reservierung für eine Mahlzeit schon in den Startlöchern steht.
Mittagessen ist für mich die wichtigste Mahlzeit am Tag und wenn ich Urlaub habe, zelebriere ich das auch wirklich ausgiebig und gerne über Stunden. Wir fingen mit ein paar kalten Vorspeisen an, teilten uns dann eine Portion Nudeln mit verschiedenen Meeresfrüchten, um schließlich als Hauptspeise die gegrillte Fischplatte in Angriff zu nehmen. Alles begleitet von einem leichten eisgekühlten Weißwein und dem Blick aufs Meer.

Nach dem Essen tobten wir noch ein wenig im Wasser herum und machten uns dann, wie es schon immer unsere Gewohnheit ist, relativ früh wieder zurück auf den Weg zum Haus. Da auf dem Rückweg keine Belohnung mit Meerblick wartete, nahm ich die Schnellstraße, die uns rasch wieder weg von der Küste und zurück Richtung Dorf brachte.

8.

Ich setzte Alessandra am Haus ab und fuhr zurück in den Ort, um endlich einzukaufen. Ich wusste von früher, dass der kleine Supermarkt, der gerade noch so die minimale Versorgung der wenigen Bewohner aufrechterhielt, irgendwann im August schließen würde, aber ich hoffte, dass er jetzt in den ersten Tagen noch geöffnet war.
Ich parkte an der alten Stadtmauer so gut es ging etwas im Schatten und lief die paar Schritte bis zum Laden. Adriano hatte noch geöffnet. Wie damals saß er an einer der beiden Kassen, las Zeitung und wartete auf Kundschaft. Ein Leuchten ging über sein Gesicht, als er mich erkannte. Und auch ihm musste

ich wieder die ewig gleichen Fragen zu Dieter und mir beantworten.

Diese winzigen kleinen Supermärkte, die es in immer weniger Dörfern noch gibt, platzen meist aus allen Nähten und haben nur ein sehr kleines Sortiment. Zudem können sie mit den Preisen der riesigen Märkte, die nach und nach überall gebaut worden sind, nicht mithalten. Aber, wo ich in Italien auch gerade unterwegs bin, ich versuche immer einen dieser kleinen Mini-Märkte zu nutzen, denn ich weiß, wie sehr sie um ihre Existenz kämpfen und wie notwendig sie sind, für die meist nur noch wenigen und oft ziemlich alten Dorfbewohner, die nicht so einfach weit weg zu einem großen Markt fahren können und für die diese Versorgung so immens wichtig ist.
Adriano hatte sein Angebot schon für die bevorstehenden Ferien, die er sich einmal im Jahr gönnte, zurückgefahren und so konnte ich aus einer Sorte Salami, einer Sorte Schinken und genau drei Sorten Käse auswählen. Ich kaufte einfach etwas von allem, dazu noch Oliven, Tomaten, Obst und einen halben Kofferraum voll Wasser. Wein hatte ich natürlich vom Hof meiner Eltern mitgebracht, aber, um ihm einen Gefallen zu tun, nahm ich zumindest die eine Flasche, die es gerade noch im Angebot der Woche - zu einem deswegen nicht minder horrenden Preis - gab. Wir unterhielten uns noch ein paar Minuten, dann schleppte ich alle Einkäufe zum Auto, das inzwischen natürlich auch nicht mehr im Schatten stand, und wollte gerade einsteigen, als mein Blick zurück in die lange Gasse wanderte, die ganz nach oben zur Piazza und dem eigentlichen Dorfkern führte. Ich zögerte, aber dann konnte ich es

einfach nicht lassen, knallte die Autotüre wieder zu und ging zurück, an Adrianos Laden vorbei und ein Stück weiter hinauf. Und dann stand ich vor dem kleinen schmalen Stadthaus, in dem Dieter und ich gewohnt hatten, bevor wir in unser Haus umgezogen waren und in dem er jetzt auch angeblich wieder wohnte. Es war ein ganz typisches Haus für solche Orte, sehr schmal, dafür mit mehreren Stockwerken, in jeder Etage gab es nur ein Zimmer, es war wie eine Wohnung, in der man die Zimmer aufeinandergestapelt hat. Auf der zur Straße abgewandten Seite ging es hinter dem Haus steil nach unten und man hatte dort einen atemberaubenden Blick bis ans Meer. Das Haus sah verlassen aus, alle Fensterläden waren geschlossen, aber das musste nichts heißen, denn im Süden schließt man automatisch morgens alle Läden, um die Gluthitze des Tages auszusperren. Es war unmöglich zu erkennen, ob Dieter nur kurz weg war oder ob das Haus für länger leer stand. Die Erinnerungen kamen wieder hoch, an damals. Als Dieter mich gefunden hatte, hier in der Nähe, halb bewusstlos, nachdem Stefano mich aus Wut und Eifersucht verprügelt hatte, wie er mich dann im Krankenhaus besuchte und schließlich mit zu sich nahm, hierher, in sein Haus. Die ersten Tage hatten wir noch getrennt geschlafen, ich in seinem Bett und er im Wohnzimmer auf der Couch, aber wir waren uns schnell näher gekommen und gestanden uns irgendwann ein, dass wir die Zuneigung, die wir schon so lange füreinander empfanden und die längst zu Liebe geworden war, nicht länger unterdrücken konnten. Die Zeit hier im Haus war die glücklichste überhaupt gewesen, bevor der Stress mit der Restaurierung unseres Hauses begann und eine Reihe von Missverständnissen und ein paar Lügen

von mir alles zerstört hatten. Es tat so weh, hier vor dem Haus zu stehen, jetzt wieder als Fremde, die darin nichts mehr zu suchen hatte, und die Tränen liefen mir übers Gesicht und ich bekam erst nicht mit, dass jemand hinter mir meinen Namen rief, und als ich es endlich registrierte, versuchte ich mir erst die Tränen abzuwischen, bevor ich mich zu Matteo umdrehte, dem die Bar oben auf der Piazza gehörte, und der jetzt, als er mich direkt ansah, nochmal meinen Namen wiederholte.
„Ciao, Matteo“, presste ich heraus und versuchte ein Lächeln hinzubekommen.
„Er ist nicht hier, Chiara, er verbringt den Sommer unten im Süden, irgendwo in Kalabrien.“
Ich nickte nur.
„Komm“, setzte er wieder an, „komm mit nach oben, du brauchst einen Grappa.“
Er hakte mich unter und ich lief wie betäubt einfach neben ihm her zu seiner Bar. Ganz kurz hatte ich wieder das Bild im Kopf, wie ich den alten Mann in München im Park geführt hatte und einen ganz kurzen Moment fühlte ich mich so kraftlos, wie er sich gefühlt haben musste, als er seine klitzekleinen Schritte gemacht hatte.

In der Bar bugsierte mich Matteo auf einen der Stühle am Tresen und dann schenkte er zwei ordentliche Gläser Grappa ein. Eines davon schob er mir zu.
„Trink das“, sagte er mitfühlend, „das wird dir gut tun.“
Ich tat, was er sagte und trank seinen Mördergrappa, den er selber brannte und der ungefähr die Leistung von reinem Kerosin hat. Ein Glas davon bringt so gut wie jede aussichtslose Situation, zumindest vorübergehend, wieder ins Lot.

„Danke, Matteo!"
„Bist du zurückgekommen, in euer Haus?", fragte er dann nach einer ganzen Weile.
Ich schüttelte den Kopf. „Nein, nicht direkt, ich verbringe nur den Sommer hier. Wir müssen entscheiden, was wir mit dem Haus machen."
Matteo schaute mich lange prüfend an, griff nach unten, stellte einen Aschenbecher auf die Bar und zündete sich eine Zigarette an. Dann schob er das Päckchen auch zu mir und ich griff automatisch danach. Auch ihm war das Rauchverbot ziemlich egal.
Wir rauchten beide eine Weile schweigend. Schließlich sprach er wieder.
„Er konnte dort auch nicht bleiben. Er ist gleich nachdem du weg warst wieder hier in sein Haus im Dorf gezogen."
Ich blickte ihn interessiert an. Eine Spur zu interessiert, aber genau darauf hatte er gewartet. Er wollte wissen, ob er mir mehr erzählen sollte.
„Er saß hier, jeden Tag, hat Wein bestellt und dann stundenlang in sein Glas gestarrt. Sein Lachen war weg, er konnte nicht mehr lachen, verstehst du?"
Ich nickte.
„Und er hat nichts mehr gegessen. Er war ganz dünn. Aurelia hat ihm gesagt, wenn er nicht endlich wieder vernünftig isst, dann bekommt er hier keinen Wein mehr."
„Naja, ich war die ersten Tage auch ziemlich fertig, als ich weggegangen war", versuchte ich auch ein wenig vom Mitleid abzubekommen.
Matteo schüttelte den Kopf.
„Nicht Tage, Chiara, nicht Wochen, das ging Monate so."

Jetzt war ich überrascht. Ich hatte immer geglaubt, Dieter würde das alles schnell hinter sich lassen, mit uns. Dass ihm seine Wut auf mich helfen würde, alles schnell zu vergessen.
Matteo zuckte die Schultern, brannte sich eine weitere Zigarette an und fuhr fort.
„Ab und zu war er eine Weile weg. In Deutschland, und viel im Süden, in Kalabrien. Er sagte, dass er dort etwas Neues aufbauen will, weil diese Gegend hier ohne dich für ihn unerträglich geworden ist."
„Hat er erzählt, was passiert ist, mit uns?", wollte ich zögernd wissen.
„Nein, nicht viel. Wir haben ihn gefragt. Aber er hat nur gesagt, er hätte alles kaputtgemacht, weil er nicht für dich da gewesen sei, als du ihn gebraucht hättest." Wieder zuckte er mit den Schultern.
„Ja", ich blickte kurz in mein Glas, „es ging alles sehr schnell damals, aber ihn traf keine Schuld."
Matteo schenkte mir nochmal von seinem Grappa ein, diesmal nur ein ganz klein wenig.
„Vor ein paar Wochen dann wurde alles anders mit ihm."
Ich horchte auf. „Ah ja, was denn?"
„Er wirkte plötzlich wieder fröhlicher. Beschwingt. Er trank nicht mehr so viel Wein, war wieder gut gelaunt, machte plötzlich wieder ein Späßchen. Er hat sein Lachen wiedergefunden. So als wäre er …", aber er ließ den Satz offen, als ihm bewusst wurde, dass ich vielleicht nicht hören wollte, dass dahinter eine Frau stecken könnte. Aber mir wurde ganz warm plötzlich, als ich das hörte. Vor ein paar Wochen … vor ein paar Wochen hatten wir das erste Mal wieder Kontakt gehabt, und vielleicht war ich ja die Frau, die hinter seinem plötzlichen Stimmungswechsel steckte.

Ich bedankte mich bei Matteo für seine Notversorgung mit dem Grappa und wollte ein paar Münzen auf den Tresen legen, aber er schüttelte energisch den Kopf und so küsste ich ihn auf die Wangen und versprach ihm, regelmäßig vorbeizuschauen, solange ich hier war.

Als ich aus der kühlen Bar trat, erschlug mich fast die Hitze, die sich den Tag über in den kleinen, engen Gassen aufgestaut hatte und jetzt wie eine Wand zwischen den Häusern stand. Ich setzte meine Sonnenbrille auf, falls meine Augen noch verheult aussahen, und lief zum Auto. Ich konnte es nicht erwarten, in den kühlen Garten am Haus zu kommen. Und ich konnte es kaum erwarten, über all das, was ich gerade erfahren hatte, nachzudenken.

9.

In der zweiten Woche unseres Aufenthalts war ich endlich auch mental ganz im Urlaub angekommen. München schien so weit weg, wie ein Traum aus einer früheren Zeit, die Arbeit dort, meine Aufgabe, das Heimweh, all das war verblasst wie eine alte Fotografie, die man irgendwann in eine Kiste packt, weil sie einem nichts mehr bedeutet.

Unser Tagesablauf hatte sich eingependelt, wir standen sehr früh auf, lüfteten das Haus und fuhren dann ans Meer, um bereits recht früh am Nachmittag wieder zurück zu sein. Wir lachten viel, hatten Spaß und gaben uns ganz dem scheinbar endlosen Sommer hin. Abends fuhren wir entweder nach Mondavio oder Orciano, flanierten auf der Piazza, kauften Eis für Alessandra und Drinks für mich, trafen Freunde und schwelgten bei langen Abendessen. In der Feiertagswoche zu Ferragosto, als wirklich jeder, der nur irgendwie konnte, Urlaub machte und Restaurants und Bars aus allen Nähten platzten, blieben wir die meisten Abende am Haus. Es ist ganz wundervoll, auf dem Land in den Abend hinein der Natur zuzusehen, wie sie sich für die Nacht rüstet und dazu so einfache Dinge zu genießen, wie ein Abendessen, das nur aus etwas Käse, Salami, ein paar Tomaten und Oliven und einem Glas Wein aus der Gegend besteht.

Immer wieder dachte ich über Dieter nach und das, was sie mir im Dorf über ihn erzählt hatten. Ich konnte es immer noch nicht glauben, dass er so lange gebraucht hatte, um über unsere Trennung hinwegzukommen. Ich empfand jetzt viel mehr Freude, wieder in unserem Haus zu sein. Die Erinnerungen taten zwar noch immer weh, aber ich ließ sie jetzt zu, ebenso auch meine Gedanken an Dieter, die ich so lange unterdrückt hatte. Und irgendwie redete ich mir jeden Tag ein bisschen mehr ein, dass es ihm gar nicht darum gegangen war, die Sache mit unserem Haus „endlich abzuschließen", wie er es am Telefon genannt hatte. Vielleicht hatte er einfach nur einen Grund gesucht, um wieder mit mir Kontakt aufzunehmen.

Als der August sich dem Ende entgegen neigte und die Rückkehr nach Deutschland anstand, putzten wir das Haus auf Hochglanz, und auch wenn es sich traurig anfühlte, irgendwie wusste ich, dass ich doch noch nicht das letzte Mal hier gewesen war.

Was mir die Rückkehr auch sehr erleichterte, war Alessandra. Wir hatten in den letzten Monaten oft darüber gesprochen und waren uns einig geworden, dass es auf Dauer nicht ging, dass sie bei bei meinen Eltern lebte, während ich in München wohnte. Und so hatten wir sie für ein Auslandsjahr auf einer deutschen Schule angemeldet und meine Mutter hatte versucht, ihr so gut wie möglich Deutsch beizubringen. So musste ich diesmal nicht alleine die lange und einsame Fahrt antreten und das machte es um so vieles leichter als die letzten Male. Es gab noch einen weiteren Grund, warum ich nicht allzu unglücklich darüber war, wieder nach Deutschland zu fahren. Dieter war dort. Und auch wenn ich es nie zugegeben hätte, ich freute mich darauf, wieder in seine Nähe zu kommen.

Kapitel 10

1.

Bis zum Schulbeginn hatten wir noch zwei Wochen Zeit und so zeigte ich Alessandra ein wenig von der Stadt, redete den ganzen Tag in Deutsch auf sie ein und griff zu der Geheimwaffe, die auch uns Italienern irgendwann zu einem relativ einheitlichen „Hoch"-Italienisch verholfen hat: dem Fernsehen.

Wie schon im Jahr zuvor lief die Stadt pünktlich Mitte September zur Höchstform auf. Ich legte meine Meetings und Bürozeiten auf den Vormittag und arbeitete am Nachmittag von zuhause aus, um für Alessandra da zu sein. Aber es lief besser als erwartet und es dauerte nicht lange, bis sie die ersten Einladungen aus ihrer Klasse bekam oder auch ein paar Freundinnen zu uns mitbrachte. Es hatte sich schnell herumgesprochen bei ihren neuen Klassenkameradinnen, dass ich fast jeden Tag Kekse oder Kuchen backte und auch sonst niemand verhungern musste, der Gast in meinem Haus ist. Ich war froh darüber und meine anfängliche Anspannung, ob es richtig gewesen war, sie mit herzunehmen, wich der Freude darüber, wie gut es uns beiden tat, wieder zusammen zu sein und wie sie es genoss, nicht mehr auf dem Land zu leben, wo jede Verabredung eine logistische Herausforderung ist, sondern es geradezu „cool" fand, in einer Millionenstadt zu sein, in der immer etwas los war.

Ich hatte seit unserer Rückkehr nichts von Dieter gehört und mich auch noch nicht bei ihm gemeldet.

Ich hatte dutzende E-Mails an ihn verfasst und wieder verworfen. Ich wollte ihm irgendetwas besonders Geniales schreiben. Etwas, das ihm einen Hinweis darauf geben würde, dass ich immer noch so oft an ihn dachte. Aber es musste auch so formuliert sein, dass ich nicht blöd dastand, wenn er daran überhaupt kein Interesse haben würde. Das Letzte, was ich wollte, war, einen Mann anzuhimmeln, der mich nicht will.
Aber wenn ich nichts andeutete und er sich nicht traute ... ich wurde fast verrückt über diesen Gedanken und kam einfach auf keine Lösung.

Manchmal nahm ich Alessandra auch mit in den Park und zeigte ihr, wo ich so viel Zeit mit Nachdenken verbracht hatte, als ich ganz alleine hier gewesen war. Und ich erzählte ihr von dem alten Mann, mit dem ich mich immer unterhalten hatte, der aber seit wir aus Italien zurück waren, nicht mehr gekommen war. Ich hatte immer einmal vor, ihn in seinem Wohnstift zu besuchen, aber bis jetzt hatte ich mich noch nicht dazu durchringen können. Stattdessen hoffte ich, irgendwann wieder seine gebückte Gestalt aus der Ferne zu sehen, wenn er am Rande des Parks auftauchen würde. Ich erzählte Alessandra von den vielen Gesprächen und eines Tages auch von meiner leisen Hoffnung, ausgerechnet er könnte mein Großvater sein. Sie fand das aufregend und sofort spann sie unzählige Geschichten darum und redete wie ein Wasserfall, bis ich schließlich selbst fast glaubte, dass es überhaupt nur so sein könnte, dass ich ihn hier gefunden hätte. Als ihre Phantasie immer mehr mit ihr durchging und sie schon ein Treffen zwischen ihm und meiner Mutter plante, schritt ich ein.

„Weißt du, ich habe erfahren, dass er zwar tatsächlich eine Tochter hat, zu der er keinen Kontakt mehr pflegt", ich machte eine kurze Pause, dann spielte ich meinen Trumpf aus, „aber seine Tochter hieß Bärbel und nicht Barbara."
Sie sah mich eine Weile mit zusammengekniffenen Augen an und dann sagte sie plötzlich ganz ruhig: „Oma hieß aber nicht immer Barbara."
Jetzt war ich es, die sie anstarrte.
„Ja", fuhr sie fort, „Oma hat mir erzählt, dass sie ihren Namen ändern musste, weil ihn Italiener nicht aussprechen können." Und wie zum Beweis sagte sie ein paarmal: „Bärbel, Bärbel, Bärbel", und es klang jedesmal wie „Bahrbell", weil wir in Italien das „ä" nicht in unserer Sprache kennen.
Ich bekam einen leichten Schweißausbruch. Ich konnte mich gut erinnern, wie unwillig, fast schon zornig, meine Mutter immer reagierte, wenn ich sie irgendetwas aus ihrer Zeit in Deutschland oder zu ihrer Familie dort gefragt hatte. Wenn sie von dieser Geschichte hier erfuhr, nicht auszudenken. Ich schärfte Alessandra ein, ja nichts von alledem ihrer Oma zu erzählen und tat das alles als Zufall ab.

Aber insgeheim ließ es mich nicht mehr los. Wieder keimte diese aberwitzige Hoffnung in mir auf, es könnte ja doch sein, dass er es tatsächlich ist. Ich war hin- und hergerissen. Da war dieses schon fast unnatürlich vertraute Gefühl einem eigentlich Fremden gegenüber, die vielen Gespräche. Andererseits hatte ich aber nun auch diese Sehnsucht nach einem Großvater schon immer in mir gehabt und mir war klar, dass das meine Urteilsfähigkeit nicht gerade objektiv bleiben ließ. Wie auch immer, ich konnte es nicht auf sich beruhen lassen. Ich

wusste, dass meine Mutter damals, als sie noch nicht volljährig nach Italien zu meinem Vater gereist war, dort ihren Nachnamen geändert hatte, um sich älter zu machen und heiraten zu können.
Ich schlief unruhig in dieser Nacht, träumte vom Park, der finster und unheimlich war, und der kleine See war aufgewühlt und schlug wütende Wellen wie das Meer bei uns zuhause. Ich warf mich im Bett herum und irrte durch unzählige Parkbänke, auf denen lauter alte Männer, gebückt und mit Gehstöcken, saßen.

Am nächsten Morgen ging ich sehr früh zu dem Wohnheim, zu dem ich den alten Mann vor meinem Urlaub begleitet hatte. Als ich die Eingangshalle betrat, sah ich, dass die gleiche Schwester wie damals Dienst hatte. Sie kam um die Rezeption herum auf mich zu und sah mich mit seltsamen Augen an.
„Da sind Sie ja wieder, ich habe so oft versucht, Sie zu erreichen“, war ihre Begrüßung.
Ich schaute sie an und stotterte etwas von Urlaub, und dass ich im Ausland gewesen sei.
Sie sah mich wieder mit diesem seltsamen Blick an und nach einer ganzen Weile sprach sie weiter. „Er ist gestorben, ein paar Tage, nachdem Sie ihn herbegleitet hatten. Er ist ganz friedlich eingeschlafen.“
Ich schluckte ein paar Mal schwer. „Und … die Beerdigung?“, presste ich dann mühsam heraus.
„Die war schon. Es gab niemanden, den wir verständigen konnten. Außer Ihnen“, fügte sie nach einer kurzen Pause noch hinzu.
Ich versuchte, einen klaren Gedanken zu fassen.
„Wollen Sie wissen, wo er bestattet ist?“, fragte sie mich schließlich.

Ich zögerte. Aber dann traf ich eine Entscheidung. Ich wollte es nicht wissen. Ich gab ihr die Hand, hielt sie kurz fest. „Danke. Danke für alles", und damit drehte ich mich um und ging nach draußen.
Die Tränen liefen mir über das Gesicht, als ich die kurze Entfernung zum Park zurücklegte. Dort setzte ich mich auf unsere Bank und blickte, so wie er es immer gemacht hatte, auf den See, der jetzt ganz friedlich und ohne Wellen in der Herbstsonne glitzerte. Ich wollte nicht an sein Grab. Ich wollte auch seinen Namen nicht wissen. Ich wollte das hier in Erinnerung behalten. Die vielen schönen Stunden, hier, auf der Parkbank. Ich verdrängte den Gedanken an seine Beerdigung ohne Freunde und Familie. Ich würde ihn in Erinnerung behalten. Und solange mir niemand das Gegenteil bewies, war er für mich in meinem Herzen mein Großvater, an den ich jetzt denken konnte. Und das war mein Geheimnis, das mir niemand nehmen konnte, und für ihn war ich jemand, der an ihn denken würde, noch viele Jahre. Und das ist es schließlich, was zählt. Dass es jemanden gibt, der einen nicht vergisst.

2.

Ich wartete immer noch auf eine Nachricht von Dieter, aber er ließ nichts hören und das machte mich von Tag zu Tag wütender. Nach allem, was ich im Dorf erfahren hatte, war ich ihm ja doch nicht so egal, wie ich immer geglaubt hatte. Da könnte er sich ja mal ein bisschen Mühe geben. Ich überprüfte jeden Tag unzählige Male mein E-Mail-Postfach und legte mein Handy fast gar nicht mehr aus der Hand. Vielleicht hatte hinter seiner guten Laune ja doch eine andere Frau gesteckt und es hatte gar nichts mit mir zu tun gehabt. Wie üblich dachte ich in alle möglichen und unmöglichen Richtungen. Nur an eines dachte ich nicht. Dass nämlich sein letzter Informationsstand war, dass ich wieder mit Stefano zusammengekommen bin nach der Trennung von ihm. Womöglich machte er sich genau die gleichen Gedanken, die ich mir gemacht hatte. Nämlich, dass ich mit einem anderen Mann in unserem Haus Urlaub gemacht hatte. Als mir das plötzlich bewusst wurde, verwarf ich jede Taktik und schrieb ihm einfach eine SMS. Ganz lieb und ganz nett. Ich bedankte mich, dass er mir das Haus überlassen hatte und erwähnte dazu, wie sehr Alessandra und ich die Zeit hatten genießen können. Ich hoffte inständig, dass er diese Botschaft verstand. Denn eins war klar, wäre ich mit Stefano oder einem anderen Mann zusammen, dann wäre ich wohl kaum den kompletten August alleine mit Alessandra unterwegs gewesen. Meine Hände zitterten so sehr, dass ich mich hundert Mal vertippte und dann kaum den Sendeknopf traf. Ich schloss kurz die Augen und betete, dass ich das Richtige tat. Dass er die Nachricht verstand, dass er mich noch wollte, dass er antwortete. Oh Gott, wenn er nichts würde hören lassen? Wenn ich jetzt wieder wochenlang auf eine Reaktion warten müsste, nicht auszudenken. Aber meine Sorgen waren unbegründet. Es dauerte keine zwei Minuten, bis er mir antwortete. Und er schrieb ebenfalls sehr nett, dass er sich freue und gerne Platz gemacht habe für mich und Alessandra.

Jetzt musste ich mir genau überlegen, was ich zurückschrieb. Ich ging gerade alle Möglichkeiten durch, als das Handy wieder piepte. Anscheinend hatte er keine Lust, sich lange zu überlegen, was er schreiben und wie er vorgehen sollte. Ich musste lächeln, ein warmes Lächeln. So hatte ich ihn in Erinnerung. Kein langes Drumherumreden wie bei mir. Er kam einfach auf den Punkt. Die zweite SMS von ihm war eine Einladung zum Abendessen, ein Date! Endlich! Endlich würde ich ihn wiedersehen. Ich fummelte eine kurze Zusage aufs Display, sendete die Nachricht und dann ließ ich mich zurücksinken, schloss die Augen und war einfach nur glücklich.

3.

Ein paar Tage später trafen wir uns zum Essen. Ich hatte ihm die Wahl überlassen, schließlich war es seine Stadt und er wusste gut genug, was mir gefiel. Ich hatte es sogar geschafft, absolut pünktlich zu sein und war noch vor ihm im Lokal. Ich schaute gerade über die Tische, ob er schon irgendwo saß, als er mich von hinten ansprach. Diese Stimme! Ich hatte sie vom ersten Augenblick an geliebt, als wir uns am Strand begegnet waren. Es schien so lange her zu sein, so viel war passiert inzwischen. Ich wartete einen Moment, ich wollte das Strahlen in meinem Gesicht unter Kontrolle bringen, um ihm nicht zu deutlich zu zeigen, wie wahnsinnig ich mich freute. Aber dann war es mir plötzlich egal, ob er es sehen konnte, mir war plötzlich alles egal, ich drehte mich einfach zu ihm um. Sehr viel später erzählte er mir einmal, dass er so unsicher gewesen sei, bei diesem ersten Treffen, aber als ich mich umdrehte, strahlte mich genau von hinten eine der Lampen des Lokals an und ich muss in diesem Moment ausgesehen haben wie eine Göttin, zumindest waren das seine Worte, und er bemerkte sofort das Glitzern in meinen Augen und seine Unsicherheit verschwand und wich wie bei mir einfach nur der grenzenlosen Freude, sich endlich wiederzusehen.

Der Abend war wunderschön. Wir bekamen einen Tisch, der uns genug Abstand zu anderen Gästen ließ, und endlich, endlich war ich mal wieder mit jemandem Essen, der nicht sofort seine Nase in der Speisekarte versenkte, sondern sie wie ich einfach liegen ließ, um sich vom Kellner beraten zu lassen, wie der Abend aussehen könnte, kulinarisch.
Wir redeten viel. Stundenlang. Nur um unser Haus und unsere Trennung machten wir einen weiten Bogen, so als hätten wir Angst, eine zu schnelle Entscheidung könnte ein weiteres Wiedersehen überflüssig machen.

Als wir uns durch unzählige Gänge gegessen hatten, noch ein Dessert teilten und unseren caffè getrunken hatten, wurde es irgendwann Zeit aufzubrechen. Die Vorstellung, gleich ohne seine Gesellschaft zu sein, fiel wie ein dunkler kalter Schatten über mich. Am liebsten hätte ich einfach die Zeit angehalten und den Abend nie enden lassen.
Ich hatte das Gefühl, Dieter ging es ähnlich. Er machte jeden Handgriff umständlich und langsam, wie um Zeit zu gewinnen. Er brauchte endlos, bis er bezahlte, unsere Jacken holte, mir hineinhalf. Ich war froh darum. Draußen vorm Lokal fragte er mich, wo ich parkte und ich deutete vage in eine Richtung und er brachte mich zu meinem Wagen.
Dort standen wir dann beide, unbeholfen, keiner von uns wusste, was der andere jetzt erwartete oder zuließ. Ich sah ihn an, sein Gesicht, das so vertraut war, und dann stellte ich mich einfach auf die Zehenspitzen und küsste ihn. Kein flüchtiger Kuss,

ein richtiger Kuss. Ein Kuss, wie man ihn gibt, wenn man liebt. Als ich meine Lippen von seinen nahm, lächelte ich ihn an und sagte: „Den war ich dir noch schuldig, von damals, vom Leuchtturm."
Er lächelte auch, sah mir tief in die Augen, so lange, bis ich glaubte, in seinem Blick zu versinken.
„Ich will dich wiedersehen, Chiara. Wirklich."
Trotz des stundenlangen Essens tanzten in meinem Bauch Millionen Schmetterlinge, mir war so leicht, so fröhlich zumute.
„Ja, Dieter, ja, ich auch. Ruf mich an. Ruf mich auf jeden Fall an."
Er nickte, lächelte und unsere Augen hingen aneinander fest und ich stieg in meinen Wagen und zitterte den Schlüssel ins Zündschloss. Ein letztes Lächeln, ein kurzes Nicken und dann startete ich den Motor und sah kaum auf den Verkehr, weil ich am Rückspiegel festhing, bis er ganz am Ende der Straße aus meinem Blickfeld verschwand.

Ich war noch keine zwei Minuten unterwegs, da klingelte mein Handy. Ich hatte es in der Handtasche und das Display des Autos zeigte mir nur einen Anruf an, aber nicht, von wem. Da Alessandra bei einer Freundin übernachtete, ging ich unruhig ran, obwohl es schon so spät war.
„Ich sollte dich anrufen, hast du gesagt." Dieter. Ich musste lachen.
„Ja, das habe ich", gab ich zu.
„Okay, nun, ähm, hast du morgen Abend schon etwas vor?"
Ich grinste vor mich hin. Morgen war Samstag. Und völlig egal, was ich vorgehabt hätte, ich hätte es abgesagt.

„Ich habe nichts vor. Was meinst du, diesmal koche ich?“

4.

Ich wachte sehr früh auf an diesem Samstag, viel früher als sonst, und sprang mit einem Satz aus dem Bett. Dieter würde heute Abend kommen und ich wollte alles perfekt haben. Wohnung perfekt, Essen perfekt, mich perfekt. Alessandra war noch bis zum nächsten Tag bei ihrer Freundin und ich überlegte kurz, ob ich ihr schreiben sollte, dass ich mich mit Dieter traf, sie hatte ihn geradezu vergöttert, entschied mich aber dann dagegen. Ich wollte den heutigen Abend noch abwarten, nicht dass sie sich Hoffnungen machte, die sich dann vielleicht nicht erfüllten.

Mein morgendliches Ritual besteht aus viel caffè, einigen Zigaretten, viel Nachdenken und oft noch einem umfangreichen Sportprogramm. So saß ich wie immer am großen Landhaustisch, schaute den Rauchkringeln nach und lächelte vor mich hin, als ich an den gestrigen Abend zurückdachte. Es hatte sich so gut angefühlt, in seiner Nähe zu sein, sich mit ihm zu unterhalten. Ein paarmal war ich kurz davor gewesen, seine Hand zu nehmen oder ihm über die Wange zu streichen, aber ich hatte mich nicht getraut. Ich wusste auch nicht, ob es richtig gewesen war, ihn zu küssen, aber nun, wäre es falsch gewesen, hätte er nicht so schnell angerufen. Das war überhaupt das Beste. Dass ich nicht Tage hatte warten müssen, voller Ungewissheit, sondern dass er sich sofort gemeldet hatte und wir uns schon heute wieder sahen.

Ich plante das komplette Menü durch, Gang für Gang, und achtete bei allem darauf, dass es ohne großen Aufwand zu machen war, wenn er hier war. Ich wollte schließlich nicht den ganzen Abend in der Küche verbringen, sondern mit ihm zusammen sein. Ich würde Fisch machen. Ein paar Garnelenspieße zu Beginn, dann etwas aus dem Ofen, denn das konnte einfach vor sich hingaren. Zum Dessert würde ich einen Schokoladenkuchen backen, den liebte er und der hatte den Vorteil, dass ich gleich noch etwas zum Frühstück für ihn hatte. Er aß morgens gerne etwas Süßes. Ich musste plötzlich lachen. Ich plante also schon fest, dass er über Nacht blieb. Ich wurde ein bisschen rot bei dem Gedanken, aber dann dachte ich mir, was soll's. Ja, ich wollte, dass er blieb. Ich brauchte mir da nichts mehr vorzumachen. Ich liebte ihn noch immer, oder besser, ich hatte nie damit aufgehört. Dass Stefano und ich nach Dieter nochmals zusammengekommen waren, lag eher daran, dass ich so verletzt war, so einsam und mich so schwach gefühlt hatte und Stefano genau in diesem Moment zu mir kam, als ich einfach nur froh war, dass mich überhaupt noch irgendjemand wollte.

Meine Planung für den Abend stand und es war inzwischen spät genug, um einkaufen fahren zu können. Ich war viel zu ungeduldig, ich putzte mir gerade einmal die Zähne und fuhr dann in Jogginghose und mit Strubbelhaaren ein paar Geschäfte ab, um alles zu besorgen. Die nächsten Stunden verbrachte ich in der Küche, dann dekorierte ich den Tisch, suchte passende Musik aus, stellte meinen besten Grappa bereit. Das Weinlager meines Bruders im Keller wurde auch um drei doch recht wertvolle Weißweine erleichtert, und schließlich war alles perfekt. Geduscht, eingecremt, bestens duftend stand ich dann ratlos vor meinem Kleiderschrank. Ich probierte mich einmal quer durch meine komplette Garderobe, wühlte verzweifelt nach irgendwelchen heißen Dessous, die ich eigentlich gar nicht besaß, und konnte mich nicht entscheiden. Das war alles nicht ich. Und daher ließ ich die ganzen Überlegungen schließlich sein und zog eine Jeans an, dazu eine schlichte weiße Bluse und ganz einfache Unterwäsche.

Er kam eine viertel Stunde zu spät, aber ich kannte ihn zu gut. Ich war mir ganz sicher, dass er auf die Sekunde zur verabredeten Zeit vor meinem Haus angekommen war. Er wusste nur einfach, dass zu pünktliches Erscheinen einen Italiener komplett aus dem Konzept bringen kann. Denn wir rechnen einfach immer eher eine halbe Stunde drauf, Zeit, die wir meistens auch noch dringend brauchen, weil wir sowieso nie pünktlich mit allen Vorbereitungen fertig sind.

Er stand vor mir, auch in Jeans, ein schickes, aber schlichtes Leinenhemd an, einen Pullover umgeschlungen, keine Blumen. Ich war plötzlich froh, dass wir uns schon kannten. Das ersparte dieses ganze Prozedere, das ich so verabscheue. Irgendwelche wuchtigen Blumensträuße, Männer, die sich bemüht gut angezogen haben, meistens eine Spur zu gut. Wir zögerten kurz, dann nahm er mich einfach in den Arm, drückte mich und wir verharrten einen Moment, bis ich mich löste und ihn nach oben in die Wohnung schob.

Nur weil ich so verrückt nach ihm war, musste ich ihm das ja nicht zu früh verraten. Also spielte ich die alte Freundin, die zum Abendessen eingeladen hat, mit ungewissem Ausgang. Auch wenn wir, glaube ich, beide sicher waren, dass der Ausgang des Abends alles andere als ungewiss war.

Wie am Tag zuvor redeten wir endlos und wie in alten Zeiten stand Dieter, wann immer ich in der Küche zu tun hatte, bei mir, ein Glas Wein in der Hand, eine Zigarette genießend, und sah mir zu - und ich mochte seine Blicke, die er mir dabei zuwarf.

Zum caffè und einem abschließenden Grappa wechselten wir auf die Couch und ich hatte keine Lust auf irgendwelche peinlichen Pausen oder taktischen Spielchen und so kuschelte ich mich einfach an ihn, legte meinen Kopf auf seine Schulter und flüsterte ihm auf Italienisch ins Ohr: „Ich habe dich so vermisst."
Er legte daraufhin seinen Arm um mich, drückte mich ganz fest und mir wurde so warm davon und es fühlte sich so schön an.
„Es tut mir so leid, was damals passiert ist, ich ...", aber er ließ mich nicht weiterreden.
„Es ist lange her, Chiara, viel zu lange. Wir hätten nicht so lange warten sollen. Lass uns das alles vergessen, bitte. Ich will nicht mehr ohne dich sein. Ich habe es so satt, dich vermissen zu müssen."
Ich sah ihm in die Augen jetzt. Ganz fest. Und kurz zögerte ich, ob das zu früh war, aber es war mir egal. „Ich habe nie aufgehört, dich zu lieben, Dieter." Ich sagte es auf Deutsch diesmal, ich wollte sichergehen, dass er genau verstand, was ich meinte. Kein „ich

mag dich“ oder „ich hab dich lieb“, nein, ich liebte ihn und es war mir wichtig, dass er das wusste.
Ich sah eine Träne in seinen Augen glitzern und ich küsste sie weg und dann bedeckte ich seine Wangen und seinen Hals mit weiteren kleinen Küssen und schon bald zog er ganz sanft meinen Kopf vor sein Gesicht, ganz nah, und flüsterte: „Ich habe auch nie aufgehört, dich zu lieben, nie, nie habe ich damit aufgehört.“

5.

Als ich aufwachte, wurde es gerade hell draußen. Mir war ein bisschen kalt, aber das lag daran, dass ich nichts anhatte. Dieter schlief noch tief und fest und ich sah ihm eine Weile lächelnd dabei zu. Ich kannte niemanden auf der Welt, der so tief schlafen konnte wie er. Man hätte das Haus sprengen können, er wäre nicht davon aufgewacht. Ich dachte an die letzte Nacht zurück. Nachdem wir uns gesagt hatten, dass wir uns lieben, hatten wir nicht mehr viel geredet. Das war auch gar nicht nötig gewesen. Wir waren über uns hergefallen, völlig ausgehungert danach, den anderen endlich wieder zu spüren, zu schmecken, zu riechen. Wir hatten uns zuerst auf der Couch geliebt, heftig, leidenschaftlich, schnell und hart. Und danach waren wir in mein Bett gegangen und hatten uns fast die ganze Nacht im Arm gehalten, gestreichelt und zwischendurch, wenn unsere Leidenschaft wieder hochgekocht war, schliefen wir wieder zusammen, um uns danach wieder festzuhalten und nicht mehr loszulassen.
Ich wickelte mich in die Bettdecke und ging in die Küche, um caffè aufzusetzen. Als er fertig war, befüllte ich zwei Tassen, schnitt für Dieter noch ein

großes Stück vom Schokoladenkuchen ab und bugsierte alles auf einem Tablett zurück ins Bett. Ich hatte ein bisschen Angst. Was, wenn das für ihn doch alles nicht so ernst war, jetzt, wo er mich gehabt hatte, war seine Lust auf mich vielleicht gestillt. Ich versuchte, diese blöden Gedanken zu verscheuchen und kitzelte ihn solange am Ohr, bis er endlich die Augen aufschlug. Das Lächeln, das er mir schenkte, ließ alle Zweifel sofort verschwinden. So lächelte niemand, der nicht glücklich ist. Ich küsste ihn und der caffè, der auf dem Tablett noch glühend heiß vor sich hin dampfte, wurde kalt, weil wir Besseres zu tun hatten, als ihn zu trinken.

Gegen Mittag konnten wir endlich voneinander lassen und standen auf. Ich musste Alessandra abholen von ihrer Freundin, und plötzlich spürte ich wieder den dunklen Schatten, wie am vorletzten Abend, weil ich ihn jetzt gehen lassen musste.
„Ich muss Alessandra abholen. Ich weiß nicht, möchtest du hier warten, es dauert nicht lange?“
Er sah mich daraufhin zögernd an.
„Werden wir uns jetzt wieder öfter sehen?“, fragte er mich dann fast schüchtern. „Ich frage nur, weil … ich meine …“, er stotterte vor sich hin und ich wusste nicht, worauf er hinauswollte.
„Wirst du ihr von uns erzählen?“, wollte er schließlich wissen.
„Ja, natürlich, ja, ich erzähle ihr von uns.“
„Dann … darf ich einfach mitfahren, wenn du sie jetzt abholst?“
Ich war erleichtert. Also kein Drama, wie ich schon wieder befürchtet hatte, nicht irgendein Haken. Er wollte einfach nur wissen, ob das mit uns so fest war,

dass es Alessandra erfahren durfte, ohne sich vielleicht falsche Hoffnungen zu machen.

Alessandra fiel Dieter mit einem Freudenschrei um den Hals und konnte gar nicht mehr aufhören zu strahlen, so freute sie sich, dass wir wieder zusammen waren.

Plötzlich war wieder alles wie früher. Wir verbrachten viel Zeit miteinander. Dieter zeigte uns seine Stadt. Und mit ihm an der Seite lernte ich alles noch einmal viel intensiver kennen als vorher, als ich alleine hier gewesen war. Er zeigte uns seine Lieblingsplätze, ich sah, wo er aufgewachsen war, wo er zur Schule gegangen ist. Plötzlich wurden all die Dinge, von denen er mir in Italien immer erzählt hatte, greifbar, bekamen ein Bild, das ihn und sein Leben für mich viel plastischer werden ließ, als es je vorher der Fall gewesen war.
Wir waren wieder die kleine glückliche Familie, die wir damals gewesen sind, in Italien, in dem winzigen Dorf, in dem alles begonnen hatte.

Kapitel 11

1.

Der November kam mit viel Regen und Kälte und mir graute vor dem Winter, den ich wieder hier verbringen würde. Dieter und ich hatten nicht sehr viel über Berufliches gesprochen. Ich hatte ihm natürlich erzählt, warum ich nach Deutschland gekommen war und auch, warum ich jetzt hier festsaß, solange nicht alle Häuser verkauft waren. Wir hatten damals, als wir uns kennengelernt hatten in Italien, auch schon zusammengearbeitet. Er besaß eine Firma, die ebenfalls an ausländische Kunden Häuser in Italien verkaufte. Aber Dieter war kein Architekt wie ich. Er war spezialisiert darauf, größere Projekte anzukaufen und erst nach erfolgter Restaurierung weiter zu veräußern. Natürlich hatte er mir sofort angeboten, uns zu helfen, aber das hatte ich energisch abgelehnt. Papa hätte das nie zugelassen. Er war nie mit ihm als vielleicht künftigen Schwiegersohn einverstanden gewesen, und wenn die Zwei sich je verstehen sollten, durfte ich auf keinen Fall riskieren, dass irgendetwas Geschäftliches dazwischen stand.
Dieter hatte eigentlich vorgehabt, im September wieder zurück nach Italien zu gehen in seine Wohnung, aber das hatte er mir zuliebe nicht getan. Und irgendwie traute ich mich nie so recht zu fragen, was genau seine Pläne waren. Ich hatte Angst vor der Antwort, dass er vielleicht irgendwann fortgehen wollte, solange ich hier noch in Deutschland sein musste. Ich wollte mich einfach treiben lassen, die vielen schönen Augenblicke genießen und nicht

daran denken, ob, wie so oft in meinem Leben, wenn ich mich gerade mit etwas eingerichtet hatte, wieder alles über den Haufen geworfen wurde.

Ich hatte meiner Familie nichts davon erzählt, dass wir wieder zusammen waren, denn unser Verhältnis war angespannt genug. Ich nahm ihnen immer noch übel, dass aus den ein oder zwei geplanten Monaten hier in Deutschland nun schon Jahre geworden waren und ich wusste zudem ganz genau, dass von mir erwartet wurde, auch über das Projekt hinaus weiter hier zu bleiben. Denn die Firma lief inzwischen so gut, dass weder mein Vater noch Paolo irgendein Interesse daran hatten, das alles wieder aufzugeben. Und ich ließ mir dafür inzwischen sehr deutlich anmerken, was ich davon hielt.
Nichtsdestotrotz würden auch diesmal wieder alle nach München kommen, um hier Weihnachten und Silvester zu feiern. Es ist verrückt, wie schnell manche Dinge zu einer kleinen Tradition werden.

Als es Dezember wurde, bemerkte ich, dass Dieter immer öfter in sich gekehrt war, oft stand er einfach endlos an den großen Fenstern, starrte in die Bäume und zuckte zusammen, wenn man ihn ansprach. Ich wusste von früher, dass er kein großer Freund dieser organisierten Feiertage wie Weihnachten oder Ostern war und ich dachte, es läge vielleicht daran, dass Weihnachten kurz bevorstand und er natürlich auch wusste, dass meine gesamte Familie über die Ferien hier sein würde.

Der Dezember war vollgepackt mit Meetings, Weihnachtsfeiern und unzähligen Einladungen zum Glühwein trinken. Ich liebe ja Wein, und ja, auch in

Italien kennen wir diesen Frevel, Wein zu erhitzen. Zumindest im verschneiten, bergigen Norditalien mag das üblich sein. Ich jedoch war die Tochter eines Winzers. Wenn man im Frühjahr die zarten Triebe der Reben hegt und sie durch den Sommer bringt, um dann im Herbst die Trauben zu ernten und den Wein zu machen, den man dann noch zum Teil Jahre durch seinen Reifeprozess begleitet, dann kippt man Wein nicht einfach in einen Topf, erhitzt ihn und schmeißt dazu noch Gewürze rein. Nein, ich konnte mich immer noch nicht daran gewöhnen, ich trank ihn lieber so wie er war. Ein guter Rotwein wärmte mein Herz und meine Seele auch so, ohne diese Tortur.

Ein paar Tage bevor meine Familie anreiste, kam ich nach Hause und wieder fand ich Dieter am Fenster stehend vor. Er hatte sich ein Glas Wein eingeschenkt und rauchte und ich konnte sehen, dass seine Hand leicht zitterte. Das konnte nun wirklich nichts mehr mit meiner Familie oder Weihnachten zu tun haben. Ich war nervös, irgendwie stieg eine Angst in mir auf, die schnell zu Panik wurde. Aber ich stellte mich betont ruhig neben ihn, nahm ihm das Glas aus der Hand, trank einen Schluck und fragte ihn dann unumwunden, was mit ihm los sei.
Er sah mich lange an, nahm das Glas wieder an sich, trank.
„Ich war oft unterwegs in Italien, die letzte Zeit, seit wir nicht mehr …", er brach ab, nahm einen Schluck Wein. „Ich war viel im Süden. In Kalabrien vor allem."
Ich hörte ihm einfach zu, sagte nichts. Ich wusste nicht, worauf er hinauswollte, aber ich wusste, dass es nicht gut für mich war.

„Ich wollte weg aus unserer Gegend und im Sommer habe ich einen Job angenommen und einen Vertrag unterschrieben. Im Süden. In Kalabrien."
Wieder machte er eine Pause und ich sagte noch immer nichts, hielt den Atem an.
„Es ist ein großes Projekt, es hat mich gereizt. Sie haben einen Leiter gesucht, für den kompletten Vertrieb für Europa."
„Und was bedeutet das?", fragte ich mühsam.
„Es bedeutet, dass ich nach Kalabrien gehe. Ich komme nicht aus dem Vertrag. Sie zählen auf mich und ich stehe im Wort." Er sah mich hilfesuchend an, aber in mir begann sich alles zu drehen.
„Und für wie lange?", ich hauchte die Frage kaum hörbar.
„Mein Vertrag läuft ein Jahr. Ich werde ein Jahr weg sein."
„Und … ab wann?", flüsterte ich.
„Der Vertrag beginnt am ersten Januar. Eigentlich hätte ich schon den ganzen Dezember dort sein sollen, aber ich konnte nicht …"
Mir war übel, meine Knie waren wie Gummi. Ich hatte es gewusst. Es war alles viel zu schön gewesen, um tatsächlich wahr zu sein.
„Chiara, ich … ich wollte dir immer davon erzählen, aber es war so schön mit uns und ich hatte Angst und habe es immer wieder aufgeschoben, ich …"
Ich wollte ihn schütteln, ihn anschreien, ihm vorwerfen, warum er nichts gesagt hatte. Aber plötzlich wurde mir klar, dass es ja nichts geändert hätte. Er hatte den Vertrag im Sommer unterschrieben, bevor wir wieder zusammengekommen waren. Und ich wusste, wenn er etwas zusagte, dann stand er dazu. Und es war nur ein Jahr. Ich war ja auch hier gebunden und konnte

schlecht von ihm verlangen, dass er hier herumsaß und nichts tat, nur weil ich gerade zufällig hier einen Job zu erledigen hatte. Die Bilder von unserem letzten Streit kamen wieder in mir hoch. Damals war ich es gewesen, die viel zu lange gewartet hatte, Dinge zu erzählen, die uns beide betrafen. Und ich erinnerte mich zu gut an das Gefühl, wie schrecklich es sich angefühlt hatte, als wir beide plötzlich kalt wurden zueinander, grausam und abweisend. Ich wollte das nicht noch einmal durchmachen. Und schließlich ging er ganz in den Süden, weil er es nicht mehr ertragen hatte, in unserer Gegend, ohne mich. Und so holte ich einmal tief Luft, nahm seine Hand und sagte: „Weißt du, das Gute ist ja, wir haben ein Haus, das ziemlich genau in der Mitte zwischen hier und Kalabrien liegt. Und wenn wir dieses Jahr schaffen, dann wissen wir wirklich, dass es für immer ist."

Er blickte mich überrascht an, dann ging ein Lächeln über sein Gesicht und er nahm mich in die Arme und wir weinten beide und hielten uns fest und wollten uns nie mehr loslassen.

2.

Wir verabschiedeten uns zwei Tage vor Weihnachten voneinander und Dieter machte sich auf den Weg nach Italien. Er hatte keine Familie mehr und ich wusste, ihm würde es besser gefallen, noch ein wenig Kraft zu tanken im milden Kalabrien, statt hier in München zu sitzen und mich nur ab und zu kurz zu sehen, wenn ich mich von meiner Familie loseiste.

Die Feiertage verliefen wie die letzten Male. Wir kochten, schnatterten alle durcheinander, aßen endlos, tranken sehr viel Wein, stritten ein bisschen, vertrugen uns wieder und es tat mir gut, dass ich kaum dazu kam, zu traurig zu sein.

Manchmal setzte ich mir meine Kopfhörer auf und hörte das Lied, das uns so verband, das ich jetzt wieder hören konnte, ohne weinen zu müssen, weil es nicht mehr weh tat, sondern wieder schön war. Und dann dachte ich an Dieter und hoffte, dass wir es hinbekamen, dieses Jahr. Aber vielleicht war es auch ganz gut so, dass wir gezwungen waren, es langsam anzugehen. Denn wenn es klappte, würde es uns zusammenschweißen.

Das Jahr ging zu Ende und Silvester kam. Wir aßen uns durch unzählige Gänge bis es fast Mitternacht war, dann gingen wir auf die Dachterrasse, um das Feuerwerk zu sehen und auf das neue Jahr anzustoßen.
Wie auch die letzten Silvester hatte ich einen Kloß im Hals. Wieder kam die Erinnerung an diesen unvergesslichen Jahreswechsel hoch, den ich mit Dieter und Alessandra im Jacuzzi an unserem Haus begangen hatte. An das Glück, das ich damals gefühlt hatte, an die bezaubernde Stimmung, als die Raketen aus den umliegenden Hügeln aufstiegen. Diesmal war es anders. Das Haus und den Whirlpool gab es immer noch. Und mich und Dieter gab es wieder. Und auch wenn ich nicht wusste, wie alles werden würde, in diesem Jahr mit dieser großen Entfernung, so hatte ich doch endlich ein Ziel, eine Perspektive. Es lag nicht an Deutschland, dass ich nicht auf Dauer hierbleiben wollte. Es lag daran, dass meine Heimat in Italien war, meine Wurzeln und auch meine Zukunft. Ob meine Familie es unterstützen würde,

dass ich zurückkam, war mir egal. Ich war alt genug. Ich hatte ein Kind und wieder einen Mann. Ich wollte endlich meinen Platz finden, an dem ich mich niederlassen, an dem ich mich einrichten konnte.

Es waren nur noch wenige Minuten bis Mitternacht. Und plötzlich wusste ich, was zu tun war. Ich nahm mein Handy und öffnete den Countdown. Meine Hände waren ganz ruhig, als ich zwei Worte eintippte, „abbandonare Germania“ (Deutschland verlassen). Ich stellte den Countdown genau auf ein Jahr ein, auf das kommende Silvester, null Uhr. Und als die ersten Raketen aufstiegen, um das neue Jahr zu begrüßen und alle Kirchenglocken anfingen zu läuten, drückte ich den Startknopf und sofort begann der Timer rückwärts zu zählen. Und ich lächelte, obwohl mir die Tränen über die Wangen liefen.

Epilog

Ich danke allen Lesern, die mich bis hierher mit meiner Geschichte und meinen Erlebnissen und Erfahrungen in Deutschland begleitet haben.
Vielleicht ist der eine oder andere nicht ganz zufrieden damit, dass es auch diesmal kein endgültiges „Happy End“ gibt, aber das liegt daran, dass ich dieses Buch eben noch in Deutschland geschrieben habe und selbst noch nicht genau weiß, wie die Geschichte weitergehen wird. Das zum Ende dieses Buchs gesetzte Ziel, nach Italien zurückzukehren, ist gerade erst abgelaufen. Das Jahr ging vorüber und doch bin ich noch hier. Aber, ich bin dabei, tatsächlich meine Rückkehr nach Italien vorzubereiten.
Wo ich genau landen werde, nun, da bin ich selbst sehr gespannt. Ob ich direkt auf unser Weingut gehe oder wieder in mein kleines Haus am Meer, oder gar in das gemeinsame Haus von „il Tedesco“ und mir - ich weiß es noch nicht.
Daher ist es kein „Marketing-Gag“, wenn ich zwar schon sagen kann, wie der Titel des kommenden Buchs lauten wird, aber seinen Inhalt noch nicht kenne.
Nachdem ich nun einige Jahre „la Tedesca - die Deutsche“ war, wird es Zeit für mich, wieder die Italienerin zu sein, die ich eigentlich bin. Daher, wenn es Sie interessiert, wie es weitergeht mit Chiara Ravenna, freuen Sie sich mit mir auf die Fortsetzung, die konsequenterweise den Titel „L’Italiana - Die Italienerin“ tragen wird.

Wer mein erstes Buch, den Teil 1 meiner Biografie, „iL Tedesco - Der Deutsche“ noch nicht kennt, der findet hier im Anschluss eine kurze Leseprobe. Ich habe dazu das vorletzte Kapitel gewählt, es dient auch ein wenig als „Verständnis-Brücke“, wie es zu meinem Aufenthalt in Deutschland kam.

Noch ein Wort der Erklärung zum zeitlichen Ablauf der vorliegenden Geschichte. Ich kam im Herbst 2010 nach Deutschland. Den Timer für die geplante Rückkehr habe ich zum Jahreswechsel 2013 / 2014 gestellt. Da sich der Ablauf meiner Arbeit hier in München sehr oft einfach wiederholt hat, habe ich in der Geschichte die Jahre etwas gekürzt, um zum einen meine Leser nicht zu langweilen, zum anderen um „Zeitsprünge“ wie „und schon war der Sommer vorbei und der Winter brach an“ zu vermeiden. Ich hatte das Glück, in den meisten Jahren hier fast immer drei bis vier Monate im Jahr auch in Italien sein zu können, aber es ging mir im Buch um meinen Aufenthalt in Deutschland, daher habe ich den Großteil meiner Reisen nach Italien schlicht weggelassen.

Ich würde mich sehr freuen, wenn Sie mir weiterhin gewogen bleiben. Wenn Sie möchten, erfahren Sie in diversen sozialen Netzwerken oder in meinem Blog auch immer den „aktuellen Stand“ meiner Geschichte und von allerlei kleinen und großen Erlebnissen im Alltag. Die Adressen dazu finden Sie ganz vorne, im Impressum.

Und wer mag, für den plane ich noch eine Überraschung. Ich habe in meinem Arbeitsleben in Italien viele nette Geschichten, teils auch skurrile

Erlebnisse und auch ein paar spannende Momente, erlebt. Mir schwebt vor, davon in einem Roman zu berichten. Losgelöst von biografischen Abläufen, quasi ein Lesebuch für den Strandurlaub oder einen kalten Wintertag, in dem man sich einfach von der Handlung einfangen läßt, die in irgendeinem heißen Sommer im Süden Italiens spielt.

So, und jetzt ist es Zeit für ein gutes Glas Rotwein. Salute!

Ihre

Chiara Ravenna

Anhang 1:

Auszug aus Teil 1 meiner Biografie „iL Tedesco - Der Deutsche", vorletztes Kapitel für das bessere Verständnis dieses Buchs

Kapitel 14

1.

Wieder auf unserem Hof zu wohnen, tat mir gut. Ich wache ja, seit ich klein bin, jeden Morgen um sechs Uhr auf, nur die letzten Jahre war das eigentlich eher sinnlos gewesen, weil ich meist nichts anderes gemacht hatte, als morgens am Meer entlang zu laufen oder gleich mit der Arbeit im Büro zu beginnen. Aber jetzt ging ich wieder in die Ställe und versorgte die Tiere, wie es früher meine Aufgabe gewesen war. Die ersten Wochen betäubte ich meinen Kummer über die Trennung von Dieter mit pausenloser Arbeit. Körperlicher Arbeit, nicht im Büro. Ich passte mich ganz dem Rhythmus des Hofs an, stand früh auf und ging früh schlafen. Die Nähe zur Natur und zu unserem Wein gab mir Ruhe und langsam ließ der Schmerz soweit nach, dass es sogar erste Momente gab, wo ich ihn kurzzeitig ganz vergaß.

Für ein paar Wochen lebte ich wie in einem Vakuum. Ich verließ den Hof überhaupt nicht. Mein Handy lag im Meer und ich hatte mir auch kein neues besorgt. Für Sachen wie Emails, Internet oder Fernsehen hatte ich überhaupt keine Zeit übrig - und auch keinerlei

Lust. Papa hatte sich mit Maria in Verbindung gesetzt, und typisch für uns Italiener begann nun ein langer Diskussionsmarathon, wie man die Angelegenheit lösen würde. Das konnte ewig dauern und ich hatte das Gefühl, Maria war vorerst einfach nur damit zufrieden, dass wir uns überhaupt damit beschäftigten. Ich war zwar nie so besonders warm mit ihr geworden, aber sie war auch kein gemeiner Mensch, der uns Böses wollte.

Nach und nach normalisierte sich mein Leben wieder und als ich eines Tages beim Einkaufen war, fuhr ich noch das kleine Stück weiter und genoss zum ersten Mal seit ewigen Zeiten wieder einen Aperitivo in meiner Bar bei Paolo. Niemand ist besser informiert, was sich so tut, als der Besitzer der Bar und des Frisörladens. Und da Paolos Bruder der Frisör im Ort war, gab es wirklich nichts, was die beiden nicht mitbekamen. Aber Paolo und ich kannten uns so lange und so schwieg er höflich und verkniff sich alle Fragen zu Dieter, Stefano und mir.

Nach zwei Gläsern Weißwein fühlte ich mich auch stark genug, im ehemaligen Büro vorbeizuschauen. Paolo, der andere Paolo, unser Partner hier, der Makler, schloss mich minutenlang in die Arme. Er war ein gutmütiger Kerl und er hatte es mir nie übel genommen, dass ich hier alles hatte stehen und liegen lassen, um den Auftrag für das Borgo anzunehmen. Im Gegenteil, ich glaube, er war sogar ein bisschen froh gewesen, denn was er damals alles versprach, was er an Häusern und Projekten an Land ziehen würde, hatte ihn eher überfordert. Und als ich weg war, war er auch nicht mehr in der Pflicht gewesen, seine ganzen Versprechen einzulösen.

Es tat gut, wieder normale Sachen zu machen und als ich auf dem Rückweg an einer Straßenecke Stefano laufen sah, winkte ich ihm einfach zu und amüsierte mich über sein verdutztes Gesicht im Rückspiegel.

Nachdem ich nun wusste, dass Paolo mir nicht böse war, teilte ich meine Zeit zwischen der Arbeit auf dem Hof und im Büro auf. Es gab nach wie vor nicht wirklich viel zu tun, aber Paolo hatte immer wieder mal ein paar kleinere Aufträge von bestehenden Kunden und ich war ganz froh, ein bisschen planen und zeichnen zu dürfen. Ab und zu kamen auch immer wieder einmal Interessenten aus Deutschland, die ich dann wie früher betreute. Aber unser Angebot an Häusern war einfach zu klein und so verloren wir die meisten an die großen Agenturen, die ein viel größeres Portfolio bieten konnten.

Paolo ließ sich von mir haargenau jede Kleinigkeit erzählen, wie wir das Projekt mit dem Borgo abgewickelt hatten. Er wollte wissen, wie wir es restauriert hatten, wie es von uns vermarktet worden war, wie viele Interessenten kamen und alles Mögliche mehr. Ich merkte, wie es ihn wurmte, dass andere es schafften, so viele Käufer aus dem Ausland anzuziehen, während sein Büro eigentlich nur im Leerlauf vor sich hindümpelte.

2.

Nachdem ich immer mehr im Ort unterwegs war, war es natürlich nur eine Frage der Zeit, bis ich auf Stefano traf. Vielleicht hätte ich ihn hassen müssen, für das, was er mit mir gemacht hatte, aber irgendwie war soviel passiert seit unserem großen Streit, dass das alles nur noch eine vage Erinnerung war, bei der ich mich manchmal sogar fragte, ob das wirklich ich gewesen war, die seinen Schlag abbekommen hatte. Unsere ersten Treffen waren belanglos, zufällig, in irgendwelchen Lokalen, wo wir jeweils getrennt mit Freunden unterwegs waren und uns nur über eine größere Distanz kurz sahen. Ich wusste nicht, ob er wieder eine Freundin hatte und es interessierte mich auch nicht besonders - aber unsere Umwelt dafür umso mehr. Wir waren immer das Paar im Ort gewesen, die, die schon immer zusammen waren. Und so merkte ich, dass überall neugierig darauf geachtet wurde, wie wir uns verhielten, seit ich wieder zurück war.

Und irgendwann tauchte Stefano dann bei uns auf dem Hof auf. Zum ersten Mal, seit ich denken konnte, trug er dazu keine weiße Jeans, als hätte er geahnt, wie sehr ich mich darüber immer aufgeregt hatte. Er kam auch nicht wie früher mit seiner protzigen Ducati oder einem seiner Sportwagen, sondern mit einem Lieferwagen aus der Firma seines Vaters. Ich hatte gerade in den Ställen etwas repariert und war verschwitzt und dreckig. Als ich ihn erblickte, blieb ich verwundert stehen. Er hob entschuldigend die Hände.
„Ciao, Chiara, hast du einen Moment?“
Seine tiefe melodische Stimme. Es war ungewohnt, sie wieder einmal zu hören, nach der langen Zeit. Ich hatte auch fast vergessen gehabt, wie unheimlich gut er aussah.

„Stefano, ciao. Was willst du hier?“ Ich wollte es abweisend klingen lassen, aber es gelang mir nicht so recht.
„Ich will nur ein paar Minuten mit dir reden, wenn es geht.“
Ich überlegte kurz. Aber, nun, warum nicht?
„Okay, warte hier.“
Ich sprintete in mein Zimmer und riss mir im Hinauflaufen schon die verschwitze Bluse herunter. Als ich keuchend in meinem Bad ankam und in den Spiegel sah, wurde mir plötzlich bewusst, was ich hier tat. Mich hübsch machen. Für Stefano. „Du Idiotin“, sagte ich zu meinem Spiegelbild. Dann suchte ich mir eine alte zerschlissene Arbeitsbluse raus, die zwar frisch war, aber grottenhässlich, setzte mich auf die geschlossene Toilette und rauchte erst einmal in aller Ruhe eine Zigarette. Wie immer blies ich den Rauch sorgfältig aus dem Fenster. Mama kann es nicht leiden, wenn es nach Tabak im Haus riecht. Sogar mein Vater hält sich daran. Als ich fertig geraucht hatte, verbrachte ich weitere Minuten damit, ein paar Zeitschriften durchzublättern. Stefano sollte ruhig denken, ich würde mich aufgeregt herausputzen, nur weil er geruhte, hier aufzutauchen. Den Zahn würde ich ihm ziehen. Als ich ihn lange genug hatte warten lassen, schlenderte ich betont langsam zurück nach draußen. Ich hatte vermutet, dass er entnervt mit den Fingern trommelnd in seinem Auto sitzen würde oder die Zeit für seine so wichtigen Telefonate genutzt hätte. Aber nein, er stand immer noch geduldig an der gleichen Stelle und zeigte mit keiner Geste, dass er genervt war.

Wir gingen in Richtung der Pferdekoppeln und weil ich wußte, wie ungern er sich dreckig macht, kletterte ich über das Holzgatter und zwang ihn, es mir gleichzutun. Dann lief ich absichtlich durch einen Teil der Koppel, der fast immer matschig war. Er murrte nicht einmal, und als er sogar noch eines der Pferde streichelte, traute ich meinen Augen kaum.

Auf der anderen Seite der Koppel setzten wir uns unter einen Baum in den Schatten. Es war einer meiner Lieblingsplätze, man konnte von hier bis zum Meer sehen.
Eine Weile saßen wir einfach da, jeder hing seinen Gedanken nach, bis Stefano plötzlich sprach.
„Ich habe mich nie bei dir entschuldigt, für damals."
„Es ist viel passiert, seitdem", sagte ich.
„Chiara, ich hätte das nie tun dürfen, ich weiß nicht, wie das geschehen konnte. Ich habe noch nie jemanden geschlagen", hilflos sah er mich an. „Du hättest mich anzeigen können!"
„Stefano", ich zögerte kurz, „es ist so lange her. Es ist gut, lass es ruhen."
Er sah mich wieder an, endlos, mit seinen schwarzen Augen. Und plötzlich vergrub er seinen Kopf an meiner Brust und ich dachte zuerst, ich täusche mich, aber dann war es nicht mehr zu überhören. Stefano weinte. Er weinte in meine Bluse und klammerte sich förmlich an mir fest. Und irgendwann hob er den Kopf, schluckte mehrmals und sagte dann mit noch ganz schwacher Stimme: „Ich liebe dich, Chiara, ich liebe dich, ich habe dich so vermisst."
Ich weiß heute nicht mehr, was es war, seine Tränen, die Situation an diesem schönen Nachmittag mit dem Blick aufs Meer, die Vertrautheit zwischen uns, die so viele Jahre bestanden hatte, aber ich fiel ihm einfach

die Arme und hielt mich an ihm fest und so saßen wir endlos, eng umschlungen, und die Zeit stand still.

3.

Ich hatte niemandem erzählt, warum Stefano und ich uns getrennt hatten und so fanden es fast alle gut, dass das „Traumpaar“ wieder zusammen war. Und Stefano zog alle Register. Er war lieb, aufmerksam, zuvorkommend und romantisch. Vom Abendessen bei Kerzenlicht über Blumen und kleine Geschenke, er ließ nichts aus. Ich war anfangs misstrauisch, ob er nicht gleich wieder in sein früheres Verhalten zurückfallen würde, aber er hielt sich wacker und blieb konsequent nett. Wir spielten die Rolle des jungen italienischen, frisch verliebten Paares perfekt. Er umwarb mich und ich war die unnahbare, immer leicht zickige, nie ganz zufriedene Partnerin, die ihn in ständiger leichter Aufregung hielt.

Stefano hatte einen ganz großen Bonus bei mir. Er wusste schon lange von Alessandra. Das machte alles so viel einfacher für mich. Und er hatte sein Wissen selbst in unseren größten Auseinandersetzungen nie gegen mich verwendet. Das gab mir ein Gefühl der Sicherheit und des Vertrauens. Ungefähr vier Wochen nach unserer Versöhnung unter dem Baum auf unserem Hof zogen wir zu dritt wieder in mein kleines Strandhaus ein.

4.

Wie schon im Jahr zuvor, hing ich mit meiner Arbeit ziemlich in der Luft. Ich ging ins Büro, um dort meistens nur herumzusitzen, kümmerte mich um Alessandra und fing bald an, mich zu langweilen. Stefano arbeitete wie früher in der Firma seines Vaters und hatte viel zu tun. Im Gegensatz zu mir.
Wahrscheinlich hätte ich das damals einfach genießen sollen, denn jetzt gerade sehne ich mich sehr danach zurück. Aber, wenn man viel Zeit hat, denkt man viel nach, und meistens redet man dann auch zu viel. So wie ich damals.
Es war an einem stürmischen Nachmittag, an dem ich länger im Büro blieb als geplant. Draußen goss es in Strömen und ich wollte das Gewitter noch abwarten, bevor ich nach Hause ging. Und da fing Paolo wieder einmal das Gespräch darüber an, was wir nur tun könnten, um mehr Häuser zu verkaufen. Wie immer sagte ich ihm, dass wir, um mehr zu verkaufen, eben auch ein größeres Angebot bräuchten.
„Okay, Chiara, okay. Gut, aber sag mir eins, euer Borgo, wie weit war das noch mal vom Meer weg?" fragte er mich.
„Oh, nun, so ungefähr eine knappe halbe Stunde."
„Und das hat die Käufer nicht gestört?"
„Nein, Paolo, das war eigentlich nie ein Thema. Die Käufer hatten eher Angst, ob wir auch ordentlich bauen, ob wir nicht zu weit von Deutschland entfernt sind, solche Sachen."
„Interessant", er rieb sich das Kinn.
„Was überlegst du?"

„Nun, ich überlege, vielleicht haben wir das falsch eingeschätzt."
„Ja, vielleicht haben wir hier immer zu sehr nach Häusern gesucht, die ganz nah am Meer sind. Und davon gibt es nicht viele". Ich zuckte mit den Schultern, sah, dass der Regen nachgelassen hatte und verabschiedete mich von Paolo. Wir hatten schon viele solcher Gespräche geführt, immer ohne zu irgendeinem Ergebnis zu kommen.

5.

Der Sommer brach langsam an und ich verlegte wie früher mein Büro an den Strand. Stefano war immer noch sehr lieb zu mir. Gut, ein paar Mal hatte er mir wieder kleine Eifersuchtsszenen gemacht, aber kein Vergleich mehr zu damals. Ich hatte meine Tage relativ fest strukturiert, was mir ganz gut gefiel. Drei Tage die Woche fuhr ich morgens, sobald Alessandra in der Schule war, auf unseren Hof und half dort kräftig mit. Die anderen Tage nahm ich dafür locker, ich ging morgens an den Strand, frühstückte bei Mario und erledigte meine Telefonate von seiner Strandbar aus. Am Anfang war es mir schwergefallen, wieder hierher zu kommen, denn ich hatte die erste Zeit immer das Bild von Dieter im Kopf, den ich hier kennengelernt hatte. Fast bildete ich mir ein, seine Stimme zu hören, wie er damals mit dem Krug Wein an meinem Tisch aufgetaucht war. Aber ich schüttelte dann jedesmal den Kopf, um diese Gedanken schnell wieder zu vertreiben. Und mit der Zeit verblasste auch diese Erinnerung immer mehr.

Wie früher, saß ich ganz entspannt an meinem Stammplatz, beobachtete die Touristen, die kamen und gingen und manchmal, wenn ich schläfrig war, spulte ein Film vor meinem inneren Auge ab, der so eine ganze Strandsaison im Zeitraffer vorüberziehen lässt. Unzählige Menschen, die kommen, ihre Sachen ausbreiten, sich setzen, aufstehen, einpacken und wieder verschwinden. Und alle haben ihre eigene Geschichte, ihr eigenes Schicksal. Meine Seele entspannte sich immer mehr in diesen Wochen und irgendwann hatte ich endlich wieder dieses Gefühl, dass mein Leben ein langsamer, ruhiger Fluss war, in dem ich mich wieder gerne treiben ließ.

6.

Ich hatte die Gespräche mit Paolo, auch unser letztes, nie so richtig ernst genommen. Umso erstaunter war ich, als er eines Tages um ein Gespräch mit mir und meinem Vater bat, das er mit den Worten: „Chiara hat mich da auf etwas gebracht", eröffnete.
Ich sah ihn erstaunt an und hatte keine Idee, was er meinen könnte.
„Auf was hat dich Chiara gebracht?", fragte dann auch mein Vater neugierig.
„Auf die Lösung", antwortete er triumphierend.
„Paolo, welche Lösung, nun erzähl schon!"
„Passt auf", er beugte sich ganz weit nach vorne, „wir haben zwei Dinge nicht, wir haben keine Häuser und wir haben keine Käufer. Aber, wir haben das völlig falsch angepackt!" Er lehnte sich zufrieden zurück, während wir immer noch keine Ahnung hatten, worauf er hinauswollte.

„Also“, setzte er wieder an, „also, wir haben immer gedacht, die Deutschen kaufen nur Häuser direkt am Meer. Aber Chiara hat mir erzählt, dass sie an ihrem Projekt gar keine Probleme hatten, etwas weiter entfernt vom Meer zu sein.“
„Paolo, was willst du damit sagen?“ Mein Vater hatte sich jetzt auch nach vorne gebeugt. Ich kannte das genau. Er witterte ein Geschäft und wie ein Jagdhund nahm er die Fährte auf.
„Pass auf, Vittorio, folgendes, ich habe hier alles abgegrast, nach Häusern, nah am Meer. Aber jetzt, jetzt habe ich das Gebiet erweitert. Chiara hat mir gesagt, sie denkt, alles, was unter einer halben Stunde ist, ist okay für unsere Kunden. Und jetzt …“, er machte eine Pause, „jetzt habe ich fast hundert Häuser, die wir anbieten können!“ Er sah uns mit zusammengekniffenen Augen an.
Eine Weile sagte keiner etwas. Ich spürte, wie es in meinem Vater arbeitete, wie er das Gesagte gedanklich hin- und herschob, es analysierte. Schließlich nahm er einen Schluck Wein und sah dann Paolo an.
„Und wie willst du die vermarkten? Es sind Ruinen. Chiaras Borgo, das war ein Projekt. Du weißt doch, die ausländischen Kunden sind vorsichtig, wenn sie keinen Ansprechpartner haben in ihrem Land.“
„Genau darum geht's!“, schrie Paolo aufgeregt, „genau das ist doch der Punkt. Wir suchen uns eine Firma in Deutschland, die hier bei uns schon Häuser anbietet. Die sollen unsere Häuser vermarkten, zu denen haben die Kunden Vertrauen.“
„Paolo, wo willst du so eine Firma hernehmen?“
„Ganz einfach“, er lehnte sich wieder zurück, faltete die Hände über seinem gewaltigen Bauch, lächelte,

beugte sich wieder vor, nahm auch einen Schluck Wein, und dann spielte er seinen Trumpf aus.
„Ganz einfach, Vittorio. Ganz einfach. Wir schicken Chiara nach Deutschland. Sie soll die richtige Firma finden, die unsere Häuser dann anbietet." Er lächelte zufrieden vor sich hin.
Ich hatte gerade noch leicht gelangweilt aus dem Fenster gesehen, als ich das hörte und erstarrte. Ich dachte, nicht richtig verstanden zu haben. Ich, nach Deutschland? Im Leben nicht, nicht jetzt, wo ich mich gerade mit Stefano ausgesöhnt hatte und alles so gut lief. Und mir war klar, dass mein Vater das genauso sehen würde. Dachte ich. Aber dem war nicht so. Im Gegenteil, er war begeistert, und die beiden redeten sich richtig in Rage ob dieser tollen Idee und vergaßen mich dabei völlig.
Irgendwann hatte ich genug und räusperte mich. Die beiden unterbrachen ihren Redefluss und sahen mich fragend an.
„Ich, ich möchte aber nicht nach Deutschland." Eigentlich wollte ich es bestimmt sagen, aber ich hatte so weiche Knie, dass es mehr ein Stottern wurde.
„Chiara", mein Vater sah mich an, „die Frage stellt sich gar nicht! Die Idee ist brillant. Und es ist ja nicht für lange, vielleicht ein, höchstens zwei Monate. Es wird dir gut tun, wenn du hier einmal rauskommst."
Ich war überhaupt nicht der Meinung, dass mir das gut tun würde, ganz und gar nicht. Aber die beiden redeten so aufgeregt auf mich ein, dass ich überhaupt keinen klaren Gedanken mehr fassen konnte und schließlich presste ich nur noch mühsam heraus: „Und wo in Deutschland soll ich da hin?"
„Wohin?", lächelte mein Vater, „nun, das ist einfach. Wir besitzen eine Wohnung dort, in München. Dein

Bruder hat sie vor Jahren gekauft, als er dort Geschäfte gemacht hat. Sie steht leer. Dort kannst du wohnen."
„Und wann soll ich da hin?", ich hauchte die Frage kraftlos aus.
Mein Vater zuckte mit den Achseln und sah Paolo fragend an. Der überlegte kurz.
„Ich denke bald, jetzt, wenn der August vorbei ist und alle wieder arbeiten. Rechtzeitig vor dem Winter. Der soll in Deutschland ziemlich kalt sein." Er lachte darüber so, dass ihm die Tränen herunterliefen.

Die beiden hatten mich so überrumpelt, dass ich nach dem Gespräch noch minutenlang wie benommen im Auto saß, bevor ich den Motor starten konnte, um nach Hause zu fahren. Was sollte ich Stefano sagen und Alessandra? Und überhaupt, Deutschland! Ich beherrschte die Sprache, aber ich wusste quasi nichts über dieses Land. Selbst mit Dieter hatte ich nie groß darüber gesprochen. Er war so versessen auf Italien, dass nur er mich immer wieder gebeten hatte, ihm alles Mögliche über mein Land und unsere Mentalität zu erzählen. War er stellvertretend dafür, wie Deutsche sind? Wenn ja, war das ja ziemlich beruhigend. Aber trotzdem, ich hatte einfach Angst, eine geradezu panische Angst.

- Das Buch „iL Tedesco - Der Deutsche" ist erhältlich als Taschenbuch bei amazon und als ebook für KINDLE sowie als ibook im apple itunes Store

Anhang 2:

Die Emilia Romagna und ihre „Lidi“

Oberhalb der Marken gelegen, ist die Emilia Romagna neben der Toskana und dem Gardasee sicherlich mit der am häufigsten bereiste Landstrich Italiens. Schon in wenigen Autostunden von Deutschland aus zu erreichen und nur noch einen „Katzensprung“ vom Gardasee weiter Richtung Süden, findet man hier schnell erreichbare Sandstrände, die südlich genug sind, um eine ausgedehnte Bade- und Sommersaison zu gewährleisten. Vielen bekannt ist sicherlich Rimini, der „Kultort“ aus vergangenen Jahrzehnten, der irgendwann mit dem gar nicht hübschen Spitznamen „Teutonengrill“ quasi inflationär geworden ist. Einst noch Badeparadies und Urlaubsort in den Jahren des Wirtschaftswunders, heute fast schon ein Urlaubsziel, das man eher hinter vorgehaltener Hand nennt. Was eigentlich schade ist, denn Rimini hat auch durchaus heute noch seine Reize.
Mein bevorzugtes Gebiet ist jedoch bei Ravenna, am Meer, an den sogenannten „Lidi Ravennati“ und im Hinterland. In den sanften Hügeln, den Ausläufern des Apennin, findet sich ein ursprüngliches Italien mit zahlreichen kleinen historischen Dörfern, alten Kirchen, Landgasthöfen und wundervoller Natur.
Ravenna, nur ca. fünfzehn Minuten vom Meer entfernt, ist quasi ein Konzentrat von Sehenswürdigkeiten, Kultur und italienischem Ambiente. Die für italienische Verhältnisse schon große Stadt bietet mit weitläufigen Fußgängerzonen Stil und Raum für tagelange Erkundungen.

Die Lidi (= Strände) von Ravenna bieten vielfältigste Gesichter, vom mondänen Milano Marittima, über ganzjährig bewohnte Orte mit perfekter Infrastruktur, bis hin zum klassischen Sommerbad. Alles jedoch sehr ruhig, angenehm und typisch italienisch, ohne große Betonburgen und übermäßige Bausünden.

Besuchen wir ein paar der Orte direkt am Meer

Wir beginnen unsere Reise in Cervia. Cervia ist ganzjährig bewohnt. Die historische Hafenstadt ist jedoch über die Jahrhunderte gewachsen. Die kleinen Gassen im Zentrum und die wunderbare Hafenmole strahlen Ruhe aus. Hier ist alles ein wenig ruhiger, gediegener, historischer. Die Lungomare ist geprägt von vielen netten Restaurants, in denen der fangfrische Fisch vom kleinen Fischmarkt des Ortes serviert wird. Die Infrastruktur ist hervorragend, die Strände weitläufig. Italien pur.

Wir verlassen Cervia in Richtung Norden und kommen in wenigen Minuten nach Milano Marittima. Milano Marittima ist wohl einer der mondänsten Orte an der Adria. Hier ist „Showtime" angesagt. Das „Milano" im Namen ist Programm. Jedes Luxuslabel leistet sich hier eine Boutique, die Restaurants sind nobel und teuer, die Bars angesagt und cool, die Strände setzen tagsüber Trends und bieten abends den Rahmen für ein Fischessen der Extraklasse. Lieblingsplatz ist das Rondell in der Mitte des Orts, ein kleiner Palmengarten ziert den zentralen Kreisverkehr. Vom stylischen Loungingmöbel aus lässt sich beim Espresso (ab 2,50 Euro der Schluck) am Spätnachmittag beobachten, welche Automarke und welcher Designer gerade angesagt ist. Ob Villa oder Penthouse, hier kostet alles exorbitant viel, Preise auf Weltstadtniveau.

Ein wenig weiter gelangen wir nach Lido di Savio. Ein kleiner Ort, direkt am Meer. Von den Italienern lediglich zur Sommerzeit genutzt, liegt er außerhalb der Saison im Winterschlaf. Preislich merkt man jedoch auch hier immer noch die Nähe zu Milano Marittima. Das gilt auch für den nächsten Ort, der über eine kleine Brücke zu erreichen ist, Lido di Classe.

Lido di Classe ist ein kleiner verträumter Badeort. Auch hier, nur während der Sommersaison aktiv, finden sich einige größere Hotels und viele kleine bezaubernde Häuschen. Wunderbar ist hier die schnelle Erreichbarkeit des Strandes, da eine Fußgängerzone genau am Strand vorbeiläuft. Ideal für Familien mit Kindern.

Fahren wir einen Ort weiter. Diesmal dauert es etwas länger. Denn nach Lido di Classe kommt erst mal: nichts! Circa zwölf Kilometer Freistrand trennen uns vom nächsten Ort. Als Naturschutzpark grenzt direkt an den Strand ein Pinienhain, durchzogen von kleinen Wegen, ein Paradies für Läufer und Radfahrer. Mit dem Auto muss man diesen Park weiträumig umfahren, um nach circa zwanzig Minuten in Lido di Dante anzukommen.

Lido di Dante ist winzig, ein Ort ohne Hotels. Nur ein Campingplatz und viele entzückende kleine „Villette“ sind hier zu finden. Was Lido di Dante besonders interessant macht, ist die Nähe zum

Naturschutzpark mit den langen einsamen Stränden. Im Jahr 2003 wurde der Strand von der Umweltschutzorganisation „Legambiente“ zu einem der elf schönsten Strände Italiens erklärt. An diesem Strand gibt es keinerlei Infrastruktur, keine Bar, keinen Kiosk. Man sollte also die Kühltasche dabei haben. Dafür kann man hier noch einen ganzen Tag wirklich allein am Strand verbringen. Und, selten in Italien, nutzen viele auch die Möglichkeit, ihre Sonnenbräune „nahtlos“ aufzufrischen.

Weiter geht die Reise in den Nachbarort, nach Lido Adriano. Ich mag diesen Ort, auch wenn hier ein paar Bausünden aus früheren Jahren stehen. Dennoch, der Ort ist relativ groß, hat alles an Geschäften, was man sich nur denken kann (sogar einen Lidl), schöne Strände und viele, viele Varianten von Immobilien, von der Wohnung mit Meerblick bis hin zur Villetta mit Garten. Da der Ort sehr lang gezogen ist, bietet fast jede Immobilie direkte Erreichbarkeit des Strandes. Außerdem gibt es hier mein Lieblingslokal, in das ich immer wieder gerne einkehre. Mein Geheimtipp: ein Restaurant direkt am Strand - und mit „direkt“ meine ich wirklich direkt. Man greift vom Fenster aus quasi ins Meer und das Essen ist preiswert und phänomenal zugleich.

Direkt im fließenden Übergang erreichen wir nun Punta Marina Therme. Ebenfalls ganzjährig bewohnt und dazu noch mit einem Thermalbad, vielen kleinen Restaurants, Bars und Geschäften. Hier gibt es keinerlei große Hotelklötze. Die Lungomare entlang zu fahren ist Genuss pur. Über mehrere Kilometer ist auf der einen Seite der Strand, auf der anderen Seite stehen Pinienwälder, dazwischen, immer wieder versteckt, kleine Häuschen, in denen man nachts das Meer rauschen hört.

Fährt man lange genug diese Straße entlang, erreicht man Marina di Ravenna. Wie der Name sagt, haben wir hier quasi den Hafen Ravennas. Der Ort hat sich in den letzten Jahren fein gemacht. Es entstand einer der größten Sportboothäfen der Adria. Es macht Spaß, die großen Yachten zu bewundern. Die Fußgängerzone ist lang und bietet Geschäfte, Restaurants und Bars. Der maritime Charakter ist hier deutlich zu spüren. Zudem ist der Ort ganzjährig bewohnt und verfügt daher auch über beste Infrastruktur. Allerdings sind die Restaurants preislich hier wieder deutlich teurer.

Auf dem Weg zum nächsten Ort wartet ein kleines Hindernis auf uns: die Fähre. Mit ihr überquert man in weniger als zwei Minuten den Hafenkanal, um nach Porto Corsini zu gelangen.

Porto Corsini, dieser Name klingt in meinen Ohren wundervoll. Leider besteht der Ort jedoch nur aus ein paar Häusern. Kaum hat man ihn erreicht, kommt schon das nächste Ortsschild: Marina Romea.

Marina Romea liegt eingebettet in einen Pinienhain, selbst in der kalten Jahreszeit findet sich hier viel Grün fürs Auge und fürs Gemüt. Der Ort ist ein reiner Saison-Ort. Viele haben hier eines der zahlreichen Ferienhäuser, die aber nur im Sommer genutzt werden. Im Winter liegt der Ort im „Dornröschenschlaf", dann hat nur ein kleines Restaurant und eine einzige Bar geöffnet. Immerhin, Marina Romea hat kaum Hotels, damit auch nicht die oft am Meer gefürchtete „Beton-Skyline“, stattdessen ist das Meer vom Ort durch einen Park getrennt.

Abschließend erreichen wir nach kurzer Fahrtzeit nun Casal Borsetti. Ein kleiner Ort, hier ist alles ganz ruhig, ganz wie früher, kleiner Hafen, kleines Fischrestaurant. Nicht mehr, aber auch nicht weniger. Auch hier ist eines meiner Lieblingsrestaurants, man ißt unvergleichlich - und das mit Blick direkt aufs Meer.

Danach kommen erst mal wieder kilometerlange Freistrände, Flussdeltas und Straßen, die alle weg vom Meer führen. Fährt man lange genug, erreicht man die Strände von Ferrara. So beenden wir hier unsere kleine Küstenreise.

Immer einen Ausflug wert sind die nahe gelegenen Hügel der Emilia Romagna, wo man noch unberührtes Italien erlebt, ob beim caffè auf der Piazza oder in einem der traditionellen Landgasthäuser mit Spezialitäten aus der Region und dem Meer.

Anhang 3:

Personen im Buch:

Chiara Ravenna: Verfasserin
Alessandra: Chiaras Tochter
Dieter: il Tedesco, der Deutsche / Exfreund
Vittorio: Chiaras Vater
Barbara: Chiaras Mutter
Stefano: Chiaras Ex-Verlobter
Paolo: Inhaber der Bar am Meer
Paolo 2: Immobilienmakler und Geschäftspartner
Zia (= Tante) Roberta: Verwandte der Familie auf Sizilien
Mario: Besitzer der Strandbar
Giovanni: Lokalbesitzer in München
Mathilda: Nachbarin in München
Julia: Mitarbeiterin und Freundin
Kurt: Julias Freund
Herr Dobler: Firmeninhaber
Peter Dengler: Geschäftsführer
Carlo: Großonkel und Restaurantbesitzer
Adriano: Supermarktbesitzer
Matteo: Barbesitzer im Dorf in den Marken
Aurelia: Matteos Frau
Graziano: Restaurantbesitzer in Fano
Pepe: Wirt im Dorf in den Marken

Hinweis:

Trotz der autobiografischen Erzählung habe ich Orte und Namen von Personen, gerade auch außerhalb meiner Familie, abgeändert. Sollte dabei bei Namen oder Beschreibungen eine Übereinstimmung mit einer realen Person bestehen, so ist diese rein zufällig und nicht beabsichtigt.

5055410R00142

Printed in Germany
by Amazon Distribution
GmbH, Leipzig